SARAH NISI

ICH WILL DIR NAH SEIN

PSYCHOTHRILLER

W0392143

btb

Ein Teil der Schauplätze dieses Psychothrillers entspricht realen Gegebenheiten. Sämtliche Personen und Handlungen sind frei erfunden. Ähnlichkeiten mit lebenden Personen sind zufällig und nicht beabsichtigt.

Das Zitat auf S. 5 ist folgender Ausgabe entnommen:
Charlotte Perkins Gilman, »The Yellow Wall-Paper«.
London: Penguin Classics bei Penguin Books Ltd., 2015, S. 13.

Dieses Buch ist auch als E-Book erhältlich.

MIX
Papier aus verantwortungsvollen Quellen
FSC® C014496
FSC www.fsc.org

Penguin Random House Verlagsgruppe FSC® N001967

1. Auflage
Originalausgabe Juni 2021
Vermittelt durch die Literarische Agentur Kossack, Hamburg.

Umschlaggestaltung: semper smile, München
Umschlagmotiv: © Arcangel Images / James MacKelly; Bjanka Kadic
Satz: GGP Media GmbH, Pößneck
Druck und Einband: GGP Media GmbH, Pößneck
mb · Herstellung: sc
Printed in Germany
ISBN 978-3-442-71891-7

www.btb-verlag.de
www.facebook.com/btbverlag

There are things in that paper that nobody knows but me,
or ever will.
Behind that outside pattern the dim shapes get clearer
every day.
It is always the same shape, only very numerous.
And it is like a woman stooping down and creeping about
behind that pattern.
I don't like it a bit.

»The Yellow Wallpaper«, Charlotte Perkins Gilman

Siebzehn Jahre zuvor

Er hat sich für den grünen Bademantel entschieden. Die Farbe wird in der Dunkelheit mit den Schatten der Nacht verschmelzen.

Es ist kurz vor zwei. Die meisten Nachtschwärmer sind zu Hause. Die Frühaufsteher noch nicht unterwegs. Es ist der richtige Zeitpunkt.

Vorsichtig öffnet er die Haustür. Kalte Luft strömt ihm entgegen. Gänsehaut überzieht seinen Körper. Er geht den schmalen Weg entlang zum Schuppen neben dem Haupteingang. Die Hausschuhe an seinen Füßen absorbieren jedes Geräusch auf den Betonplatten.

Er schließt die Augen. Die Themse ist nur einen Steinwurf entfernt. Wellen schlagen gegen die Kaimauer. Sein Gehirn braucht Umgebungsgeräusche, um sich fokussieren zu können.

Behutsam öffnet er die Tür zum Schuppen und greift nach der Mülltonne.

Die erste Phase seines Plans hat begonnen.

1

LESTER

05. September – 09:12 Uhr

Das *Lost Property Office* platzte aus allen Nähten. Mehr als 9 000 Regenschirme, 46 000 Taschen und 35 000 Handys waren im vergangenen Jahr neben unzähligen Schlüsseln, Büchern, Spielzeugen und Schmuck in den Räumen des Fundbüros der Londoner Verkehrsbetriebe, *Transport for London*, abgegeben worden. Alle verlorenen oder vergessenen Gegenstände, die in den Bahnen, Bussen, Taxis oder an den Haltestellen und Stationen gefunden wurden, endeten in diesen Katakomben. Ordentlich katalogisiert warteten sie darauf, von ihrem rechtmäßigen Besitzer in Empfang genommen zu werden. Doch in einer Stadt, in der alles ersetzbar war und viele Menschen ein Leben in Hektik führten, machten sich nur wenige die Mühe zu recherchieren, ob ihr verlorener Schal oder die Ohrringe gefunden worden waren. Je nach Wohnlage und Geldbeutel führte ein Abstecher auf die Oxford Street, die Kingsland Road in Dalston oder auf die Upper Street in Islington zu sofortigem Ersatz. Die Regale und Schubladen im Fundbüro quollen über.

Lester ging in den Raum mit den Fundstücken, die am

Vortag abgegeben worden waren. Wie jeden Morgen war seine erste Aufgabe die Katalogisierung. Er schaute auf seine Armbanduhr. 09:12 Uhr. Das Wissen um die Uhrzeit strukturierte seine Gedanken. Half ihm, Erinnerungen zu sortieren. Ein paar Mal am Tag speicherte er das Datum und die Uhrzeit in seinem Kopf ab, als sei es eine Aktennummer. Mit Hilfe der Ziffern konnte er später einzelne Augenblicke wieder abrufen. 05. September – 09:12 Uhr: 05090912. Der Moment war jetzt registriert, genau wie die Fundstücke, um die er sich kümmerte. War der Moment im Nachhinein keine Erinnerung wert, löschte er die Zahl aus seinem Kopf. War die Erinnerung wichtig, wurde sie dauerhaft gespeichert.

Früher hatte ein kurzer Augenblick intensiver Konzentration gereicht, um den Moment zu konservieren. Jetzt war die Zahl sein Anker. Lester Sharp, die menschliche Stechuhr. Ein Leben voller Fragmente.

Neben seinem Schreibtisch stand der Container mit den Neuzugängen. Über tausend Gegenstände kamen an einem durchschnittlichen Tag im *Lost Property Office* dazu. Nach der zahlenmäßigen Erfassung mussten Lester und seine Kollegen eine kurze Beschreibung vornehmen und die Daten in das interne Computerprogramm eingeben – von den Angestellten noch immer *Sherlock* genannt, in Anlehnung an den ehemaligen Standort des Fundbüros in der Baker Street.

Seine Augen scannten den Inhalt des ihm zugeteilten Containers. Wenn er Glück hatte, würde es ein guter Tag. Man konnte nie wissen, was sich unter den Neuzugängen verbarg. Etwas wirklich Interessantes könnte auf ihn warten. Ein Schlüsselbund mit Adresse zum Beispiel. Einerseits gut für den Besitzer; er konnte auf diese Weise schnell ermittelt werden. Andererseits nicht so gut. *Der Schlüssel könnte in falsche Hände geraten.*

Er begann mit der Registrierung der Handys, Taschen und Geldbörsen. Deren Abholrate war verhältnismäßig hoch. Das Risiko, dass ein Fremder Zugriff auf private Fotos oder das Portemonnaie bekommen könnte, sowie der Wert der mobilen Telefone führten seit Jahren zu einer Abholquote von über vierzig Prozent. Aus diesem Grund pflegte er die Daten dieser Fundstücke als Erstes in das System ein – für den Fall, dass der Besitzer schon auf dem Weg war. *Oder die Besitzerin.*

Er griff nach einem Telefon. Das Display hatte einen Sprung. War es dem Eigentümer aus der Tasche gefallen?

Kategorie: Mobiles Telefon
Marke: iPhone 11
Fundort: Caledonian Road Station
Zustand: Beschädigt
Besonderes Merkmal: Kratzer (Display)

Seine Finger flogen über die Tastatur. Schnell noch die Seriennummer eingeben. Ein Routinefall. *Persönliches Interesse auf einer Skala von 1 bis 10: eins.*

Er hatte das Telefon im Kopf abgehakt, noch während er mit der Registrierung beschäftigt war. Kein Potential für ein neues Lieblingsstück.

Jeder Angestellte des Fundbüros der Londoner Verkehrsbetriebe hatte über die Jahre eine gewisse Zuneigung zu bestimmten Einzelstücken entwickelt. Gegenstände, die zu wertvoll waren, um sie nach drei Monaten zu entsorgen. So viel Zeit gab man den Besitzern, um den Weg in das *Lost Property Office* zu finden. Dann erst wurden die Fundsachen versteigert oder an eine gemeinnützige Organisation gespendet. Sehr persönliche Einzelstücke blieben jedoch in der Obhut des Fundbüros. Unangefochtenes Lieblingsobjekt aller Mitarbeiter: Thomas Frederick Johnston. Sieben Jahre lang hatte eine Urne ihre temporäre Ruhestätte im *Lost Property Office* gefunden. Die sterblichen Überreste des Mannes hatten ihre Kreise im Londoner Untergrund gezogen. So lange, bis ein aufmerksamer Finder die Asche in ihr neues Zuhause im Fundbüro überführte. Der schlichte Holzkasten mit dem aufgeprägten Namen hatte praktisch zum Inventar gehört. Erst vor kurzer Zeit hatten sich Angehörige aus Kanada gemeldet und Thomas Frederick Johnstons Asche abgeholt.

Ohne Pause arbeitete er sich durch die Mobiltelefone und Portemonnaies. Ein Schlüsselbund mit nur einem einzigen Schlüssel ließ ihn einen Augenblick innehalten. Niemand hatte nur *einen* Schlüssel, um sich Zugang zur Wohnung oder zum Haus zu verschaffen. Die meisten Bewohner sicherten ihre Häuser und Appartements mit mehreren Schlössern. Seine Finger umgriffen den Schlüssel. *Wo gehörst du hin?*

Vor seinem Auge entstand das Bild eines Hinterhauses, versteckt gelegen, nur durch das Haupthaus zu erreichen. Er stellte sich vor, wie er den Schlüssel im Schloss umdreht, vorsichtig die Tür öffnet, voller Erwartung auf die Geheimnisse des ahnungslosen Bewohners. Er läuft durch das Haus, streicht über die Möbel, berührt die Wäsche im Schrank. Geht auf Toilette. Er nimmt einen Gegenstand mit. Vielleicht das Buch vom Nachttisch. Oder er stellt es in den Schrank im

Wohnzimmer. Nur eine kleine Veränderung. *Ein Gruß von Unbekannt.*

Er griff nach dem Beutel, in dem die Kollegen den Schlüssel verwahrt hatten. »Fundort: Notting Hill Gate Station« stand auf einem Aufkleber. Das Haupthaus verwandelte sich in eine Mews. Ehemalige Ställe, die zu sündhaft teuren Häusern umgebaut worden sind. Schmale Straßen, die sich durch den Stadtteil schlängeln, abgesperrt durch eine Schranke – für die man einen Schlüssel benötigt. *Persönliches Interesse: null.*

Sein Blick fiel auf einen Sportbeutel und eine Gehhilfe. Für medizinische Instrumente und Hilfsmittel hatte er eine Schwäche. Gegenstände, die zur Bekämpfung von Schmerz eingesetzt wurden, waren erhaben über alle anderen Gegenstände, erfüllten einen Zweck. Komplexer Schmerz durch Krankheit, Unfall oder Gewalt stand einem simplen Objekt gegenüber, das Abhilfe schaffte.

Zurzeit warteten hunderte Gehhilfen in den Regalen auf Abholung. Die Tube musste heilende Kräfte haben. Wie sonst war zu erklären, dass so viele Menschen ohne ihre Stöcke und Krücken aus dem Untergrund wieder ins Tageslicht traten? Vergaßen sie über die Freude, mit Sauerstoff gefüllte Luft zu atmen, dass sie gar nicht laufen konnten?

In der nächsten Sekunde hatte er die Gehhilfe vergessen. In dem Sportbeutel befand sich eine Hockeyausrüstung inklusive Schienbeinschoner. Und ein Rock. Er ließ seine Finger über den Stoff gleiten. Seine Nase zog den Geruch ein.

*

ERIN

In ihrem Fuß tobte der Schmerz. Nerven, Gewebe, Knochenhaut, Sehnen. Sie alle schrien nach Erlösung. Eine Erlösung, die sie nicht gewähren konnte. Nicht gewähren wollte. Zu viel stand auf dem Spiel.

»Tun Sie Ihrem Knochen einen Gefallen. Suchen Sie sich einen neuen Job.« Die Aussage ihres Arztes hatte sie erwischt wie eine Ohrfeige, die einfache Aneinanderreihung dieser Worte im tiefsten Inneren erschüttert. Weder Mitleid noch Empathie hatten sich in seine Stimme verirrt.

Tanzen forderte Leidensfähigkeit, doch der Applaus nach einem Auftritt machte alles wett. Ohne das Tanzen, die Show, den Drill – was wäre von ihr übrig? Ein trauriger, wütender Rest ihres Ichs. Mit dem Tanzen aufzuhören, überstieg ihre Vorstellungskraft.

»Sie meinen, einem Rennpferd mit einem gebrochenen Bein gibt man auch keine zweite Chance?« Sie hatte sich umgedreht und war gegangen. Nicht, ohne die Tür zu dem Sprechzimmer mit voller Kraft zuzuschlagen. Der Knall hallte noch immer in ihren Ohren.

Seit einer Verletzung im Fuß gehörte der Schmerz zu ihrem Leben. Eine Entzündung des Sesambeins. In vielen Fällen das vorzeitige Karriereende. Os sesamoideum. »Dieser Knochen ist die Schwachstelle der Tänzer.« Ein Achselzucken des Arztes.

In ihrem Beruf kam es nicht darauf an, ob man einen guten oder einen schlechten Tag hatte. Das persönliche Befinden interessierte weder die Kollegen noch die Kritiker und schon gar nicht die Zuschauer. Tanzen war ein Job. Man erwartete, dass sie funktionierte. Bei jedem Auftritt, ja, selbst bei den Proben war ein Tänzer gezwungen, das eigene Können unter Beweis zu stellen. Die Konkurrenz lauerte auf Fehler, und ein defekter Körper verursachte Fehler am laufenden Band.

Disziplin war die absolute Prämisse, genau wie die Bereitschaft, Schmerz zu ertragen. Doch diese Knochenentzündung ging an die Substanz. In den letzten Wochen hatte Erin ihrem Körper mehr als fünf Kilo abgerungen, in der Hoffnung, das geringere Gewicht würde ihren Fuß entlasten. An manchen Tagen hatte sie ab dem Nachmittag nichts mehr gegessen. Doch der Knochen zeigte sich unbeeindruckt. Der Schmerz blieb.

»Alles in Ordnung?« Der Makler riss sie aus ihren Gedanken. Für einen Moment hatte sie vergessen, dass sie auf dem Beifahrersitz seines Autos saß.

Eine Sekunde später trat er das Gaspedal durch. Die Ampel schaltete auf Rot. Sie schossen über die Kreuzung. »Das war knapp«, sagte er.

»Alles in Ordnung«, wiederholte sie seine Worte, weil sie nicht wusste, was sie sonst sagen sollte.

Häuser und Menschen zogen an ihr vorbei, während das Auto sich durch den morgendlichen Berufsverkehr Londons quälte. Sie lehnte ihren Kopf gegen die Nackenstütze.

Die Laufzeit der neuen Show betrug nur wenige Wochen. Es war eine Sache der Willenskraft. Und der Betäubung. An die Zeit nach der Show durfte sie jetzt nicht denken. Ein Schritt nach dem anderen.

Bei der Sprungvorbereitung und beim Relevé wurden ihre Füße gefordert. Doch sie war mit einer guten Technik gesegnet. Trotz der Schmerzen würde ihr Körper funktionieren.

Plötzlich hupte ein Lastwagen. Ein Passant lief über die Straße. Ein Fahrradfahrer machte eine eindeutige Handbewegung. Auf den Straßen des East End herrschte Krieg.

»Danke für den Shuttle-Service.« Sie zwang sich, die Gedanken an ihren Fuß und die Premiere zu verdrängen. Jetzt waren andere Dinge wichtig. »Mit den Öffentlichen um diese Uhrzeit bis nach Limehouse zu fahren, wäre ein Albtraum geworden.«

»Kein Problem.« Der Makler setzte den Blinker und bog ab. »In zehn Minuten sind wir da.«

In ihrem Magen meldete sich ein Ziehen. Nichts weniger als die Wohnung in der perfekten Lage stand auf dem Spiel. Estate Agents waren die heimlichen Könige der Stadt. Sie entschieden, welchen Kunden welche Wohnungen gezeigt wurden und wer am Ende den Zuschlag bekam.

Aus dem Augenwinkel musterte sie den Makler. Er war ein paar Jahre älter als sie. Anfang dreißig. Seine braunen Haare könnten einen Schnitt gebrauchen. Dreitagebart. Beim Einsteigen hatte sie hinter dem Sitz ein Skateboard gesehen.

»Da vorne ist es.« Sein Zeigefinger deutete auf einen Punkt in der Ferne. Auf seinem Handgelenk entdeckte sie eine Tätowierung. Der Saum seiner Jacke verdeckte den größten Teil. Sie konnte nicht erkennen, was es darstellte.

Rhys White schien anders als seine glattgeleckten Kollegen, mit denen sie in der Vergangenheit zu tun gehabt hatte. Deren verschlagener Blick und die Gier nach Geld, die aus jeder Pore strömte, hatten sie abgestoßen. *Glück gehabt!*

Sie würde ihm eine Anzahlung anbieten. Zur Not würde sie ihren Charme spielen lassen.

So unauffällig wie möglich griff sie in ihre Jackentasche

und zog eine Packung Ibuprofen hervor. Mit einer Hand drückte sie leise zwei Tabletten des Schmerzmittels aus der Verpackung. Das sollte ihren Fuß für die nächsten Stunden betäuben. Für die Laufzeit der Vorstellungen würde sie sich um stärkere Chemie kümmern müssen. Mit legalen Standardmedikamenten aus der Apotheke kam sie auf der Bühne nicht weiter.

Sie drehte den Kopf zum Fenster, damit der Makler nichts bemerkte, und schluckte die Pillen trocken hinunter.

2

Verlassen erstreckt sich die St. Marychurch Street vor ihm. Viktorianische Häuser wechseln sich mit Sozial- und Neubauten ab. Die Fenster der Wohnungen sind schwarz. Das hat er gehofft. Niemand ist wach. Nur eine Fledermaus zieht in einiger Entfernung ihre Kreise am Himmel.

An die Stille in Rotherhithe hat er sich noch immer nicht gewöhnt. Das Fehlen von Geräuschen befremdet ihn. Keine Geschäfte, Bars oder Restaurants sorgen für Unruhe. Nur das Pub an der Ecke, *The Mayflower*, gibt Trinkwilligen die Möglichkeit auf ein Pint. Doch das Lokal schließt um 23 Uhr. Danach befindet sich der im Londoner Südosten gelegene Stadtteil im Tiefschlaf.

Mit beiden Händen hebt er die Mülltonne an und trägt sie über das Kopfsteinpflaster zum *Sands Films Studio* auf der anderen Straßenseite. Sie ist nicht schwer. Er hat seit der letzten Leerung darauf geachtet, nicht zu viel hineinzufüllen.

In den bodentiefen Fenstern des Filmstudios überwachen drei Schaufensterpuppen mit toten Blicken das Geschehen auf der Straße. Das Licht einer Laterne fällt auf die reglosen Gesichter der Figuren. In ihren Kostümkleidern und Korsagen beobachten sie ihn mit zur Seite geneigten Köpfen.

Ihre Kleidung ist von Hand genäht. Das Filmstudio wirbt

mit der Anfertigung der Kostüme. Jede Puppe hat ihren Platz: Die Rothaarige steht in der Mitte. Die Blonde links. Die Brünette rechts. Sie schauen ihn vorwurfsvoll an.

Mit eiligen Schritten läuft er an ihnen vorbei. Er spürt ihren Blick in seinem Rücken, so intensiv, dass es beklemmend ist.

Gerade als er sich in Sicherheit wähnt, es nur noch wenige Meter bis zur Eingangstür des Filmstudios sind, passiert es: Das Lachen einer Frau hallt durch die Nacht. Absätze auf Asphalt. Ein Rülpsen. Männer, die grölen.

Sein Mund wird trocken. Hinter der Straßenecke nähert sich eine Gruppe von Leuten. Jedes Geräusch kann Anwohner aufschrecken. Das Letzte, was er brauchen kann, ist ein neugieriger Nachbar am Fenster.

Vermutlich bleiben ihm nur ein paar Sekunden, bevor die Gruppe in die Straße einbiegt. Schweiß bricht aus seinen Poren. Ruhig, mahnt er sich. Kein Grund die Nerven zu verlieren. Er hat es fast geschafft. Sie werden sein Vorhaben nicht ruinieren.

Er stellt seine Mülltonne neben dem Eingang des Filmstudios ab und bleibt im Schatten der Hauswand stehen. Bevor er die Möglichkeit hat zu überlegen, wo er sich verstecken kann, biegen die Störenfriede um die Ecke. Zwei Paare, die Frauen eingehakt bei ihren Partnern, die Füße in High Heels gequetscht, im Kampf mit dem Kopfsteinpflaster.

Die Gruppe bewegt sich im Zeitlupentempo. Der Uhrzeit und dem schleppenden Gang der Männer zufolge, hat man sich mehr als nur ein Feierabendbier gegönnt. Von ihnen droht keine Gefahr. Selbst wenn sie ihn sehen – sie werden sich nicht an ihn erinnern.

Er schaut am Backsteinbau des Filmstudios hoch, während er darauf wartet, dass sie verschwinden. Der Schein der Laternen spiegelt sich in den Fenstern des Hauses. Früher wurde es als Getreidespeicher genutzt. Der Eigentümer seiner Wohnung hatte ihn mehrfach auf das denkmalgeschützte Gebäude hingewiesen. Als würde diese Tatsache den Wert aller Bauwerke in der Umgebung steigern, die hohen Mieten rechtfertigen.

Sein Blick bleibt an den roten Sprossen des Fensters über ihm hängen. Was sich wohl dahinter verbirgt? Das Atelier? Die Bibliothek? Die Schneiderei, in der die Kostüme angefertigt werden? Das winzige Kino oder … sie?

Die Eleganz, wie sie mit den Händen kommuniziert oder ihre Haare zurückstreicht. Ihr Gang. Ja, ihre ganze Art, sich zu bewegen. Stolz wie eine Katze. Und dabei stets auf der Hut. Wie ein Radar scheint sie alles um sich herum wahrzunehmen. Es macht ihn nervös. Es macht ihn an. Eine Gehörlose.

Seit er gegenüber eingezogen ist und sie zum ersten Mal gesehen hat, kann er den Eingang des Filmstudios nicht mehr aus den Augen lassen. Wann immer sie auf den Gehweg tritt, nach ihren Kindern schaut, mit einer Tasse Tee in der Hand, beobachtet er sie. Es fühlt sich an, als würde er sie seit Ewigkeiten kennen.

Wenn er im Bett ist, stellt er sich vor, wie sie hinter den Mauern des Gebäudes liegt und schläft. Denselben Mauern, vor denen er nun steht.

Sie ist die einzige Angestellte des Filmstudios, die mit ihren Kindern in dem Haus wohnt. Das alte Gemäuer, mit den Kostümen, Puppen, Filmprojektionen – da kann man sich schnell erschrecken.

Doch kein Geräusch der Welt, leise oder laut, wird sie jemals aus dem Schlaf reißen. Nichts kann sie warnen, wenn etwas nicht stimmt. Einzig ihr Instinkt vermag sie zu wecken.

Seine Hand fährt über die Hauswand, die porösen Backsteine. Sie haben die Wärme des Sommers gespeichert. Mit einem Finger kratzt er an den Fugen. An einer Stelle löst sich der Mörtel. *Eine Schicht weniger zwischen dir und mir.*

Als die Gruppe nicht mehr zu sehen ist, zerrt er die Mülltonne in einen provisorischen Holzverschlag. Dort bewahrt das Filmstudio den Abfall auf. Er stellt seinen Müll mit einem Gefühl der Erleichterung ab.

Ohne Zeit zu vergeuden, greift er nach der Tonne des Studios. Sie ist schwerer als seine. Die Henkel sind abgegriffen. Nur mit größter Anstrengung schafft er es, sie über das Kopfsteinpflaster zu tragen. Mit dem Handrücken wischt er einen Schweißtropfen von seiner Schläfe.

Wenige Minuten später ist er ohne Zwischenfall zurück auf seinem Grundstück. Er schaut auf die Mülltonne des Filmstudios, die jetzt vor seinem Schuppen steht. Ein Grinsen überkommt ihn. Phase eins seines Plans ist abgeschlossen.

3

LESTER

05. September – 19:43 Uhr

Noch ein letzter Klimmzug – dann war er fertig. Sein Bizeps arbeitete, die Bauchmuskeln waren angespannt. Er schnappte nach Luft. Geschafft. Er ließ die Trainingsstange los, die im Holzrahmen seiner Schlafzimmertür festgeschraubt war. Die Klimmzüge gehörten zu seinem Feierabendritual. Drei Durchgänge mit jeweils zehn Klimmzügen waren sein Tagespensum. Es war, als würde sein Gehirn am Abend keine Ruhe finden, sein Körper nicht entspannen können, bevor er das Training nicht erledigt hatte.

Für einen Moment lehnte er sich gegen die Wand. In den letzten Monaten hatte er etwas Fett angesetzt. Der Bund seiner Hose schnitt in seinen Bauch. Das Gewicht wirkte sich negativ auf die Klimmzüge aus. Er rieb die Handflächen gegeneinander. Schwielen zeichneten die Haut seiner Hände. Er trug keine Handschuhe, das Leder schränkte die Greifbewegung zu sehr ein.

»Du kannst mich mal.«

Er horchte auf. Seine Nachbarn aus der Wohnung über ihm hatten eine Auseinandersetzung. »Würde ich ja gerne!« Eine Tür knallte.

Er liebte seine Wohnung. Jedes Geräusch aus den angrenzenden Appartements war zu hören, fast jedes Wort zu verstehen. Oft stand einer so ausgeprägten Hellhörigkeit ein solides Mauerwerk im Wege. Doch die heutige Bauweise, bei der es nur auf die Schnelligkeit der Errichtung ankam, nahm darauf keine Rücksicht. Architekten scherten sich nicht um die Privatsphäre künftiger Mieter. Er wusste, dass das Ehepaar seit Monaten keinen Sex mehr hatte. Immer wieder kam es zu Diskussionen zwischen den Ehepartnern. Die gegenseitigen Vorwürfe prallten von Wand zu Wand, hinunter bis in seine Wohnung, verloren sich in Sprachlosigkeit und Stille.

Er wusste nicht, wie das Paar hieß. Die Anonymität des Mehrfamilienhauses verhinderte den Austausch so profaner Informationen. Doch durch die Wände erfuhr man mehr, als ein Name je preisgeben könnte.

Gleich würde die Frau die Wohnung verlassen. Sie arbeitete als Nachtschwester im nahegelegenen Krankenhaus. Erst um sieben Uhr in der Früh würde sie zurückkommen. Ihr Mann würde jeden Moment den Fernseher anstellen. Gameshows oder Fußball. Das Paar war gefangen in einem Hamsterrad aus Beziehungsproblemen und Alltag.

Lester vermisste Bernard. Seit Bernard Irvine aus der Wohnung nebenan gestorben war, folgte das Leben in der Narrow Street 63a dem immer gleichen Ablauf.

Bernard hatte Diabetes gehabt, sämtliche Gin-Sorten am Geruch erkennen können und in seinen letzten Lebensjahren ein Faible für kubanische Zigarren und Frauen aus dem Internet entwickelt. Er war 59 Jahre alt geworden und hatte mindestens zehn Jahre älter ausgesehen.

Als Bernards Herz kapitulierte und er laut angefangen

hatte zu keuchen, hatte Lester sich gerade Rasierschaum auf die Wangen aufgetragen und die Klinge ansetzen wollen. Das Stöhnen aus der Nachbarwohnung war an sich nichts Ungewöhnliches gewesen. 350 Pfund Körpermasse konnten ohne entsprechende Laute nicht bewegt werden.

Noch am Abend zuvor hatte Bernard Besuch gehabt. Lester hatte die Frau durch den Spion seiner Tür beobachtet. Üppige Brüste, vermutlich operiert, wasserstoffblonde Haare, wahrscheinlich eine Perücke. Dazu Stiefel bis über die Knie. Bernards Geschmack war einfach gewesen.

Ein gewaltiger Rumms, gefolgt von dem Stöhnen, hatte Lester also an jenem Morgen aus seiner Routine gerissen. Er hatte eine Weile abgewartet, unschlüssig, was zu tun war. Als er schließlich gar keine Geräusche mehr hörte, verständigte er den Notarzt. Es ermöglichte ihm, nah am Geschehen zu bleiben und mit den Sanitätern in Bernards Wohnung zu schlüpfen. Es war weniger die Sorge um Bernards Zustand als die Neugier, die ihn getrieben hatte. Er musste wissen, was nebenan vor sich ging.

Der Arzt hatte Bernards Tod festgestellt und Lester für seine Aufmerksamkeit gedankt. »Es ist wichtig, ein Auge auf die Nachbarn zu haben.«

»Ein Ohr«, hatte er gesagt und gelacht – und es augenblicklich bereut, da Scherze in dieser Situation wohl nicht angemessen waren.

In dem allgemeinen Durcheinander hatte er die Gelegenheit genutzt und nach Bernards Wohnungsschlüssel gegriffen. Er hatte einen letzten Blick auf seinen toten Nachbarn geworfen. Mit offenem Mund lag der wie ein Käfer auf dem Rücken. Arme und Beine von sich gestreckt.

Nur einen Tag nachdem Bernard abtransportiert worden war, begannen die Renovierungsarbeiten in der Wohnung. Seit Wochen, gar Monaten, arbeitete eine Truppe von Bauarbeitern daran, Bernards zwanzigjährige Herrschaft über die Räumlichkeiten ungeschehen zu machen.

Lester lockerte seine Armmuskeln, ließ seine Fingerknochen knacken. Wie weit waren die Handwerker?

Der Geruch frischer Farbe schlug ihm entgegen, als er die Nachbarwohnung betrat. Der Schlüssel in seiner Hand fühlte sich an wie ein Schatz.

Er nahm einen tiefen Atemzug, zog den durchdringenden Geruch des Lösungsmittels ein. Erst als die Schleimhäute in seiner Nase anfingen, sich taub anzufühlen und seine Augen zu brennen begannen, hörte er auf. Wie lange würde es dauern, bis der Farbgeruch von dem Eigengeruch eines neuen Mieters abgelöst wurde?

Überrascht schaute er sich um. Die Wohnung war bezugsfertig. Nichts erinnerte an Bernard und das Chaos aus Nippesfiguren, leeren Flaschen und von Rauch vergilbten Tapeten und Gardinen. Die Wände waren weiß. Das Parkett abgeschliffen. Das Holz ohne Makel. Sogar die Fenster waren neu. Er klopfte dagegen. Doppelglas.

Zu seiner Verwunderung hatten die Eigentümer entschieden, das Appartement zu möblieren. Damit würden sie eine höhere Miete herausschlagen können. Moderne Möbel und perfekt ausgerichtete Kissen auf dem Sofa verströmten eine Katalogatmosphäre. Das Grau des Sofas war abgestimmt auf den Ton der Gardinen. Eine rote Bodenvase sorgte für Farbe. Keine persönlichen Gegenstände gaben Hinweis auf die Präferenzen eines Mieters. Wer würde eine solche Wohnung beziehen wollen, eingerichtet von einem Innenausstatter mit dem Ziel, einen möglichst breiten Geschmack zu treffen?

Lester setzte sich auf einen Sessel. Mit der Hand strich er über den Stoff, die Fasern fühlten sich rau an. Er verspürte keinerlei Befriedigung. Alle Möbel waren unbenutzt. Niemand hatte sich nach einem anstrengenden Tag auf das Sofa gelegt, die Füße auf dem Kissen ruhen lassen, den Kopf gegen das Polster gelehnt. Keine Haare, Hautpartikel, Schweißabdrücke waren zu entdecken.

Die Vermieter hatten wenig Platz zur Selbstgestaltung gelassen. Ein Bild an der Wand oder eine Stehlampe neben dem Fernseher – viele Möglichkeiten gab es nicht. Das Hotelambiente würde bleiben.

Er stand auf und ging ins Schlafzimmer. Die Wohnung war klein und beinahe quadratisch. In wenigen Schritten war er da. Er starrte auf die Tagesdecke, die über dem Bett ausgebreitet war.

Für einen Augenblick glaubte er, den Duft eines Parfums zu riechen. Er drehte den Kopf, nahm die Fährte auf. Doch je mehr er sich konzentrierte, desto weniger war der Geruch wahrnehmbar.

Er widerstand der Versuchung, sich auf das Bett zu legen. Mit einer Hand strich er über die Decke, dann drückte er die Matratze nach unten. Sie war weicher als seine. Er spürte die Sprungfedern unter seinen Fingern.

Kategorie: Queen-Size-Bett
Marke: unbekannt
Fundort: Nachbarwohnung

Zustand: neu
Besonderes Merkmal: Federkernmatratze
Persönliches Interesse: acht

Vorsichtig hob er die Decke an. Er beugte sich zum Kopfkissen und legte den Kopf für einen Moment darauf ab.

Dann richtete er sich wieder auf. Seine Nase, das Kinn und die Stirn hatten Abdrücke auf dem Kissen hinterlassen.

Es konnte nicht mehr lange dauern, bis ein neuer Mieter in die Wohnung einzog. *Herzlich willkommen.*

*

RHYS

Er inspizierte den Saum seines Ärmels. Das Innenfutter stieß durch den Stoff. Drei Jahre mit nur zwei Anzügen in der Maklerbranche auszukommen, war kein schlechter Schnitt. Allmählich war es an der Zeit, für Ersatz zu sorgen. Die Gebrauchsspuren waren nicht zu übersehen. Doch der Kauf eines neuen Anzugs lohnte sich nicht mehr. In einem halben Jahr war der Spuk vorbei. Sechs Monate. Dann würde er genug Geld gespart haben, um kündigen zu können. Estate Agent. Das Auffangbecken für alle, die nichts gelernt hatten und trotzdem Anzüge tragen wollten. Wichtigtuer auf der Suche nach Karriereoptionen.

Er schloss die Tür zu dem Maklerbüro am Broadway Market auf.

Mitten im sozial schwachen Hackney gelegen, hatte sich in dieser Straße eine alternative Szene angesiedelt, die auch die angrenzende Grünfläche, London Fields, und die benachbarten Straßen in ein buntes Treiben verwandelt hatte. In den letzten Jahren waren die Mietpreise in Hackney in die Höhe geschossen und hatten damit die Immobilienhaie angezogen wie das Licht die Motten. Zahlungskräftige Klientel suchte nach Wohnungen und Häusern, jeder wollte Teil des hippen Londoner Ostens werden. Hackney, oder noch besser Dalston, war das Zauberwort. Bäckereien, Cafés und Restaurants suchten nach Ladenflächen, um für kulinarische Abwechslung zu sorgen. Ein Stück vom Kuchen für alle.

Kritisch beäugt wurden die Makler und ihre Kunden von den alteingesessenen Bewohnern des Stadtteils, die oft vom Leben benachteiligt und selten mit Verständnis für die Zugezogenen gesegnet waren. Verwundert fragten sie sich, wieso zur Hölle ihre einst heruntergekommene Straße plötzlich als Geheimtipp in Reiseführern gelistet wurde.

Rhys zog den Schlüssel aus dem Schloss. Die Tür klemmte. Der Regen der letzten Tage hatte das Holz aufquellen lassen. Mit der Schulter warf er sich dagegen. Nichts passierte.

Sein Blick fiel auf den Hardware-Store gegenüber, dessen Markise mit dem aufmunternden Slogan »Killing Products« für Insekten- und Ungeziefervertilgungsmittel warb. Rhys hatte den Verdacht, dass der Inhaber damit zur Vernichtung der Hipster aufrief, die Hackney in ein Tollhaus verwandelt hatten.

Sollte er nach Werkzeug fragen? Doch er hatte keinerlei Ahnung, welches Hilfsmittel ihm bei seinem Unterfangen behilflich sein könnte. Er warf sich erneut mit Schwung gegen die Tür. Er hatte Glück. Dieses Mal sprang sie mit einem Ächzen auf, gerade so, als hätte sie seiner Bitte im letzten Moment mit Großmut nachgegeben.

Erleichtert betrat er das Büro. Die Luft war stickig, und er ließ die Tür einen Spalt offen stehen.

Er wollte ein paar Überstunden machen. Wenn er es schlau genug anstellte, konnte er vor seiner Kündigung noch einen Bonus abgreifen. In einer Welt des Scheins, in der es nur um Zahlen und Abschlüsse ging, konnte er den Spieß genauso gut umdrehen.

Er schaltete den Computer ein. Während er wartete, dass der Rechner hochfuhr, holte er sich aus der Küche ein Bier. Er war allein. Kein Kollege würde sich heute noch ins Büro verirren. Verwaist standen die Schreibtische einer neben dem anderen, ähnlich den Bänken in einer Schule. Ein Gefängnis unter dem Deckmantel einer Büroeinrichtung.

Langsam sollte er sich Gedanken machen, was genau er mit seiner freien Zeit in sechs Monaten anstellen wollte. Die Ersparnisse würden in London für ein Jahr reichen. In jeder anderen Stadt in England würde er sich mit dem Geld mindestens zwei Jahre finanzieren können. Drei Jahre auf dem Land. Länger, wenn er nach Schottland oder Wales ginge. Fünf Jahre in Thailand – wenn er am Strand schliefe. Die Aussicht, tun und lassen zu können, was er wollte, war fast zu gut, um wahr zu sein.

Durch einen Freund war er in die Immobilienbranche gerutscht. Er hatte Geld gebraucht und es ohne Aufwand bekommen. Doch die Zeit der Nebenjobs und belanglosen Arbeit musste aufhören.

Er konnte sich die schockierten Gesichter bereits vorstellen, wenn er Kollegen, Familie, Freunden seine Entscheidung mitteilte. Wie viele Leute träumten von einer Auszeit? Wie viele zogen es durch?

Die eigene Existenz zu reflektieren war ein Wagnis. Die meisten Leute vermieden es aus gutem Grund. Zwei Situationen lösten diesen Prozess jedoch aus: Ein Mensch aus dem Umfeld machte es vor. Oder ein Mensch aus dem Umfeld starb. Die Wucht des Todes war dabei ungleich effektiver.

Die Erkenntnis war so einfach wie erschreckend: Das Leben war kurz. Jede Sekunde konnte die letzte sein. Das Gefühl von aufkommender Panik wurde abgelöst durch den Vorsatz, das Beste aus allem zu machen. Wer wusste schon, wie lange man noch hatte? Bilanz wurde gezogen. Pläne geschmiedet. Man schlief schlecht, eine Nacht. Oder zwei.

Doch dieser Zustand hielt nie lange an. Der Alltagswahnsinn gaukelte den Menschen Sicherheit vor. Zeit. Schon schob man die Pläne auf den nächsten Tag, die nächste Woche oder das nächste Jahr. Der Schlaf wurde tiefer. Die Routine lullte den Tatendrang ein. Am Ende verpuffte der Vorsatz.

Doch seine Vergangenheit hatte ihn gelehrt, wachsam zu sein. Er würde nicht kampflos mit ansehen, wie sein Leben an ihm vorbeizog. Seine Schlafstörungen waren nicht verschwunden. Sie waren eine Warnung.

Er nahm einen Schluck Bier und öffnete die Akte des Mietobjekts in der Narrow Street. Er wollte den Vertrag für die Kundin vorbereiten. Sie schien ehrlich interessiert an dem Appartement. Halbherzige Interessensbekundungen hörte er heraus. Kunden, die unverbindlich zusagten, um sich alle Optionen offenzuhalten. Selten gab ein Klient vor Ort eine definitive Zusage.

Rhys konnte die Entscheidungsfreude verstehen. Die Wohnung war renoviert. Neue Möbel. Keine Selbstverständlichkeit in Limehouse. Der Londoner Wohnungsmarkt war nicht einfach für Mieter. Zu viele finanzkräftige Kunden, die jeden erdenklichen Preis bezahlen konnten. Aus diesem Grund war es eine übliche Geschäftspraktik, jede Wohnung mehreren Interessenten zu zeigen. Das trieb den Preis in die Höhe. Sein Postfach war voll mit Anfragen potentieller Mieter, die einen Termin zur Besichtigung vereinbaren wollten.

Doch es war kein faires Spiel, und er spielte es ungern. Die Kundin am Morgen hatte ihre Verbindlichkeit nicht vorgetäuscht. Sie hatte eine Anzahlung angeboten. Er würde ihr die Wohnung geben. Angebot, Vermittlung, Abschluss, fertig. Außerdem hatte er noch nie eine Frau mit so grünen Augen gesehen.

Er begann, den Vordruck für den Mietvertrag auszufüllen. Die Eigentümer hatten die komplette Abwicklung der Verträge in die Hände von *Suttons & Meyers* gelegt. Seine Firma fungierte wie so viele Estate Agents als Maklerbüro und Hausverwaltung gleichzeitig.

Seine Chefin würde zufrieden sein: eine schnelle Vermittlung mit sofortigem Einzug. Sollte der Drachen ruhig trauern, wenn er bald nicht mehr da war. Er wusste, dass er trotz seiner Einstellung zu dieser Branche einen guten Job machte. Je weniger man das Ganze ernst nahm, desto entspannter trat man den Klienten gegenüber auf. Sie schätzten Authentizität. Er wollte guten Gewissens und hoch erhobenen Hauptes diese Beschäftigung hinter sich lassen.

Als er den Vertrag abspeichern wollte, ging auf dem Bildschirm ein neues Fenster auf. Die Systemmeldung teilte ihm mit, dass in der Vergangenheit bereits Wohnungen in dem Mietobjekt vermittelt worden waren. Er konnte sich nicht erinnern, in der Narrow Street je etwas vermietet zu haben. Dafür mussten Kollegen verantwortlich gewesen sein.

Er wollte die Nachricht gerade wegklicken, doch er zögerte. Er war neugierig geworden. Ein hoher Mieterwechsel in der Wohnlage war nicht die Norm. Das Objekt gehörte zu den besseren Komplexen in Limehouse. Es war groß und anonym, verschachtelt und eng gebaut. Von außen sah es mit der grauen Verkleidung trostlos aus. Doch es war in einem annehmbaren Zustand, teilmodernisiert und zudem nur wenige Meter von der Themse entfernt. Die meisten Bewohner waren Eigentümer. Vereinzelte Appartements gehörten jener Wohnungsgesellschaft, für die seine Firma auch die Verwaltung übernommen hatte. Dazu eine Quote an Sozialwohnungen.

Einen Augenblick später hatte er die Information vor sich. In dem Mietobjekt waren allein in den letzten drei Jahren elf Vermittlungen durch *Suttons & Meyers* erfolgt. Für eine Handvoll Wohnungen. Viele mit kurzer Wohndauer. Das war ungewöhnlich.

Er überflog zwei Akten aus dem letzten Jahr. Es handelte sich um verschiedene Appartements: eine Wohnung im Erdgeschoss und eine in der ersten Etage. Beide Mieterinnen waren vor Ablauf der vertraglichen Mietzeit ausgezogen.

Die Frau aus dem ersten Stock hatte keine Angabe zu ihren Gründen gemacht. Nur drei Monate hatte sie dort gewohnt. Eine Recherche in der Kundendatei zeigte, dass sie die Dienste von *Suttons & Meyers* kein weiteres Mal in Anspruch genommen hatte.

Ein schneller Auszug konnte immer passieren. Erwartungen wurden nicht erfüllt oder waren zu hoch. Oft verlangten

Vermieter aus diesem Grund Jahresverträge. So auch in diesem Fall. Er las die komplette Akte, fand aber keinen Hinweis, auf welche Summe man sich am Ende geeinigt hatte. Im schlimmsten Fall hatte die Frau neun Monatsmieten verloren.

Bei der Mieterin im Erdgeschoss sah die Sachlage ähnlich aus. Sie hatte sieben Monate in dem Wohnblock gewohnt. Rhys scrollte durch die Akte. Schließlich fand er eine Bemerkung. »Vorzeitige Auflösung des Mietverhältnisses.«

Beide Wohnungen hatten zu jener Zeit keine renovierten Badezimmer gehabt. Die Heizungsanlage war ebenfalls noch nicht erneuert worden. Doch Mieter in London waren Kummer gewohnt.

Er kaute am Ende seines Kugelschreibers. Die Wände in dem Wohngebäude waren hellhörig. War mangelnde Privatsphäre das Problem? Passive Anteilnahme am Leben der Nachbarn kannte man doch als Großstädter. Es gab kaum einen Londoner, der nicht eine Geschichte über Streitgespräche, Sex oder laute Musik aus der Nachbarwohnung zum Besten geben konnte.

War die Lage der Wohnungen schuld? Erdgeschoss und erster Stock waren ein Risiko. Die Nähe zum Gehweg, die Wahrscheinlichkeit eines Vorfalls durch Obdachlose, Gangs, Einbrecher – damit musste man umgehen können. Bei der falschen Gesellschaft vor dem Fenster konnte eine Wohnung schnell zum Albtraum werden.

Sollte er sich die anderen Akten anschauen? Das Gefühl, das plötzlich in ihm nagte, war undefinierbar. Es erinnerte an das Kitzeln einer Fliege auf der Haut. Nicht richtig störend, aber doch so lästig, dass es abgestellt werden musste.

Er dachte an die grünen Augen. »Falls es ein Problem gibt,

können Sie sich jederzeit an mich wenden«, hatte er zum Abschied gesagt. Sie hatte gelächelt. »Ich will die Wohnung unbedingt.«

Er schob seine Gedanken beiseite. Er würde seinen Job machen und das tun, was von ihm verlangt wurde: einen Vertrag zur Unterschrift vorbereiten. Angebot, Vermittlung, Abschluss, fertig.

Er gab den Befehl zum Drucken der Unterlagen. Kurz darauf spuckte der Drucker zwei Exemplare des Mietvertrags für Appartement 6A aus.

4

LESTER

07. September – 10:32 Uhr

Sein Gesicht war so dicht an der Wohnungstür, dass seine Wimpern das Holz berührten. Durch den Spion hatte er den Eingang der Nachbarwohnung und einen Teil des Hausflurs im Blick. Er hielt den Atem an.

Eine Frau trat aus Bernards Wohnung. Sie trug ein kurzes Kleid. Es betonte ihre Schultern. Ihre Beine. *Nackte Haut. Zum Greifen nah.*

Ihre Arme waren dünn und trotzdem trainiert. Noch nie hatte er so zarte Muskeln an den Oberarmen einer Frau gesehen. Ihre Haut war blass, beinahe transparent. Ihr Rücken war kerzengerade. In diesem Moment zog sie die Wohnungstür hinter sich zu.

Ein Mann hatte die Wohnung vor einigen Minuten verlassen. Es musste ein Makler gewesen sein. Mit Aktentasche und geschäftigem Gesichtsausdruck war er den Flur entlanggeeilt.

Mit einem Klappern fiel ihr Schlüsselbund auf den Boden. Seine Hand griff zur Klinke. Sollte er rausgehen? Sich vorstellen? Er zögerte. Wollte den Augenblick genießen.

Er hatte eine neue Nachbarin. Verlangen breitete sich in seinen Adern aus. *Eine Frau.*

Sein Blick klebte auf ihrem Hintern. Bevor er eine Entscheidung treffen konnte, hatte sie den Schlüsselbund aufgehoben und lief zur Treppe. Sie schien über den Boden zu schweben, als würde sie an einem Faden nach oben gezogen. Sie bewegte sich, als könnte die Schwerkraft ihr nichts anhaben. Seine Finger krallten sich an der Klinke fest. Ihre Haare waren dunkel. Kinnlänge. Strähnen standen zur Seite ab. Der fransige Pony hing über die Augenbrauen. Ihre Frisur betonte ihren Hals. Ihr Hals war schmal. Verletzlich.

Plötzlich schaute sie in seine Richtung. Er erstarrte. Dann fiel ihm ein, dass sie ihn durch den Spion nicht sehen konnte. Spürte sie seine Blicke? Er hob die Hand hinter der Tür, zum Gruß. Sie lief an ihm vorbei. So nah. Ahnungslos. *Herzlich willkommen.*

Sie hatte nicht abgeschlossen. Wie sorglos sie war. Oder war sie unaufmerksam? Die Türen in diesem Wohnblock ließen sich ohne große Kraftanstrengung aufhebeln. Diverse Einbrüche in den letzten Jahren zeugten davon. Er schielte zur obersten Schublade seines Schuhschranks. Dort bewahrte er die Schlüssel auf. Seine Errungenschaften. Er könnte die Wohnungstür der neuen Nachbarin abschließen. Sicherlich wäre sie dankbar für seine Umsicht. Aber dann wüsste sie, dass er, oder *jemand*, einen Schlüssel hatte. Nein.

Er wandte sich wieder dem Spion zu, wollte einen letzten Blick auf sie erhaschen, bevor sie aus seinem Blickfeld verschwand.

Mit einem Zischen zog er Luft ein. Die Alte aus 6B kam mit einem untrüglichen Gefühl für den richtigen Zeitpunkt die

Treppe hinaufgeschlichen. Sobald im Hausflur eine Entdeckung zu machen war, sei es der Briefträger, eine entlaufene Katze oder ein Klapprad, das am Geländer lehnte – die Alte war sofort zur Stelle.

Mit ihrer knochigen Hand hielt sie sich am Geländer fest. Der defekte Lift setzte ihr zu. Sie schien ihre gesamte Energie dafür aufbringen zu müssen, einen Fuß vor den anderen zu setzen. Nur mit Mühe schaffte sie es, den Einkauf in ihre Etage zu tragen. Gleich würden beide Frauen aufeinandertreffen.

Sie reichten sich die Hand. Die neue Nachbarin griff der Alten unter die Arme. Beide lächelten. Die Neue nahm die Einkaufstaschen der Alten, zwei an der Zahl, mit Leichtigkeit. Sie war kräftig. Trotz der dünnen Arme.

Er kniff die Augen zusammen. Die Alte hatte zu viel Rouge auf den Wangen. Ihre weißen Haare oberhalb der Ohren und an den Schläfen waren von dem Make-up rot verfärbt. Selbst aus dieser Entfernung konnte er die dicke Schicht aus Puder erkennen. Er stellte sich vor, wie es wäre, ihr gesamtes Gesicht einfach wegzupusten. Seine Kieferknochen knackten.

*

LESTER

07. September – 17:15 Uhr

Er hielt eine gelbe Damenhandtasche in den Händen. Sie war leer bis auf zwei unbenutzte Stofftaschentücher und einen Lippenstift, was den Schluss zuließ, dass sie der Besitzerin gestohlen worden war. *Keine Schlüssel. Keine Adresse.*

Er fuhr mit den Fingern über das Leder. *Kate Spade* stand

auf einem Anhänger. Soweit er wusste, war das eine teure Marke. Verwunderlich, dass die Tasche von dem Dieb achtlos entsorgt worden war. Sie war in einem tadellosen Zustand.

Er hielt seine Nase in die Tasche, zog den Geruch ein: Leder vermischt mit dem Duft eines Parfums. Wie wohl die neue Nachbarin roch?

Er griff nach den Taschentüchern. Weichspüler hatte den Stoff glatt gewaschen. Langsam fuhr er sich mit einem Tuch über das Gesicht. Er spürte die Baumwolle an seinen Lippen. Seine Zunge berührte eine Naht. Sein Speichel hinterließ einen Fleck auf dem Stoff.

Als er Schritte hörte, legte er die Taschentücher schnell zusammen und schob sie zurück in das Innenfach der Tasche.

Er stellte sich eine Bankangestellte aus der Londoner City vor. Jung, ein oder zwei Jahre nach ihrem Abschluss – eine ältere Frau hätte vermutlich nicht diese Farbe gewählt –, die sich als Belohnung für ihre 80-Stunden-Woche etwas gegönnt hatte. Ein Single, voller Hoffnung, dass ihr Make-up und die teure Tasche halfen, dem Richtigen aufzufallen. Vermutlich hatte sie längst für Ersatz gesorgt, der Verlust nicht mehr als eine Unannehmlichkeit. Ob die neue Nachbarin auch eine gelbe Handtasche besaß?

»Lies mal!« Seine Kollegin Deborah stand vor ihm. Jäh riss sie ihn aus seinen Gedanken.

Mit ihrem dicken Zeigefinger tippte sie auf einen Zeitungsartikel. Druckerschwärze hatte die Haut an der Spitze ihres Fingers dunkel verfärbt. »Meine Nachbarschaft.« Der Stolz, der in ihrer Stimme mitschwang, ließ sie noch korpulenter erscheinen, als sie ohnehin schon war.

»Du störst«, sagte er.

Deborah ignorierte seinen Einwand. »Ein siebzigjähriger Mann gehört nicht in Untersuchungshaft.«

Er wurde wütend. Sie brachte ihm keinen Respekt entgegen. Das Geräusch summender Bienen breitete sich in seinem Kopf aus. Sie erinnerte ihn an ein Mädchen aus seiner Kindheit.

Als Zehnjähriger hatte er regelmäßig den Garten nach Insekten abgesucht. Er hatte sie in einem Glas gesammelt. Ihre Fluchtversuche beobachtet. Das Gefühl der Macht verlieh ihm Stärke.

Das dicke Mädchen aus dem Nachbarhaus hatte ihn bei seinen Aktivitäten gestört. Mit ihren Sandalen trampelte sie den Rasen platt. Sie ließ sich durch nichts verscheuchen, suchte seine Nähe. Eines Tages schmierte er das Gesicht der Kleinen mit Honig ein. Nachdem er eine ordentliche Schicht aufgetragen hatte, befahl er ihr, sich in ein von Bienen und Wespen bevölkertes Blumenbeet zu setzen. Der Erfolg war überwältigend gewesen. Die Eltern der Vierjährigen hatten ihm nach der Aktion jeden Kontakt mit ihr verboten.

Er stellte sich Deborahs Gesicht vor, wie es vor Honig glänzte. Das Summen der Bienen glich mittlerweile dem Lärm eines Hubschraubers. Sie steuerten auf den Kopf seiner Kollegin zu.

Er griff nach der *Daily Mail.* Drei Mal las er den ersten Absatz. Einhellige Meinung der Befragten in dem Artikel war, dass es sich bei dem Mafiapaten von Herne Hill um einen Bilderbuchnachbarn handelte. Die Anwohner waren zufrieden, dass dem alten Mann aus Mangel an Beweisen keine Verhaftung drohte. »Man weiß nie, wer stattdessen einzieht«, wurde eine Nachbarin zitiert.

Lester verzog das Gesicht zu einem Grinsen. Die neue Nachbarin tauchte wieder in seinem Kopf auf.

Er wischte mit einem Finger über den Zeitungsartikel. Seine Haut blieb sauber. Deborah hatte die überflüssige Druckerschwärze abgegriffen. Vermutlich löste sich die Farbe schneller von dem Papier, je feuchter die Hände waren. Ohne einen Kommentar zum Artikel gab er ihr die Zeitung zurück. »Du hast schwarze Finger.«

Deborah guckte auf die Druckerschwärze an ihrer Hand. Wortlos drehte sie sich um und ging. Erst nachdem sie nicht mehr zu sehen war, verschwand das Summen des Bienenschwarms aus seinem Kopf.

Er warf die gelbe Handtasche in den Container mit den Taschen. *Persönliches Interesse: sieben.* In drei Monaten würde er sie aus dem System löschen und mit nach Hause nehmen.

Sie passte in seine Sammlung. Nur die besten Fundstücke kamen zu ihm nach Hause. Er bewahrte sie davor, in Hände zu geraten, die sie nicht zu schätzen wussten. Dicke, schwarz verfärbte Hände zum Beispiel.

*

RHYS

»Gab es keine anderen Interessenten?« Sam stand neben Rhys' Schreibtisch, den Arm voll mit Akten, die er ins Archiv bringen wollte. Das »Archiv« war eine Abstellkammer ohne Fenster direkt neben der Küche, vollgestopft mit Papier, Kartons und Unterlagen. Der Super-GAU für Klaustrophobiker.

»Wieso?« Rhys guckte seinen Kollegen an. Schlechtes Gewissen regte sich. Hatte er einen Fehler bei der Vermietung gemacht?

»Sechs Monate«, mischte sich Paul in die Diskussion ein und grinste. Er war seit mehr als zehn Jahren in dem Maklerbüro tätig und hatte ihr Gespräch von der anderen Seite des Raumes verfolgt. »Wollen wir wetten?«

Sam lachte auf. Die Akten in seinem Arm begannen zu rutschen. Im letzten Moment schaffte er es, sie auf Rhys' Schreibtisch zu bugsieren, bevor alles auf den Boden fiel. »Wie lange bist du jetzt bei uns?«, fragte er.

»Offenbar nicht lange genug«, sagte Rhys und ärgerte sich, weil er plötzlich defensiv klang. Er warf einen Blick auf die Aktenordner, die sich jetzt vor ihm stapelten, und ahnte, wer sie später ins Archiv bringen würde.

»Wir hatten in der Narrow Street einige Auszüge in den letzten Jahren«, sagte Paul. »Meist Frauen.«

Rhys dachte an die beiden Akten, die er überflogen hatte. »Was war der Grund?«

Sam schüttelte den Kopf. »Das Objekt in der Narrow Street ist groß. Sozialwohnungen und private Eigentümer. Das gibt immer Spannungen. Limehouse ist nicht Chelsea.«

»Es wurden zum Teil abstruse Ausreden erfunden, um vor Ablauf des Zeitraums aus dem Mietvertrag rauszukommen. Du weißt doch, wie es läuft. Ein Jahr gemietet bedeutet ein Jahr Miete zahlen«, sagte Paul.

»Es sei denn, man hat einen triftigen Grund«, sagte Rhys. »Jobverlust. Ausland. Tod. Was für Ausreden hatten die Damen?«

»Die Fantasie kannte keine Grenze. Erinnerst du dich an

das Partygirl?«, fragte Paul an Sam gewandt. »Wie hieß die noch?«

Sam schüttelte den Kopf. »Mein Gehirn hat keine Kapazität für Namen.«

»Was für ein Partygirl?«, fragte Rhys.

»Die war nicht ganz dicht.« Sam machte mit seiner Hand eine eindeutige Bewegung, die den Geisteszustand der jungen Frau unterstreichen sollte. »Sie ist aus dem Mietverhältnis direkt in den Entzug. Alkohol, Drogen. Halluzinationen.«

»Wir dachten, ihre Abhängigkeit sei eine Ausrede. Aber ihr Arzt hat tatsächlich ein Attest ausgestellt«, sagte Paul.

»Tragisch, was Partydrogen mit einem Menschen anstellen können. Ich habe ja früher auch manchmal …«, fing Sam an.

»Okay, aber die anderen Fälle?«, unterbrach Rhys ihn, bevor Sam anfing, von seiner Zeit in der Technoszene zu schwärmen und von seinen mehrtägigen Raves in Berlin. »Es muss doch eine Ursache geben für diese Auszugsrate.«

»Wer ausziehen will, soll ausziehen«, sagte Sam. »Hauptsache, die vertraglichen Konditionen werden erfüllt.« Er zuckte mit den Achseln. »Wer zahlt, kann raus.«

»Wir mischen uns nicht in fremde Angelegenheiten ein«, pflichtete Paul seinem Kollegen bei. Er ging zurück zu seinem Schreibtisch und fuhr den PC runter. »Lust auf ein Pint im *Dove*?«

»Viele Umzüge bedeuten einen hohen Aufwand für uns in der Hausverwaltung. Neue Verträge, die Kaution, die Wohnungsabnahme …«, erklärte Sam und hielt einen Daumen hoch, Richtung Paul. »Manche Aufgaben erledigt ihr in der Vermittlung. Aber für alle Dinge, die im Anschluss passieren, sind bekanntlich wir verantwortlich. Und es nervt, wenn man sich ständig um dieselben Wohnungen kümmern muss.« Er zwinkerte ihm zu. »Du kennst doch das Spiel. Du siehst einen Kunden und weißt sofort, welches Objekt du anbietest. Welche Gegend. Welche Straße. Oder eben nicht. Die Narrow Street und Frauen passen nicht zusammen.« Er klopfte Rhys auf die Schulter. »Du zahlst die erste Runde im Pub.«

Doch Rhys hörte nicht mehr hin. Die Haare in seinem Nacken hatten sich aufgestellt.

Die Vergangenheit kannte keine Gnade. Irgendwann holte sie jeden ein. Vorzugsweise in Momenten, in denen man es am wenigsten erwartete.

Wir mischen uns nicht in fremde Angelegenheiten ein. Acht Wörter, die in dieser Reihenfolge eine Aussage ergaben. Sie machte das Leben verdammt einfach. Ein Schulterzucken. Schon war die Sache erledigt.

Doch der Satz war gefährlich. Er zog Konsequenzen nach sich. Immer. Es war der Satz, den er in seinem Leben nie wieder hatte hören wollen.

5

ERIN

Zwischen der Unterschrift und dem Einzug waren nur drei Tage verstrichen. Der Vorteil einer eingerichteten Wohnung war, dass man sich keine Sorgen um den Kauf neuer Möbel machen musste.

Zwei Taxifahrten hatten ausgereicht, ihr Hab und Gut von der Wohngemeinschaft in Bethnal Green in das neue Appartement nach Limehouse zu befördern.

Sie öffnete das Badezimmerfenster. Dämmerung war eingebrochen. Das Licht der Laternen im Hafen spiegelte sich in den Wellen des Wassers. Hausboote lagen vor Anker, einige bewohnt, mit Blumentöpfen oder Solarzellen auf dem Dach, andere verlassen, als lägen sie seit Jahren an derselben Stelle. Zwei Segelboote hatten sich unter die Hausboote gemischt. Sie mussten in den letzten Stunden eingelaufen sein. Neuzugänge. Das Dock war eine eigene Gemeinschaft. Mitten in London. Wie ein Dorf. Umgeben von Hochhäusern, deren Fenster Augen hatten.

Die Worte des Maklers fielen ihr ein. »Scheint der Hafen mit den Booten nicht winzig, im Gegensatz zu den Hochhäusern von Canary Wharf?« Rhys White. Sein Gesicht hatte

Wertschätzung ausgestrahlt. Interesse. Vielleicht sollte sie seine Visitenkarte noch nicht wegschmeißen.

»Das House Hunting hat ein Ende«, hatte er bei der Wohnungsübergabe gesagt und ihr den Schlüssel in die Hand gedrückt.

»Die Suche nach der Wohnung war tatsächlich eine Jagd.« Eine bezahlbare Wohnung in London zu finden, war so wahrscheinlich wie ein Sechser im Lotto. Eine Wohnung, die den eigenen Vorstellungen und Zwecken diente, ja, die in allen Punkten genau dem entsprach, wonach man gesucht hatte, war jenseits jeder berechenbaren Wahrscheinlichkeit. Neben Glück erforderte diese Aufgabe vor allem Geduld. Planerisches Denken. Leidenschaft. Mehr als einmal hatte sie der Versuchung widerstehen müssen, sich mit einer Notlösung zufriedenzugeben.

Mit einer Hand griff sie in ihren Kulturbeutel, in dem sie die Kosmetikartikel aufbewahrte, und begann, den Spiegelschrank einzuräumen.

Als sie sich vor dem Waschbecken auf die Zehenspitzen stellte, um in das oberste Fach zu greifen, schoss der Schmerz in ihren Fußballen. Es gab Tage, an denen alles gut ging. Dann wiederum reichte eine Bewegung, und das Kartenhaus fiel in sich zusammen. Doch sie durfte keine negativen Gedanken zulassen. Es war wichtig, dass sie funktionierte. Sie hatte hart dafür gearbeitet. Die nächsten Wochen waren entscheidend.

Sie setzte sich auf den Rand der Badewanne. Mit beiden Händen massierte sie den Fuß, so, wie ihre Physiotherapeutin es ihr gezeigt hatte. Drei Mal in der Woche ging sie zur Krankengymnastik. »Die Schwellung ausstreichen«, hatte die Physiotherapeutin diese Technik genannt.

Erin knetete den Fuß, lockerte und dehnte die Sehnen. Sie würde ihre Fußmuskeln mehr trainieren müssen. Je stärker die Muskeln, je besser die Mobilität des Mittelfußes, desto geringer die Verletzungsgefahr. Sie war zu ihrer eigenen Expertin geworden.

Wo ist das Eisspray? Ihre Augen suchten nach der Dose. Sie musste in einer der Kisten sein. Erin konnte spüren, wie sich unter ihrem Fuß die vertraute Schwellung bildete. Ein verzweifelter Versuch ihres Körpers, den entzündeten Knochen zu schützen, das Gewebe zu polstern. Frustration überkam sie. *Warum hört der Schmerz nicht auf?* In ihrem Kopf schrie sie die Worte. Keine Antwort. Die Stille im Haus fühlte sich an wie eine Anklage.

Gerade als sie aufstehen wollte, das Eisspray musste irgendwo sein, ließ ein Räuspern sie zusammenzucken. Sie fuhr herum.

Doch da war niemand. Sie war allein. Natürlich. Erst jetzt fiel ihr auf, wie dunkel es geworden war. Die einbrechende Nacht tauchte das Badezimmer in eine Mischung aus Schatten und Licht. Die blaue Stunde. Eine Atmosphäre zwischen Tag und Nacht, zwischen hell und dunkel. Eine Grauzone, in der alles möglich schien, Definitionen nicht galten und es keine klaren Abgrenzungen gab. Ihre bevorzugte Tageszeit. Eigentlich. Doch das neue Appartement vermittelte kein Gefühl von Geborgenheit. Im Gegenteil: Sie fühlte sich plötzlich schutzlos.

Sie starrte auf die Wand hinter ihrer Badewanne. Das Räuspern musste aus der Nachbarwohnung gekommen sein. Sie lauschte. Blut rauschte in ihren Ohren. Eine körperliche Reaktion, die sich nicht steuern ließ. Das Badezimmer kam ihr mit einem Mal zu eng vor. Die Wände bewegten sich auf sie zu, die Fliesen würden sie jeden Moment zerdrücken. Sie musste in Deckung gehen. Stopp.

Sie schnappte nach Luft. Zwang sich, das Herzrasen zu ignorieren. *Panikattacken entstehen im Kopf. Es besteht keine Lebensgefahr.* Ihr Puls beruhigte sich, und die Panik verschwand so schnell, wie sie gekommen war.

Ein Husten schallte durch die Wand. Schritte. Nein. Eher ein Schlurfen, als würde jemand die Füße nicht anheben. *Oder versuchen, so leise wie möglich zu sein?*

Die Wohnung war hellhöriger, als sie gedacht hatte. Ihre Gedanken rasten. Abgesehen von dem Schrei einer Möwe im Hafen war jetzt nichts mehr zu hören – wenn man von den typischen Geräuschen einer Großstadt absah, die auch abends nicht verstummten: Sirenen, das Hupen von Autos und der konstante Lärm, den Millionen Menschen auf so dicht besiedeltem Raum verursachten.

Sie bemerkte eine Mücke, die sich von drinnen an ihr Fenster gesetzt hatte. Sie musterte die durchsichtigen Flügel. Den langgezogenen Körper, die Beine, zu lang und zu viele. Eine schnelle Handbewegung reichte. Mit einem Klatschen machte sie dem Insekt den Garaus. Das Geräusch gab ihr eine merkwürdige Befriedigung. Ein Blutfleck blieb auf der Scheibe zurück.

In einigen Booten war in der Zwischenzeit Licht angegangen. Auf dem Pier stand eine Frau im Schein einer Laterne. Ihre grauen Locken schimmerten in der Dämmerung. Sie war eingehakt bei einer jüngeren Frau, vielleicht ihre Tochter. Beide inspizierten den Bug des Schiffes.

Das brachte Erin auf eine Idee. Es war ein guter Zeitpunkt. Sie ging ins Schlafzimmer und holte ihr Telefon. Das Handy zwischen Schulter und Wange eingeklemmt, räumte sie ihren Badezimmerschrank weiter ein in der Hoffnung, bei der Gelegenheit über das Eisspray zu stolpern.

*

LESTER

10. September – 20:21 Uhr

»Mum.« Ihre Stimme klang weich. »Ich bin es, Erin.«

Er konnte sein Glück kaum fassen. Bernard hatte nie telefoniert. Das hatte vor allem daran gelegen, dass Bernard ein Vertreter des persönlichen Kontakts gewesen war. Besucher waren ein und aus gegangen. Frauen. Freunde. Aber Telefonate? Hatte Bernard überhaupt ein Telefon besessen?

Vorsichtig setzte er sich auf den Rand seiner Badewanne. Was hatte die neue Nachbarin zu erzählen?

Erin. Der Name gefiel ihm. Er atmete ganz flach aus Angst, einen Ton von sich zu geben. Er wollte sie nicht stören.

»Der Umzug hat gut geklappt. Kein Problem.« Sie lachte auf. »Die Wohnung ist klein. Und möbliert.«

Sie musste direkt vor ihrem Waschbecken stehen. Ihre Stimme war so klar, dass er jede Nuance wahrnahm.

Sein Badezimmer war nachträglich eingezogen worden – lange bevor er die Wohnung gemietet hatte. Aus einer Wohneinheit hatte die Baugesellschaft damals zwei Appartements geschaffen. Die Wohnungsnot in der Stadt forderte die Kreativität der Vermieter immer wieder aufs Neue. Das Resultat der Umbaumaßnahme war, dass sein Badezimmer in die Nachbarwohnung hineinragte. Diese Wände, dünn und billig, gespickt mit Fliesen und Leitungen, transportierten jedes Geräusch zuverlässig auf die andere Seite. Die Wände grenzten an alle Zimmer der Nachbarwohnung. Mit Ausnahme der Küche. Das war der einzige Raum, den er nicht einhören konnte. Kopf- und linke Seite seines Badezimmers übertrugen Geräusche aus dem benachbarten Bad und Schlafzimmer. Die rechte Wand verriet, was in Flur und Wohnzimmer passierte.

Sein Badezimmer war seine Verbindung zu Wohnung 6A. Eine Besonderheit, die in seinen Augen jede Mieterhöhung rechtfertigte. Und das Beste: Die Neue hatte keine Ahnung.

»Es ist alles in Ordnung.« Ihre Stimme war gepresst, kurzatmig, beinahe, als würde sie etwas verheimlichen oder sei in Eile. »Wirklich.« Es klang nicht so.

Für einen Moment war Stille. Schon befürchtete er, dass sie aufgelegt hatte. Ohne Verabschiedung?

Dann plötzlich: »Kollegen sind Konkurrenten. Mir fehlen meine Freunde. Was würde ich für ein Frühstück mit Kate im *Steam & Bean* geben. Ich vermisse die Berge.«

Sie fühlte sich einsam. *Wer ist Kate? Welche Berge?*

»Wie geht es dir und Dad?« Erins Stimme nahm eine besorgte Tonlage an. »Was hat der Arzt gesagt?«

Ihre Stimme war feminin. Sie sprach deutlich. Ihre Art, die Wörter zu betonen, war voller Ausdruck. *Hör nicht auf zu reden.*

Als könnte sie Gedanken lesen und wollte ihm eine Lektion erteilen, sagte sie für eine Weile nichts mehr. Ein Gegenstand wurde in ein Regal geschoben. Kurz drehte sie den Wasserhahn auf. Ihre Schritte entfernten sich und kamen zurück.

Er könnte ihr zeigen, wie sie mehr Platz gewann, indem sie das Sofa und den Sessel vertauschte. Den Sessel, auf dem er gesessen hatte. Ob sie das Bett an der Stelle gelassen hatte, wo der Inneneinrichter es platziert hatte? Oder hatte sie es verschoben, versucht, der Wohnung eine persönliche Note zu geben?

Er legte ein Ohr gegen die Fliesen. Kalt drückte die Keramik gegen seine Ohrmuschel. Ein Geräusch wie aus einer Sprühdose war zu hören. Haarspray?

Falls sie die Angewohnheit hatte, viel zu telefonieren, würde er aus erster Hand Dinge aus ihrem Leben erfahren, die sie Freunden und Familie mitteilte. Sie würde nichts beschönigen. Nichts verheimlichen, wie man es Fremden oder Bekannten – *Nachbarn* – gegenüber tat. Es würde keine Geheimnisse geben, zwischen ihr und ihm. Eine Welle der Verbundenheit überkam ihn. Dennoch würde es eine Weile dauern, bis er aus den Bruchstücken ihrer Telefonate ein Bild zusammensetzen konnte.

»Ich muss Schluss machen.« Ihre Stimme war so nah, dass er zurückwich. Sie klang jetzt abgelenkt. Beinahe reserviert. Was hatte ihre Mutter gesagt?

»Ich melde mich.«

Er wartete noch einen Moment ab. Doch auch in den folgenden Minuten war nichts mehr zu hören. Erin hatte aufgelegt.

*

LESTER

11. September – 02:03 Uhr

Er schreckte aus dem Schlaf hoch. Sein Herz schlug von innen gegen den Brustkorb. Das T-Shirt klebte an seinem Rücken. Der Wecker zeigte kurz nach zwei. Vor einer Stunde erst war er ins Bett gegangen. Sein Schlafzimmer war stockfinster. Selbst von draußen fiel kein Licht in den Raum. Er streckte seinen Arm zur Nachttischlampe, entschied sich dagegen. In der Dunkelheit des Zimmers stand er auf und lief zum Badezimmer. Wohliges Schwarz umhüllte ihn und seine Aktivitäten.

Er öffnete die Tür zum Bad und blieb auf der Schwelle stehen. Lauschte. Kein Ton war aus der Nachbarwohnung zu hören. Was hatte er erwartet?

Die Tatsache, dass er eine neue Nachbarin hatte, nach all den Monaten der Stille, den Jahren mit Bernard, brachte ihn mehr aus der Fassung, als er gedacht hätte. Die direkte Nähe zu einer Frau, nur durch dünne Wände von ihm getrennt, war ungewohnt. Ihre weiblichen Hormone und Duftstoffe schienen durch die Wand zu ihm durchzudringen, erweckten ihn zum Leben, kitzelten ihn wach, selbst in der Mitte der Nacht.

Er ging in die Küche. Sein Blick fiel auf das Laptop. Seit Tagen hatte er es nicht benutzt. Er schaltete es ein. Das Batteriesymbol war schwach. Er ignorierte die Warnung und öffnete den Browser. Seine Finger tippten *Steam & Bean* in das Suchprogramm. Dies war die einzige Information, die ihm einen Anhaltspunkt geben konnte.

Die Ergebnisse waren eindeutig. In England, ja, im gesamten Vereinigten Königreich gab es nur ein Lokal mit diesem

Namen. Ein Café in Grasmere. Grasmere lag im Lake District. *Ich vermisse die Berge.*

Er kratzte sich am Kopf. War sie gerade erst nach London gezogen?

Mit zusammengekniffenen Augen schaute er auf die Karte, die auf der Website abgebildet war. Zwischen Manchester und der schottischen Grenze gelegen, befand sich der Ort im Niemandsland. Das einzige andere *Steam & Bean*, das er finden konnte, befand sich an der Gold Coast in Australien.

Er hatte das Internet bisher nie als eine notwendige Informationsquelle betrachtet. Mit einem Mal verstand er die Faszination der Menschen, jederzeit und überall Informationen aufrufen zu können.

Das Laptop ging aus. Der Bildschirm wurde schwarz.

Gedankenverloren schaute er aus dem Fenster. Keine Menschenseele war zu sehen. Der einzige Farbfleck waren die Blumenkübel vor dem *The Grapes*, dem Pub an der Ecke, die von dem Licht einer flackernden Laterne angestrahlt wurden.

Seine Beobachtung im Hausflur, als Erin auf die Alte aus 6B getroffen war, fiel ihm ein. Ihr Gang, die Beinhaltung – elegant wie eine Katze.

Und dann passierte es. Eine Erinnerung brach unvermittelt und mit aller Macht über ihn herein, beinahe so, als hätte sie einige Tage gebraucht, um an die Oberfläche zu gelangen. *Shannon.*

Er bekam eine Gänsehaut. In den letzten siebzehn Jahren hatte er es geschafft, jeden Gedanken an sie zu verdrängen. Mehr noch: Er hatte sich keine Erinnerung an sie erlaubt, den Vorfall komplett aus seinem Bewusstsein gelöscht. Seit der

Sache mit Shannon hatte es keine Frau geschafft, ähnliche Gefühle, irgendwelche Gefühle, in ihm hervorzurufen. Die Tatsache, dass sie in seinem Kopf auftauchte, war nicht gut. *Gar nicht gut.*

Er fühlte eine plötzliche Enge in seinem Brustkorb. Seine Rippen schienen die Lunge am Ausdehnen zu hindern. Er taumelte zur Spüle, trank direkt aus der Leitung, wie ein Verdurstender, dessen einzige Rettung das Wasser war.

Die Freude, eine neue Nachbarin zu haben, verwandelte sich in Beklemmung. Das Bedürfnis, in den Keller zu gehen, wurde übermächtig. Die Kiste mit seinen Schätzen stand seit Jahren unberührt im Regal. Medizinische Instrumente des 19. Jahrhunderts.

Doch es gab einen Grund, warum er so lange nicht an der Kiste gewesen war. Er durfte sie auf keinen Fall öffnen. Der Strudel der Erinnerung würde ihn in die Tiefe reißen. Shannon und die Kiste, der Inhalt, waren zu eng miteinander verbunden. Er musste sich ablenken. Sofort.

Die Trainingsstange fühlte sich kalt an unter seinen Fingern. Langsam zog er sich hoch, machte einen Klimmzug.

Auf keinen Fall durfte er riskieren, noch einmal in den Fokus der Polizei zu geraten.

Die Ermittlungen hatten ihm nicht nur zugesetzt, sondern sein Leben auf den Kopf gestellt. Seine Karriere war vorbei gewesen, bevor sie begonnen hatte.

»Jeder Mensch hat ein Beuteschema.« Dr. Annett Sebrights Feststellung hatte ihn lange Zeit verfolgt. Siebzehn Jahre war es her, dass er die Dienste der Psychologin in Anspruch hatte nehmen müssen. Sein Anwalt, die Polizei – man hatte ihn zu der Therapie genötigt. Wenn er gründlich suchte, würde er ihre Kontaktdaten finden.

Er machte zehn Klimmzüge ohne Pause. Seine Muskeln zitterten. Mit jedem Klimmzug weitete sich sein Brustkorb. Er konnte wieder atmen.

Die Psychologin hatte er komplett aus seinem Leben gestrichen. Sie interessierte ihn nicht. Weder als Therapeutin. Noch als Frau.

»Melden Sie sich, wenn Bedarf besteht.« Sie hatte damals sichergestellt, dass er keinerlei Hemmungen hatte, sie zu kontaktieren. Bedarf. Er hatte über den Ausdruck gelacht.

Dr. Sebright, *Annett*, wie sie betonte, hatte in den Therapiesitzungen versucht, ihm Denkanstöße zu geben. Ihre Strategie war so einfach wie durchschaubar gewesen. »Was hat das Gefühl der Ablehnung in Ihnen ausgelöst? Wie hat es sich angefühlt?« Ihre ständigen Fragen hatten ihn genervt. Ihre altklugen Statements noch mehr. »Wir alle müssen mit Abweisung leben.« Er hatte sich gefragt, ob sie aus eigener Erfahrung sprach. »Den Umgang mit Ablehnung kann man lernen.«

Er hatte geschwiegen. Ihm war übel geworden bei dem Gedanken, dass jedes seiner Worte in den Akten niedergeschrieben war und sich für alle Ewigkeiten in den Unterlagen der Psychologin befand. »Sie haben unter einer Fehlwahrnehmung der Beziehungsbereitschaft dieser Frau gelitten. Körperliche Nähe lässt sich nicht erzwingen.«

»Soll ich Ihnen jetzt von meiner Mutter erzählen?« Seine Stimme hatte provozierend geklungen. Gehässig.

»Wenn Sie das möchten.« Annett hatte ihn beobachtet. »Ihr Verhalten könnte Ausdruck einer Bindungsstörung sein.«

Seine Mutter war das Letzte, worüber er hatte sprechen wollen. Er war gerade zwei Jahre alt gewesen, da hatte sie ihn bei seiner Großmutter abgesetzt und das Weite gesucht. Er hatte augenblicklich bereut, das Thema angeschnitten zu haben.

»Ihr Wert als Mensch hängt weder vom Urteil anderer ab noch von Ihrem eigenen. Ist das nicht ein Stück weit befreiend?« Er hatte genickt, auch wenn er den Sinn dieser Aussage nicht verstanden hatte.

In einer späteren Sitzung war Annett direkt auf Shannon zu sprechen gekommen. Da ihre Fragen von seiner Seite stets unbeantwortet geblieben waren, hatte sie irgendwann ihre Strategie geändert. Sie klang fortan wie eine Dozentin, die versucht, ihrem Studenten neues Wissen zu vermitteln. »Sie müssen in Zukunft vorbereitet sein. Eine Frau kann völlig anders aussehen als Shannon und doch etwas in Ihnen auslösen. Vielleicht ist es die Art zu lachen. Eine Handbewegung. Eine Geste oder die Stimme.«

Er hatte nichts erwidert. Keine Frau würde Shannon ersetzen können.

»Je mehr Sie sich das bewusst machen, desto leichter können Sie eine erneute Problematik verhindern. Die Frau wird Sie an Shannon erinnern, weil Ihr Unterbewusstsein es so will.«

Er hatte genickt. Problematik klang wie eine Krankheit, deren Namen man nicht aussprechen wollte.

»Was passiert ist, darf nie wieder passieren. Ein Mensch ist …« Für eine Sekunde hatte sie gezögert. »… zu Schaden gekommen. Ihre vermeintlichen Besitzansprüche gegenüber der Frau haben Sie in diese Situation gebracht.«

Er hatte sich gefragt, warum sie die Sache nicht einfach aussprach. Ein Mensch war gestorben. *Tot.* Allein der Gedanke an jenen Abend hatte die Wut wieder durch seine Adern rauschen lassen.

»So eine Eskalation ist nicht zu akzeptieren. Haben Sie das verstanden? Sie müssen Ihre Wut kontrollieren. Ihren Umgang mit Macht und Ohnmacht.«

Wieder hatte er genickt, sich ein Lächeln abgerungen. *Eskalation.*

»Sagen Sie es.« Die Psychologin hatte sich nach vorne gelehnt und ihn abwartend angeschaut. Er hatte es gesagt.

6

Hinweise für den Umgang mit hör- und sehbeeinträchtigten Kommilitonen. Eine Thematik, mit der er sich normalerweise nicht beschäftigt.

Unzählige Male ist er in der Universität an dem Ständer mit den Informationsblättern vorbeigegangen, hat einen Bogen gemacht, wenn übermotivierte Mitstudierende Informationen zu dem Thema verteilt haben. Ein Versuch, Aufmerksamkeit zu wecken. Die politische Korrektheit und das Engagement der freiwilligen Helfer gehen ihm auf die Nerven.

Aus gegebenem Anlass hat er schließlich in der letzten Woche eine Broschüre mit nach Hause genommen. Für einen kurzen Moment hat er zu den Studierenden gehört, die sich um Kommilitonen sorgen, wurde Teil des elitären Kreises der Kümmerer. Am liebsten hätte er den Flyer nach oben gehalten, damit es alle sehen können, und laut gelacht.

Er faltet den Flyer auseinander. Die Tipps und Anweisungen, die in Zusammenarbeit mit Gehörlosen erarbeitet worden waren, sind in einer Tabelle zusammengefasst. Als Hörender soll er auf folgende Dinge achten:

– Blickkontakt halten und frontal zu der gehörlosen Person stehen

- deutlich sprechen und die Sätze kurz halten
- nicht zu langsam sprechen, da dies die Formung der Lippen verändert
- das Gesagte mit passenden Gesten unterstreichen

Mit einem Ausrufezeichen weist der Flyer darauf hin, dass Missverständnisse vorprogrammiert seien.

Er dreht das Informationsblatt um. Zum weiteren Verständnis sind auf der Rückseite Fakten über die Kommunikation mit Gehörlosen hinzugefügt. Interessant ist der Hinweis, dass sich beim Sprechen fast ausschließlich die Unterlippe bewegt. Die Oberlippe bleibt starr. Er hält einen Finger über seine Lippen. Er öffnet den Mund. Liest laut. »Jedes Land hat seine eigene Gebärdensprache. Beim Lippenlesen kommt es häufig zu Fehlinterpretationen.« Seine Unterlippe berührt die Innenfläche seines Fingers, bewegt sich mit jedem Wort. Die Oberlippe liegt regungslos auf der Haut. Der Flyer hat Recht.

Ein Klopfen an seiner Haustür lässt ihn zusammenfahren. Er springt zum Fenster.

Es ist schneller gegangen als gedacht. Der Einfall mit der weißen Sprühfarbe zahlt sich aus. Die Müllabfuhr ist erst vor einer Stunde durch seine Straße gefahren.

Deutlich sichtbar hatte er vor dem Austausch seine Hausnummer auf seine Mülltonne geschrieben. Die Müllabfuhr kümmert es nicht, was auf den Tonnen steht. Sie stellt sie nach dem Leeren einfach wieder dort ab, wo sie vorher standen.

Doch *sie* sollte es einfach haben, ihre Mülltonne wiederzufinden. Ihn zu finden. Nichts sollte dem Zufall überlassen werden. Schon gar nicht sollte sie aus Versehen bei einem anderen Nachbarn klingeln.

Langsam öffnet er die Tür, gibt sich zögerlich. Da steht sie. Das Wissen, dass sie nicht hören kann, lässt seinen Blick zu ihren Ohren gleiten. Ob der Schall nicht durch den Gehörgang auf das Trommelfell transportiert wird? Oder werden die Schwingungen nicht übertragen und das Signal nicht an ihr Gehirn weitergeleitet?

Lange Ohrringe zieren diese Ohren, die nicht hören können. Der Schmuck erinnert ihn an kleine Kronleuchter.

Mit einem Ruck reißt er die Haustür weiter auf. Es besteht keine Notwendigkeit, durch einen Türspalt mit ihr zu kommunizieren. Im Gegenteil. »Hallo«, sagt er.

Für einen kurzen Augenblick schließt er die Augen. Zwei Sekunden, gerade so lange, dass es ihr nicht auffällt. Diese Zeit reicht, um die Situation wie eine unbeteiligte Person wahrzunehmen. Das Losgelöstsein von Emotionen schafft Distanz. Die Nüchternheit erlaubt ihm, sich den Moment objektiv einzuprägen. Positive und negative Erlebnisse verlieren ihre Intensität.

Eine Frau steht vor der Haustür eines Mannes.
Die Frau hat ein Anliegen.
Der Mann kann ihr helfen.
Er, Lester Sharp, ist der Mann.
Sie, die Frau, ist die *Frau.*

Diese Erinnerung wird in Zukunft frei von Empfindungen und jederzeit abrufbar sein: ein konservierter Augenblick. Dann realisiert er plötzlich: *Gehörlose haben eine heraus-*

ragende Beobachtungsgabe. Sie sind darauf angewiesen, die Körpersprache ihres Gegenübers zu deuten. Der Satz aus dem Flyer verwandelt sich in eine Warnung. Er, der Beobachter, trifft zum ersten Mal in seinem Leben auf einen Menschen, der in seinem Alltag darauf angewiesen ist, Mimik und Gestik zu lesen. Er darf sich keinen Fehler erlauben. Verunsicherung macht sich in ihm breit. Ein Gefühl, das er hasst. Es lässt sich nicht kontrollieren. Was spürt er neben Verunsicherung? Triumph. Erfolg. Und noch etwas anderes. Er ist sich nicht sicher, was das vierte Gefühl ist. Er hat es noch nie zuvor erlebt. Es fühlt sich gut an. Das Blut in seinen Adern scheint schneller zu fließen, wärmer zu sein als vor dem Klingeln an der Tür.

Sie hält einen Zettel hoch. Behutsam beginnt sie, mit dem Papier auf und ab zu wedeln. Sie wartet auf seine Reaktion. Lester spürt den Luftzug, den ihre Handbewegung mit dem Papier verursacht. Er nimmt den Zettel und liest, was darauf geschrieben steht: »Ich bin Shannon Lynch.«

Shannon Lynch. Die Handschrift ist groß und langgezogen. Die Buchstaben neigen sich nach links. Unter ihrem Namen steht eine zweite Zeile: »Ich bin gehörlos.« Lester schaut auf.

Erst jetzt nimmt er ihr Gesicht wahr. Aus der Nähe sieht sie älter aus, als er sie in seiner Erinnerung eingeschätzt hat. Das ist in Ordnung. Sie ist mindestens acht oder neun Jahre älter als er. Sie trägt kein Make-up. Ihre dunklen Haare sind lockig, sie reichen bis zu ihren Schultern. Ihr Mund scheint im Verhältnis zum Rest des Gesichts zu groß. Wenn sie lacht, so wie jetzt, lacht ihr gesamtes Gesicht. Sie strahlt so viel Wärme aus, dass er unwillkürlich einen Schritt zurückgeht. Ihre Ohrringe unterstreichen diesen Eindruck. Die kleinen Kronleuchter mit den Edelsteinen glitzern in der Sonne.

Plötzlich weiß er nicht mehr, wie er weiter vorgehen soll. Seine Kehle ist trocken.

Mit einer kurzen Handbewegung zeigt sie hinter sich, in Richtung des *Sands Films Studio*.

»Ja?« Er spielt den Ahnungslosen. In der Einfahrt zu dem Studio stehen zwei Jungen und ein Mädchen. Sie geben ihrer Mutter aus der Ferne Rückendeckung, sind bereit sie zu unterstützen – falls es notwendig ist.

Shannon zieht einen Notizblock aus ihrer Jackentasche. Die meisten Seiten sind vollgeschrieben. Sie blättert das von Eselsohren zerknickte Papier durch, bis sie auf eine freie Seite stößt. Sie lässt sich nicht aus der Ruhe bringen, zwinkert ihm zu, bevor sie anfängt zu schreiben, den Block auf einem angezogenen Knie balancierend.

Zu gern würde er einen Blick in das Notizbuch werfen. Es ist ihre Korrespondenz mit der Außenwelt. Sind es Tage, Wochen oder Monate, die darin festgehalten sind? Entsorgt sie vollgeschriebene Blöcke oder bewahrt sie diese auf, als eine Art Tagebuch oder Zeugnis ihrer Begegnungen? Ist das Buch Teil ihres Alltags oder eine Notlösung?

Nur mit Mühe unterdrückt er den Reflex, sich gegen die Stirn zu schlagen. Er hat einen Fehler gemacht. Er hat vergessen, ihren Müll zu durchsuchen. Eine ganze Nacht hätte er Zeit dafür gehabt. Er hätte erfahren können, wo sie einkauft. Was sie isst. Welche Zeitung sie liest.

Shannon hält ihm den Block entgegen. »Wir haben Ihre Mülltonne.« Es ist eine Feststellung. Darunter steht: »Sie haben unsere.«

»Ich habe Ihre Mülltonne?« Er weiß nicht, ob sie von den Lippen lesen kann, dennoch legt er so viel Betonung und Ausdruck in seine Stimme wie möglich.

Sie nickt und zeigt auf die geleerte Mülltonne des Filmstudios, die von der Stadtreinigung vor seinem Schuppen abgestellt worden war. Plötzlich fällt ihm auf, dass er sich ihr nicht vorgestellt hat. Er zeigt auf das Notizbuch. Sie gibt es ihm sofort. »Ich heiße Lester«, schreibt er und wird damit offizieller Teil ihrer Kommunikation. »Freut mich sehr.« Er spürt seinen Puls bis in die Halsschlagader. Das Pochen ist so stark, dass er sich fragt, ob sie es sehen kann.

Shannon streckt ihm die Hand entgegen. Ihr Händedruck überrascht ihn. Er ist fest. Sie drückt seine Finger zusammen, als habe sie zu viel Kraft. Dann tippt sie mit dem Finger noch einmal auf ihren letzten Satz. »Sie haben unsere«, wiederholt sie ihr Anliegen.

Lester lächelt. In London ist es nicht leicht, ohne Grund mit den Nachbarn ins Gespräch zu kommen. Der Trick mit den Mülltonnen funktioniert.

Trotz ihrer Gehörlosigkeit hat er leichtes Spiel. Man täuscht einfach eine Unachtsamkeit der städtischen Abfallbeseitigung vor, und schon kommt man unverbindlich in Kontakt. Die Menschen schätzen Anonymität, sind misstrauisch gegenüber Unbekannten. Die Mülltonne ist der Türöffner. Der Türöffner in ihre Welt.

7

LESTER

13. September – 08:57 Uhr

Der Abdruck eines Bügeleisens zierte den Bezug des Bügelbrettes. Er beugte sich über den Brandfleck. Statt des beißenden Geruchs nach verkohltem Stoff strömte der muffige Geruch der U-Bahn in seine Nase. Er verzog das Gesicht. Nach einigen Tagen, manchmal sogar schon Stunden im Untergrund, nahmen die Gegenstände den typischen Geruch aus Staub und Moder an. Am stärksten war der Gestank in der Waterloo & City Line. Deren Tunnel startete unterhalb des sumpfigen Bodens der Waterloo Station und wurde nicht umsonst »The Drain«, das Kanalisationsrohr, genannt. Die Linie verlief unterhalb der Themse. Kontinuierlich wurde in diesem Teil des Liniennetzes Wasser aus den Tunneln abgepumpt.

Mit beiden Händen griff er das Bügelbrett und trug es in den Raum mit den Haushaltsgegenständen.

»Hast du eine Premiere?« Deborah kam schwer atmend auf ihn zu. Sie zeigte auf das Bügelbrett.

Er zuckte mit den Achseln. Eine Premiere passierte nur selten im *Lost Property Office*. Die meisten Menschen verloren die gleichen Dinge. Wer einen Gegenstand erfasste, der noch nie zuvor registriert worden war, schmiss die erste Runde im Pub.

»Vihaan hat letzte Woche eine Einladung zur königlichen Hochzeit registriert. Kate und William.« Deborahs Doppelkinn wackelte. »Die ist eine Ewigkeit her.«

Er schwieg.

»Wer verliert eine Einladung so viele Jahre später?« Sie ging in den Nebenraum, eine Handvoll Schirme unter dem Arm. Es war September. Im Sommer quollen die Aufbewahrungsregale über vor Sonnenbrillen. Im Herbst kamen die Regenschirme. Im Winter die Geschenke, die für die Registrierung wieder ausgepackt werden mussten. Bücher wurden das ganze Jahr über verloren; die Häufigkeit einzelner Titel spiegelte den Rang auf den aktuellen Bestsellerlisten wieder.

Er lehnte das Bügelbrett gegen die Wand. Schwer vorstellbar, dass jemand es aus Versehen in der Tube vergessen hatte. Doch warum sich die Mühe machen, das sperrige Ding über die Rolltreppe in den Untergrund zu schaffen, wenn man es genauso gut an der nächsten Straßenecke entsorgen konnte?

Er ging an der Ecke mit den Arsenal-Devotionalien vorbei. Ein kurzer Blick. Kein neues Fundstück schien die Sammlung ergänzt zu haben. Seine Kollegen hatten sich in den letzten Jahren aus Fundstücken eine Art Fan-Shop eingerichtet. Das Sammelsurium konnte sich sehen lassen: ein Schal, ein Autogramm, mehrere Wimpel und zwei Trikots aus verschiedenen Saisons schmückten neben weiteren Arsenal-Fanartikeln die Betonwände am Ende des Gangs.

Das Sammeln von Gegenständen in den Räumlichkeiten des Fundbüros war erlaubt. Nur die Mitnahme nach Hause oder der Verkauf in die eigene Tasche war nicht gestattet. Profit aus den Fundstücken zu schlagen, war verboten. Eine verschwundene Schachtel exklusiver Zigarren hatte genauso ein Drama ausgelöst wie eine signierte Schallplatte der Beatles. Ein Fehler, der leicht zu verhindern gewesen wäre, wenn der Eintrag aus dem System gelöscht worden wäre.

Plötzlich hatte er eine Idee. Eilig lief er zurück zu seinem Computer. Alle Personen, die ins Fundbüro kamen, anriefen oder eine Anfrage elektronisch stellten, wurden namentlich gespeichert für den Fall, dass der Gegenstand auftauchte oder um die Kontaktdaten zur Verfügung zu haben, wenn das vermisste Hab und Gut ausgehändigt worden war und der Besitzer dem Finder eine Belohnung zukommen lassen wollte.

Ohne zu überlegen, tippten seine Finger »Erin« in das System ein. War seine neue Nachbarin in der Vergangenheit Kundin des Fundbüros gewesen? Als Suchende? Als Finderin?

Erst als er ihren Nachnamen eingeben wollte, fiel ihm auf, dass er ihn gar nicht kannte. Aus Mangel an Alternativen startete er dennoch die Suchfunktion des Programms.

Ihm wurde bewusst, wie viele Informationen er im Laufe der Jahre über Bernard gesammelt hatte. Informationen, die er als Selbstverständlichkeit angesehen hatte. Die neue Nachbarin hingegen war ein unbeschriebenes Blatt.

Das Programm spuckte eine Liste mit 297 Frauen aus. Sie alle trugen den Vornamen Erin. Auch wenn die Wahrscheinlichkeit gering war – allein die Vorstellung, potentielle Informationen über seine Nachbarin vor sich zu haben, ließ ihn die Liste runterscrollen. Erin Smith aus Tooting hatte vor zwei Jahren ein Handy verloren. Erin Patterson hatte letzte Woche eine Brille in der Jubilee Line gefunden. Erin Elise

May vermisste ihre Armbanduhr, seit sie im April in Belsize Park aus der Northern Line gestiegen war.

»Was machst du?«

Er fuhr zusammen. Dave, sein Chef, hatte sich von hinten angeschlichen.

»Registrieren.« Ohne sich weiter an der Anwesenheit seines Vorgesetzten zu stören, griff er in den Container mit den Neuzugängen. Er zog einen Gummistiefel hervor, an dem noch das Preisschild hing.

»Wir brauchen dich vorne.« Dave verschwand so schnell, wie er gekommen war.

Lester reagierte nicht auf die Anweisung. Er ließ den Gummistiefel zurück in den Container fallen. Sein Blick klebte an der Liste, während er sich auf seinem Stuhl zurücklehnte. Erin. Erin. Erin. So weit das Auge reichte.

Eine Frau kann völlig anders aussehen als Shannon und doch etwas in Ihnen auslösen.

*

RHYS

Noch acht Bahnen. Er streckte die Arme aus, hielt die Luft an und machte am Ende des Schwimmbeckens eine Rolle unter Wasser. Mit den Füßen stieß er sich vom Rand ab. Der Schwung katapultierte ihn zurück. Mit kräftigen Kraulbewegungen durchpflügte er das Wasser im *London Fields Lido*. Das Ganzjahresfreibad war eine willkommene Abwechslung zu den überfüllten Fitness-Studios. Ein weiterer Vorteil: Das Schwimmbad war weniger als zehn Gehminuten vom Maklerbüro entfernt.

Dreimal in der Woche ging er vor der Arbeit schwimmen. An den meisten Tagen teilte er sich die Außenbahn, die für die schnellen Schwimmer reserviert war, nur mit einer Handvoll weiterer Sportler. Ein Luxus, der in London nicht leicht zu finden war.

Als er am Ende des Beckens ankam, machte er eine Pause. Seine Muskeln waren heute schwer. Seinem Körper fehlte Schlaf. Es hatte wieder angefangen.

Seit seiner Kindheit schlug er sich die Nächte um die Ohren. War er nach einer Viertelstunde nicht eingeschlafen, konnte er den Rest der Nacht vergessen. So auch letzte Nacht. Und die davor. Gute Monate wurden von schlechten abgelöst.

Er tauchte unter der Absperrung hindurch, wechselte auf eine andere Bahn. Er konnte die Geschwindigkeit für die Außenseite heute nicht halten. Er wollte die anderen Schwimmer nicht blockieren. Die restlichen Minuten seines Trainings würde er mit Brustschwimmen verbringen. Er stieß sich vom Beckenrand ab. Ein einziger Atemzug reichte, um unterhalb der Oberfläche bis zur Mitte des Beckens zu tauchen.

Der Tag vor der letzten Nacht, in der er ohne Probleme geschlafen hatte, war ein Tag der Langeweile gewesen. Doch die stille Eskalation von Dingen, die erst im Nachhinein einen Sinn ergaben, konnte schlimmer sein als ein lauter Knall.

Es war ein heißer Sommertag gewesen. Ferien. Zwei Wochen nach seinem zwölften Geburtstag. Er war mit seinem Fußball bewaffnet durch das Dorf gelaufen. Die Sonne war stechend gewesen, und er war schließlich auf einen Apfelbaum geklettert, am Rande seines Heimatortes Lydford, um Schatten zu suchen. Auf einem Ast sitzend hatte er zu dem

Haus am Fe
mochte den
mit seinen
bergte, wie
ein liebes W
Süßigkeit.
Als er da
Montys Ga
men ergabe
Die Tür z
wunderlich
gleichen U
ganzen Tag
gleichen Ze
Eine and
nen. Monty
die Horten
Das hatte e
Aus dies
ben den B
damit er a
Gießkanne
Die drit
von dem E
dass etwas
nen Griff,
mer nebe
Das konnt
selbst im
Katzen.

Timm plötzlic
seiner applaudi
menzucken. Sc
dächtnis nach
klatschen gehö
hatte er seine
einzelnen Schl
Tanzt. Die. Pre
Niemand wi
nehmen könne
die Garderobe
gehofft. Doch
hen.
Pedro hatte
noch nach Luf
gewesen. Mit e
Sie war die
das zeigen kön
Damit ihre
gen treffen mü
dig.
Es war eine
verirrt hatte.
den Teppich li
ren Blicke un
erst denken.
meiden. Sie w
dort bekomme
Gerade als
drehen wollte,

8

RHYS

Er saß an se
Skateboard,
vor Jahren i
aufgemöbelt
pariert werd
In seiner V
Rodney Mul
Auch wer
älteren Skate
keinen Abb
Flip konnte
ment in der
kleben schie
ten, war ma
ihn so sehe
mit Sneaker
der Stadt.
Der Comp
so lange? Ei
Ein Update

Er brauchte einen Vorwand, um sich bei ihr melden zu können. Einen Vorwand, der nicht sofort durchschaubar war.

Mit einem Ruck wurde die Tür aufgerissen. Er zuckte zusammen. Das Skateboard unter seinen Füßen schoss nach vorn. Das Geräusch der Rollen war einem Kickflip nicht unähnlich.

»Hast du kein Zuhause?« Mit einem Lachen, das dem Meckern einer Ziege glich, stürmte Erika Suttons in das Büro. »So früh hier?« Ihre Wangen waren rot gefärbt. Selbst wenn sie still in einem Sessel sitzen würde, die Beine hochgelegt, ein Buch und einen Tee in den Händen – sie würde eine Geschäftigkeit ausstrahlen, die ihresgleichen suchte. Verwirrt guckte sie auf das Skateboard, das vor ihren Füßen zum Stehen kam. »Neue Abschlüsse?« Sie ging ohne Kommentar an dem *Hobie* vorbei und stellte ihre Tasche mit der Kamera auf ihren Schreibtisch.

Schnell ließ er sein Handy in der Hosentasche verschwinden. »Das Objekt in der Narrow Street …« Er kam direkt zum Punkt.

»63a?«, fragte sie und kam zu ihm.

Er rief die beiden Akten der Vormieterinnen auf seinem Bildschirm auf. Mit dem Finger tippte er auf die beiden Namen. »Gab es in dem Mietobjekt in der Vergangenheit Probleme?« Er beobachtete ihre Reaktion.

»Probleme?« Erikas Blick heftete sich für einen kurzen Moment auf seinen Bildschirm. Sie scannte die Namen. Hatte er ein Zögern gesehen? Eine Falte, die sich für den Bruchteil einer Sekunde auf ihrer Stirn gebildet hatte?

»Nein.« Sie schaute ihn an. »Wir haben dort häufig Wechsel. Aber das ist Sache der Hausverwaltung. Hat die Interessentin einen Rückzieher gemacht?« Sie ging zu ihrem Schreibtisch, nicht, ohne nach einem Aktenordner zu greifen, der neben dem Computer eines Kollegen stand. »Hattest du nicht gesagt, die Dame habe eine Zusage abgegeben?« Sie schüttelte den Kopf. »Man kann den Klienten nicht trauen. Lass dir immer eine Anzahlung geben.« Sie legte den Ordner ab und öffnete die Seitenklappe an ihrem Fotoapparat. Kurz darauf schob sie die Speicherkarte in ihr Laptop.

»Die Mieterin ist letzte Woche eingezogen.« Er betonte das Wort. Mieterin.

»Dann ist doch alles in Ordnung.« Der Drachen schaute ihn fragend an. Sie war auf ehrliche Weise überrascht. »Dein Job ist die Vermittlung von Objekten. Was ist denn los mit dir? Die Hausverwaltung macht das andere Team. Sam, Paul, … Die Aufgaben sind streng geteilt. Das weißt du doch. Kümmer dich um die nächste Vermittlung.«

Sie erinnerte ihn an seine frühere Mathelehrerin. Eine große Frau, die sich stets vor ihm aufgebaut hatte: »Mathematik ist Logik. Da gibt es nichts zu diskutieren.«

Seine Chefin zeigte auf einen Ordner an der Wand neben der Tür. »Vergiss nicht, deine Provision einzutragen. Sobald Tess aus dem Urlaub zurück ist, wird sie die Abrechnung erledigen. Du hattest ein gutes Quartal.«

Erika hatte ein Gedächtnis wie ein Elefant. Gepaart mit ihrem Anspruch, über jede Kleinigkeit informiert zu werden, war sie offensichtlich die Einzige, die ihm einen Hinweis geben konnte, was in der Narrow Street vor sich ging.

»Ich brauche Zugriff auf die alten Fälle. In dem Haus stimmt etwas nicht.« Eine andere Erklärung gab er nicht.

»Rhys …« Erika wedelte mit den Händen, als die Fotos aus

ihrer Kamera in voller Größe auf ihrem Bildschirm angezeigt wurden. »Guck dir das an! Hackney Downs. Fünf Minuten zur Overground Station. Penthouse. Blick auf den Park.« Ihre Augen glänzten. »Die Vermittlung wird ein Kinderspiel.«

Rhys starrte sie an. Das Wohl der Mieter hatte in diesem Maklerbüro keine Priorität. Die Hausverwaltung dachte nur an den Aufwand. Die Chefin nur an das nächste Geschäft.

Die Erkenntnis hinterließ einen bitteren Geschmack in seinem Mund.

*

LESTER

16. September – 13:10 Uhr

Der Geruch von Kaffeesatz stieg ihm in die Nase. Er streckte den Arm aus und schaute auf die Mülltüte. Die zerbrochenen Eierschalen drückten von innen gegen das Plastik. Noch stand er hinter seiner Wohnungstür, doch es war Zeit für ein persönliches Kennenlernen.

Aus dem Fenster hatte er Erin die Straße entlangkommen sehen. Bei ihrer Schrittgeschwindigkeit brauchte sie vom *The Grapes* fünf Minuten bis zur Haustür. Zwanzig Sekunden, um das Foyer zu durchqueren. Drei Minuten für das Treppenhaus. Er hatte die Zeiten gestoppt.

Der defekte Lift im Hausflur spielte ihm in die Hände. Die Dauer einer Fahrt mit dem Lift wäre schwieriger zu kalkulieren: Müsste sie warten oder stünde der Fahrstuhl im Erdgeschoss bereit? Stieg ein Nachbar mit ein oder wäre sie alleine? Würde der Lift durchfahren oder auf dem Weg nach oben halten? Für die Treppe brauchte sie immer gleich lang. Eigentlich hatte er der Hausverwaltung längst Druck machen wollen. Der Lift musste repariert werden. Von der Anstrengung abgesehen, die Einkäufe in die Wohnung hinauftragen zu müssen, fehlte ihm der Kontakt mit den Nachbarn. Die Angst vor einer peinlichen Stille im Fahrstuhl ließ die Menschen reden. Ein paar Sekunden Zwangsgemeinschaft konnten zu erstaunlichen Erkenntnissen führen. Urlaubspläne wurden berichtet, Vorlieben beim Essen und Hobbies. Sogar Augenblicke von Vertrautheit waren möglich. Die Rothaarige aus Etage 3 hatte vor einigen Wochen hinter dem Rücken ihres Ehemanns die Augen verdreht, als dieser über die Gaspreise lamentierte. Als sie sah, dass Lester ihren Unmut bemerkte, hatte sie ihm verschwörerisch zugezwinkert.

Seit der Fahrstuhl defekt war, begrenzte sich das Zusammentreffen mit den Nachbarn auf eine knappe Begrüßung im Treppenhaus. Von Körperkontakt durch vermeintlich zufällige Berührungen konnte erst recht keine Rede mehr sein.

Allmählich wurde er unruhig. Wo blieb sie? Er hatte Spätschicht, und ihm blieb nicht mehr viel Zeit.

Endlich hörte er ein Geräusch aus dem Flur. Mit einem Ruck öffnete er seine Wohnungstür. Die Wege zweier Nachbarn. Zufall. Der eine auf dem Weg nach unten. Die andere auf dem Weg nach oben.

Er wollte die Details ihres Gesichts abspeichern, ihrer Statur – er würde sich jede Falte, jeden Leberfleck, ja, selbst die Struktur ihrer Haare einprägen. Er konnte nicht länger warten.

Stufe für Stufe ging er die Treppe hinunter. Er beschleunigte sein Tempo. Es sollte aussehen, als sei er in Eile. Ein Mieter, der eine lästige Pflicht erledigte.

Dann stand sie vor ihm. Sein Körper reagierte, bevor sein Gehirn die Information verarbeiten konnte. Er spürte, wie Schweiß aus seinen Poren brach. Der beschleunigte Herzschlag verursachte eine Welle von Hitze in seinen Adern.

Ihre Gesichtszüge waren fein. Eine zierliche Nase. Hohe Wangenknochen. Sommersprossen. Sie hatte sehr grüne Augen. Sie war die hübscheste Frau, die er seit langer Zeit gesehen hatte. *Seit siebzehn Jahren.*

»Lester Sharp. Sechste Etage.« Er zeigte nach oben. »Sie müssen die neue Mieterin sein.«

Sie griff nach seiner ausgestreckten Hand. Ihre Haut berührte seine Haut. Die Zeit stand still.

Die Nervenfasern seiner Handinnenfläche gaben elektrische Impulse ab, bis in den letzten Winkel seines Körpers. Mit zusammengekniffenen Lippen lächelte sie. »Erin.«

Erin. Ohne Nachnamen. Seit einer Woche war sie in seinem Leben. Es fühlte sich an, als würde er sie seit Jahren kennen.

Erst, als er ein Zucken in ihrem Augenwinkel registrierte und ihr Gesicht einen irritierten Ausdruck annahm, realisierte er, dass er noch immer ihre Hand hielt. Rasch ließ er los. »Entschuldigung.« Doch sein Körper verlangte nach einer weiteren Berührung. Er konnte das Bedürfnis nicht unterdrücken. Er legte ihr für einen Moment die Hand auf die Schulter. »Entschuldigung«, wiederholte er. Er spürte die Knochen unter ihrer Haut.

Sie zuckte zurück. Sie war Nähe wohl nicht gewohnt. *Mir fehlen meine Freunde.*

Er zeigte auf die Mülltüte. »Ich bin auf dem Weg nach unten.« Eine überflüssige Erklärung.

Sie machte einen Schritt zur Seite, wollte an ihm vorbeigehen. Was konnte er sagen?

Schon war sie zwei Stufen über ihm. Ihr dünner Hals fiel ihm wieder auf. Ihre Kieferknochen standen hervor, und er konnte jede Sehne sehen, die ihren Kopf mit dem Brustkorb verband.

»Warten Sie …« Ein Gefühl von Ärger überkam ihn. Warum hatte sie es so eilig? Sie lernten sich doch gerade kennen.

»Ja?« Sie drehte sich um. Ihre Augen musterten ihn.

»Sie werden sich in diesem Haus wohlfühlen.« Etwas Besseres fiel ihm nicht ein.

»Ich habe eine Weile gesucht.« Sie zog eine Grimasse. »Es war nicht einfach, die Wohnung zu bekommen.« Sie legte die Stirn in Falten. Guckte ihm direkt in die Augen. Sie interessierte sich für ihn. Das konnte er sehen. Ihr Blick war intensiv. *Sie haben unter einer Fehlwahrnehmung der Beziehungsbereitschaft dieser Frau gelitten.*

»Der Wohnungsmarkt ist verrückt«, sagte er und legte ebenfalls die Stirn in Falten. Das Nachahmen von Gesten oder der Mimik gab ihm ein Gefühl der Verbundenheit.

»Vorsicht«, sagte sie plötzlich.

»Was?« Überrascht schaute er sie an.

»Die Tüte.« Sie deutete auf den Müll in seiner Hand. Durch ein Loch tropfte eine undefinierbare Flüssigkeit auf die Stufen.

Bevor er etwas sagen konnte, drehte Erin sich um und ging die Treppe weiter hinauf.

9

ERIN

Die Haustür zu der Bruchbude in Earls Court stand offen. Laub und Müll von der Straße waren in den Flur des Hauses geweht. Langsam ging sie die Treppe hinauf, bis zu der Wohnung im ersten Stock. Ihre Schuhe sanken in den Teppich, trugen den Straßendreck nach oben.

Ihre Hand zitterte, als sie an der Wohnungstür klopfte. Alles in ihr sträubte sich. Ihr letzter Besuch hatte einen Anruf beim Notarzt zur Folge gehabt. Der Streit und die Eskalation der Situation steckten ihr in den Knochen. Sie hatte sich geschworen, nie wieder herzukommen. Um ihn zu schützen. Um sich zu schützen. Man konnte nie wissen, ob es ein schlechter oder ein katastrophaler Tag war. Es gab nur Abstufungen von Scheiße.

Sie klopfte noch einmal. Dieses Mal mit mehr Nachdruck. Nichts passierte. Sie legte ein Ohr an das Holz der Tür. Kein Geräusch war zu vernehmen. Das war nicht gut.

»Hallo?«, rief sie. Er musste zu Hause sein. Es war Abend. »Abends ist Geschäftszeit«, hatte er ihr erklärt. »Da kommen die Kunden.«

Sie starrte auf die Tür, als könnte sie diese durch reine Willenskraft öffnen. Wenn er Kundschaft erwartete, sollte er schneller reagieren. Junkies mit Verlangen nach dem nächsten Schuss hatten nur eine kurze Geduldsspanne.

Sie beobachtete eine Spinne, die im Türrahmen eine Fliege einwickelte. Spinnen platzierten ihre Netze stets in den richtigen Ecken. Das machte Instinkt aus. Ohne Nachdenken das Richtige tun.

Der Anblick der Spinne führte zu einer Verknüpfung in Erins Gedanken. Sie erinnerte sich an die Begegnung im Treppenhaus. Lester Sharp. Ekel überkam sie bei dem Gedanken an den Handschlag. Alles in ihr hatte Abwehr geschrien. Seine Berührung hatte sie angewidert.

Er hatte große Hände, hart und voller Hornhaut. Am schlimmsten aber waren seine Finger. Sie waren zu lang. Wie die Beine einer Spinne.

Ein Geräusch erlöste sie von der Erinnerung. In der Wohnung bewegte sich etwas. Schritte waren zu hören, dann sprang die Tür auf. Eine Frau in Unterwäsche starrte sie an. Es war eine andere Frau als beim letzten Mal. Eine blonde Frau. Sie war so dünn, dass ihre Adern wie Schläuche auf der Haut auflagen. Die Unterarme waren mit roten Narben übersät. Einstiche? Trotz des Zustands ihrer Arme war das Gesicht der Frau rosig. Auch ihre Haare glänzten und waren nicht stumpf, wie sie es von den Vorgängerinnen kannte. »Ja?« Ohne echtes Interesse schaute die Blondine sie an.

»Ist er da?« Ohne zu warten, ging Erin an ihr vorbei.

»Hey.« Die Frau kam hinter ihr her. »Du kannst nicht einfach …«

»Ich kann«, unterbrach Erin sie und betrat das Schlafzimmer. »Hi.« Sie hob eine Hand zum Gruß.

Er saß auf dem Bett. Seine Kommandozentrale. Die Laken waren zerknüllt. Neben ihm auf der Bettdecke waren mehrere Stapel Zeitschriften verteilt, Bücher, eine leere Packung Chips und zwei Katzen. Sie wertete die Chips als gutes Zeichen.

Im Gegensatz zu der Frau war er bekleidet. Die schwarze Jeans und das T-Shirt konnten nicht verstecken, wie dünn er geworden war. Er grinste sie an. Sein Blick war wach, und das Schlafzimmer war für seine Verhältnisse aufgeräumt. Sebastian erwiderte ihre Begrüßung mit einem Luftkuss. »Schwesterherz.«

Die Geste brachte sie zum Lächeln. Sie zog ein Netz Orangen aus ihrer Tasche und deponierte es unter seinem amüsierten Blick auf dem Nachttisch. Er schwieg. Sie nahm ihr Portemonnaie und legte hundert Pfund daneben. Der spöttische Blick verschwand.

Die Frau stand noch immer im Türrahmen. Sie beobachtete die Szene.

»Erin Beth Beth Erin«, sagte ihr Bruder, als sei es ein einziger Name. »Mit dir hätte ich nach dem letzten Besuch nicht gerechnet.«

»Solange du mir gibst, wofür ich dich bezahle, haben wir kein Problem miteinander.« Sie verschränkte die Arme vor der Brust, ohne auf seine Provokation einzugehen. Sie wusste, dass ihr Handeln falsch war. Scheinheilig. Sie wusste auch, dass er es wusste.

»Das kommt drauf an.« Sein Blick war prüfend, als würde er versuchen, in ihr Innerstes zu schauen. Sie kannte den Blick. Sie mochte ihn nicht.

Sie bemerkte eine Beule oberhalb seiner Schläfe. »Was ist passiert?« Sie zeigte auf seinen Kopf.

»Was?« Verdutzt schaute Seb sie an. Der plötzliche Themenwechsel hatte ihn überrascht.

»Die Beule. Du hast ein Ei auf der Stirn.«

»Ist nicht von heute.« Eine weitere Erklärung bekam sie nicht. Sie beobachtete, wie er die hundert Pfund vom Nachttisch nahm und in seine Hosentasche steckte.

»Was willst du?« Seine Frage war zweideutig. Sie schaute zu der Frau im Türrahmen.

»Du kannst Beth vertrauen.« Er folgte ihrem Blick. »Beth arbeitet als Aktmodell.«

Beinahe musste sie lachen. Sie verkniff sich einen Kommentar. »Oxycodon. Naproxen. Diclofenac. Und …« Sie zögerte. »Triamcinolon. 40 mg. Und Scandicain.«

Er musterte sie. »Für wen ist denn dieser Cocktail gedacht?« Sie konnte sehen, dass er überrascht war. »Das letzte Mal …«

»Ich habe Probleme mit meinem Fuß«, unterbrach sie ihn, bevor er weitere Fragen stellen konnte. Sie hielt seinem Blick stand. »Ein Knochen unter dem Ballen ist entzündet.«

»Opiate machen abhängig.« Seb richtete sich auf. »Oxycodon ist echt …«

»Opiate machen abhängig?« Sie lachte auf. »Das sagt der Richtige!«

»Triam ruiniert das Gewebe im Fuß.«

Sie musste es mit einem Appell an seine Vernunft versuchen, soweit man bei einem Drogenabhängigen von Vernunft sprechen konnte. »Du nimmst doch auch …«

»*Ich* spritze kein Kortison«, unterbrach er sie.

»Heroin ist harmlos?«

»Heroin habe ich aufgegeben.« Er grinste. »Ich verkaufe nur noch.«

Das erklärte seinen klaren Blick. Vielleicht tat Beth ihm gut. Er war fast wie früher, bevor die Drogensucht ihn in Beschlag genommen hatte.

»Seit deinem letzten Besuch, der …«, er suchte nach Worten, »aus dem Ruder gelaufen ist, habe ich kein hartes Zeug mehr angefasst. Der Notarzt hat gesagt, es war fünf vor zwölf.« Er schaute sie an, als warte er auf eine Erwiderung. Sie tat ihm den Gefallen nicht. Sie hatte nach ihrer Auseinandersetzung ein schlechtes Gewissen gehabt. Doch das Letzte, was sie brauchen konnte, war eine Moralpredigt von ihrem Bruder.

»Kriege ich das Zeug oder nicht?«

»Dein Fuß wird sich von innen auflösen. Die Fasern deiner Sehnen werden dünner und schwächer. Eine Verletzung ist praktisch vorprogrammiert. Das Fettgewebe verschwindet. Du brauchst deinen Fuß noch eine Weile, oder?«

»Hast du im Krankenhaus nicht nur einen Entzug, sondern auch einen Abschluss in Pharmazie gemacht? Die Ärzte geben mir kein Triam mehr. Bitte.« Nun bettelte sie doch. Das hatte sie vermeiden wollen.

Sie könnte sich einen neuen Arzt suchen, verschweigen, was bereits unternommen worden war, um die Entzündung in ihrem Knochen einzudämmen. Doch der Weg zu ihrem Bruder war einfacher. Sie bevorzugte die unbürokratische Methode.

Seb schüttelte den Kopf. Doch er stand auf und ging an seinen Schrank. Erleichtert strich sie einer der Katzen über den Kopf. Das Tier stand auf und sprang vom Bett.

Mit Seelenruhe begann Seb, in einer Schublade zu suchen. Das war weniger der Tatsache geschuldet, ihr einen Gefallen zu tun als den hundert Pfund in seiner Hosentasche. Sie kannte ihren Bruder. Es störte sie nicht. Das Resultat war dasselbe.

Die Schublade, aus der er verschiedene Päckchen nahm, glich einer Apotheke. Fein säuberlich lagen die Medikamente in ordentlichen Reihen nebeneinander, Schachtel neben Schachtel, Droge neben Droge. Sie wollte gar nicht wissen, woher das Zeug kam.

Sie lächelte Beth zu. Ihre Freundlichkeit wurde nicht erwidert. Noch immer schaute Beth sie an, als sei sie ein Eindringling. Sie glaubte, Eifersucht in dem Gesicht zu erkennen, doch vielleicht war es nur die Sorge, dass Erins Besuch ihrem Freund schaden könnte. Was hatte Seb ihr erzählt?

Er streckte ihr eine Tüte mit mehreren Medikamenten entgegen. »Zum Selbstkostenpreis.«

»Danke.« Am liebsten hätte sie ihn umarmt. Doch die Geste erschien ihr zu vertraut, würde vortäuschen, was nicht war. Sie steckte die Tüte in ihre Trainingstasche.

»Das nächste Mal kommen wir *dich* besuchen.« Er guckte zu seiner Freundin. »Wir könnten zum Essen vorbeikommen.«

Beth guckte, als hätte er vorgeschlagen, auf den Mond zu fliegen.

»Ich bin umgezogen«, sagte Erin und bereute es sofort.

»Wohin?«

Sie zögerte. »Limehouse«, sagte sie schließlich. Sie ging zur Tür. »Pass auf dich auf.«

»Ich gebe mir nicht den goldenen Schuss.« Sebs Finger zupften imaginäre Fusseln von seiner Jeans. »Erin …« Er hatte ihr Zögern bemerkt.

»Ja?«

»Ist es das wirklich wert?«, fragte er.

»Ja.«

Seb zuckte resigniert mit den Achseln. »Deine Entscheidung.«

»Du siehst tatsächlich besser aus. Abgesehen von …« Sie fasste sich an ihre Schläfe. Sie hatten beide ihre übliche Rollenverteilung wieder eingenommen. Die Spannung zwischen ihnen löste sich. »Ich muss los. Training.« Sie hielt ihre Tasche hoch.

Er brachte sie nicht zur Tür. Aus dem Augenwinkel sah sie, wie er eine Linie Kokain auf dem Nachttisch präparierte. *Ich verkaufe nur noch.* So viel zu dem Thema.

*

LESTER

16. September – 19:10 Uhr

Leise öffnete er Erins Wohnungstür. Der Geruch frisch gestrichener Wände hing noch immer in der Luft. Kein Eigengeruch ließ Rückschlüsse auf ihre Koch- oder Waschgewohnheiten zu.

Ihren Schlüssel hatte er mittlerweile an seinem Schlüsselbund befestigt. Auf diese Weise hatte er ihn jederzeit griffbereit.

Das Treffen mit ihr am Morgen hatte seinen Adrenalinpegel in ungeahnte Höhen schießen lassen. Es ärgerte ihn, dass sie ihren Nachnamen nicht gesagt hatte. Es war unhöflich, sich den Nachbarn nicht angemessen vorzustellen. Legte sie keinen Wert auf gute Nachbarschaft? Nun hatte sie seinen Besuch in ihrer Wohnung selbst verschuldet. *Wie heißt du?*

Er ging in die Küche. Ein Topf Basilikum stand auf der Fensterbank. Auf ihrem Küchentisch lagen Zeitungen. Wie jedes Mal, wenn er eine fremde Wohnung betrat, fühlte er sich wie ein Tourist, der zum ersten Mal vor einer Sehenswürdigkeit stand. Voller Neugier und Vorfreude darüber, neues Territorium zu betreten, Entdeckungen zu machen.

Er schob den Übertopf mit der Gewürzpflanze einige Zentimeter zur Seite. Öffnete das Fenster. Ob ihr das auffiele? *Ein kleiner Gruß.*

Er zögerte plötzlich. Nein. Mit einer Hand stellte er das Basilikum zurück. Schloss das Fenster. Sie sollte keinen Verdacht schöpfen.

Er warf einen Blick ins Wohnzimmer. Musste sich beeilen. Sie konnte jeden Augenblick nach Hause kommen. Noch kannte er ihre Gewohnheiten nicht ausreichend. Alle Möbel standen an derselben Stelle, exakt, wie der Inneneinrichter sie arrangiert hatte. Enttäuschung machte sich in ihm breit. Erins Wohnung sah noch immer aus wie der Werbekatalog eines Möbelhauses. Kaum etwas deutete darauf hin, dass sie das Appartement bezogen hatte. Nichts verriet ihren Geschmack, ihre Vorlieben oder Hobbies.

Er ging in ihr Badezimmer und auf die Toilette. Während sich seine Blase entleerte, stellte er sich vor, wie sie vor dem Schlafengehen auf der Kloschüssel saß, in einem Nachthemd, nur wenige Meter von ihm entfernt, auf der anderen Seite der Wand.

Er spülte, und während er den Reißverschluss seiner Hose zuzog, ging er ins Schlafzimmer. Über dem Bett war eine karierte Bettdecke ausgebreitet. Er strich darüber. Die Tagesdecke war verschwunden. Hier lag sie jede Nacht und schlief.

Einen Augenblick ließ er seiner Fantasie freien Lauf. Ihr schmaler Körper, kaum auszumachen unter der Federdecke. Ihre Augen geschlossen, sie atmet leise. Er hebt sie hoch, im Schlaf. Trägt sie in seine Wohnung. Sie ist ganz leicht. Ihre Passivität durch den Schlaf steht seiner Aktivität durch die Kraftanstrengung entgegen … *Sie müssen Ihren Umgang mit Macht und Ohnmacht kontrollieren.*

Er öffnete die Schublade ihres Nachttisches. Leer. Er schaute sich um. Eine Schrankwand mit verspiegelter Vorderseite stand auf der anderen Seite des Zimmers.

Er sah sich selbst im Spiegel, wie er auf den Schrank zuging und den Arm ausstreckte. Seine Finger griffen nach der Tür.

Erin hatte ihr gesamtes Hab und Gut in dem Schrank verstaut. Schuhe. Kleidung. Handtücher, Bücher. Alles, was sie an Besitz mit in die Wohnung gebracht hatte, schien sich in den Fächern dieses Schranks zu befinden. Kleidung lag ordentlich nach Farbe sortiert vor ihm. Im unteren Fach des Schranks standen Pappkisten. Er zögerte. Wo sollte er anfangen? Er öffnete die Kartons. Schuhe.

Irgendwo musste sie Unterlagen aufbewahren. Briefe. Zumindest der Mietvertrag sollte sich in der Wohnung befinden.

Ihr Appartement war so anders als die Wohnungen anderer Leute. Bernards Schlüssel, *Erins* Schlüssel – Bernard war eine Ewigkeit her – war nicht seine erste Errungenschaft. Er hatte Zugang zu einer Reihe von Wohnungen im Haus. Mieter waren unvorsichtig. Vergaßen ihre Schlüssel in der Tür. Verloren sie im Keller. Oder ließen im Erdgeschoss ihre Terrassentür offen stehen.

Die Alte aus 6B hatte ihren Wohnungsschlüssel im Türschloss stecken lassen. »Es ist ein Wunder, dass ich überhaupt noch Schmuck und Geld besitze. Ich verliere alles.« Ihre Wohnung war sein Favorit, wenn er Ruhe suchte. Er wusste, an welchen Tagen sie zu ihrer Tochter fuhr. Er konnte Stunden bei ihr verbringen. Die Frau mochte er nicht – doch ihre Wohnung war ein Juwel.

Den Schmuck und eine beachtliche Summe Bargeld bewahrte sie unter ihrem Bett auf. Der Ort, wo jeder Einbrecher als Erstes schauen würde. Doch ihn interessierte das Geld nicht. Die Alte hatte Fotoalben, Briefe und Rechnungen der letzten Jahrzehnte aufbewahrt. In Stapeln lagen sie in dem Appartement verteilt. Sie nutzte jede Ablagefläche, sogar auf ihrem Fernseher standen mehrere Aktenordner. Kein Zettel schien je vernichtet worden zu sein. Kassenbons waren ordentlich abgeheftet in Ordnern, die Rückseiten mit handschriftlichen Kontrollrechnungen versehen. Supermarktbelege aus den Fünfzigern waren Dokumente, die man nicht oft in die Finger bekam. Buchhalterin auf Lebenszeit.

In der WG in der dritten Etage, zwei Frauen und ein Mann, hielt er sich ebenfalls gern auf. Die Überreste von Partys, das Chaos. Es gab jedes Mal etwas Neues zu entdecken. Er vermutete eine Beziehung des Mannes mit einer der beiden Frauen. Erst hatte er ein Foto von ihr im Nachttisch des Mannes gefunden. Ein paar Wochen später entdeckte er einen BH in seinem Bett, den er zweifelsfrei der Frau zuordnen konnte. Er fragte sich, ob die Dritte im Bunde davon wusste.

Doch der Zugang zu der WG war schwieriger. Fast immer war jemand von den dreien zu Hause. Auch ihre Zeiten waren unberechenbarer. Ein Risiko. Es waren stets nur kurze Besuche.

Was in den Wohnungen der Alten und der WG zu viel war, war in Erins Wohnung zu wenig.

Unschlüssig verharrte er vor dem Schrank. In einem Fach stand ein Deodorant. Er griff danach und öffnete die Kappe. Zitrone. Orangenblüte. Langsam schmierte er sich das Deo auf die Haut unter seinen Armen, stellte sich vor, wie sie damit über ihre Achseln strich. Er saugte den Duft ein. *Erins Duft.*

Zurück in der Küche durchsuchte er den Stapel Zeitungen auf dem Tisch. Nichts von Interesse. Dann fiel plötzlich eine Visitenkarte zu Boden. Sie musste unter einer der Zeitungen gelegen haben. Lester bückte sich. *Rhys White – Estate Agent.*

War das der Mann, den er durch den Spion seiner Wohnung gesehen hatte? Der Makler?

Unentschlossen hielt er die Karte in der Hand. Er prägte sich den Namen und die Telefonnummer ein. *Suttons & Meyers.* Die machten auch die Hausverwaltung für eine Reihe von Wohnungen hier im Haus. Das Büro des Maklers war am Broadway Market. Der Postleitzahl zufolge war die Straße in Ostlondon. Es konnte nicht schaden, dem Mann bei Gelegenheit einen Besuch abzustatten.

Er legte die Visitenkarte zurück auf den Tisch. Und plötzlich überkam ihn ein Grinsen. Ein adressierter Umschlag klebte unter einem Magazin. Er nahm den Brief in die Hand. Seine Finger zitterten vor Aufregung. Dort stand es. Schwarz auf weiß: Erin Hunt. Er flüsterte ihren Namen. Erin Hunt.

Fünf Minuten später starrte er auf ein Bild von ihr. Erin. Hunt. London. Drei Worte und der vierte Suchtreffer bei Google hatten ihm verraten, was er wissen wollte. Das Internet war sein neuer bester Freund.

Er sprang von seinem Tisch auf und ging an den Schrank mit den Alkoholvorräten, goss sich einen Tanqueray ein. Mit dem Glas in der Hand setzte er sich wieder an das Laptop.

Erin war Tänzerin bei der *Clerkenwell Dance Company*. Ihr Foto prangte auf der Internetseite als Mitglied des derzeitigen Ensembles. Islington. Dort war er seit Jahren nicht gewesen. Er erinnerte sich vage an ein modernes Gebäude an einer Hauptstraße im Randgebiet des Stadtteils. Es stand gegenüber einer Reihe seelenloser Sozialbauten, die sich hinter dem Spa Green Garden versteckten.

»Erin Hunt. 28 Jahre. Moderner und klassischer Tanz.« Das waren alle Informationen, die die Website des Theaters unter dem Foto preisgab. Das war nicht viel.

Er nahm einen Schluck von dem Gin und öffnete ein zweites Fenster in seinem Browser. Laut verschiedener Websites war das Theater bei Publikum und Kritikern äußerst beliebt.

Er speicherte Erins Foto auf seinem Desktop ab. Weitere Fotos von schlanken Tänzerinnen in Strumpfhosen mit durchgedrückten Beinen und zarten, in die Luft gestreckten Armen tauchten auf seinem Bildschirm auf. Balletttanz war eine komplett neue Materie für ihn.

Er blieb an einem Artikel hängen, der Sportarten miteinander verglich. Kalorienverbrauch, Konditionsbewertungen und Diättauglichkeit waren aufgelistet. Balletttänzer hatten demnach kräftigere Muskeln als andere Sportler. Er dachte an Erins Oberarme. Professionelles Ballett führte zu einer bestimmten Form der Bein- und Armmuskeln. »Die Muskeln werden durch das Dehnen und die kontinuierlich sanfte, aber andauernde Belastung durch das Halten von Positionen in der Länge definiert.«

Sein Gesicht wurde heiß. »Es werden Muskelgruppen angesprochen, die üblicherweise nicht trainiert werden …« Er musste schlucken. »… wie beispielsweise die Innenseite der Oberschenkel.« *Die Innenseite der Oberschenkel.*

*

ERIN

»Den kleinen Finger abspreizen. Ist das so schwierig?« Die Stimme, die seit Wochen untrennbar mit ihrer Existenz verbunden war, überschlug sich vor Ungeduld. Es war kein guter Tag. Ihre Gedanken waren bei der Spritze und den Schmerzmitteln in ihrer Tasche. Hatte ihr Bruder Recht? War das Risiko zu hoch, den Fuß dauerhaft zu schädigen? Sollte sie den Behauptungen eines Junkies Glauben schenken, der seinen Lebensunterhalt mit dem Vertrieb von Drogen und verschreibungspflichtigen Medikamenten verdiente? Eines Schulabbrechers, der trotz seiner Cleverness der Verlockung von Alkohol und Drogen nicht hatte widerstehen können?

Doch sie waren sich ähnlicher, als sie sich eingestehen wollte. Sie hatte sich nach der Schule in den Sport gestürzt. Das tägliche Tanztraining, der Ehrgeiz, den Körper jeden Tag aufs Neue an seine Grenzen zu bringen, ihn zu ruinieren, langsam und unaufhaltsam, war auch eine Sucht. Es gab keinen Unterschied zwischen ihnen beiden. Das Quälen des Körpers zur Erlösung des Geistes war eine Methode, um Spannung abzubauen.

Sie streckte ihren Finger noch einen halben Zentimeter weiter nach oben. Für das menschliche Auge kaum wahrnehmbar und doch bezeichnend für das Dasein eines Tänzers. Die Marionette musste funktionieren. Sie lieferte die Show. Und war dabei doch nicht mehr als ein Werkzeug, um den Visionen der Choreographen Ausdruck zu verleihen. Wenn Timm sagte »Dreh die Hand«, dann drehte sie die Hand, ohne es in Frage zu stellen.

»Perfekt.« Timms Stimme hatte wieder ihre normale Frequenz angenommen. Einen Wimpernschlag lang gab er Ruhe. Dann legte er seine Hand auf ihrer Schulter ab. Kalte Finger zogen ihren Arm nach hinten. »Es kommt auf den Winkel an. Der Winkel ist elementar. Er entscheidet zwischen Anmut und dem Gegenteil.«

Sie schwieg. Timm tippte gegen ihren Oberschenkel. »Eindrehen.« Der Beckenknochen sollte Richtung Publikum zeigen. Eine Sportart, die Grazie als ihr höchstes Gut erklärte, verzieh keine Nachlässigkeit. Oder das, was als solche definiert wurde. Perfektion war das Maß aller Dinge.

Heute war die erste Durchlaufprobe auf der Bühne. Anspannung lag in der Luft. Positive Anspannung. Es wurde ernst. Die erste Bühnenprobe verursachte selbst erfahrenen Tänzern eine Gänsehaut. Nur noch sieben Tage bis zur Premiere.

Erst jetzt zeigte sich, wo die exakte Position jedes einzelnen Tänzers sein würde. Aus Timms Sicht, aus der Sicht des kritischen Publikums, war heute alles falsch.

»Wenn am Ende von zwanzig Tänzern auf der Bühne jeder nur *einen* Fehler macht, sind es zwanzig Fehler.« Timm nahm sich jetzt die Gruppentänzer vor, die einen Halbkreis um Erin und Pedro bildeten. »Die Solisten sind nur so gut wie die Tänzer, die sie umrahmen.« Er flüsterte etwas in das Ohr der

Ballettmeisterin, die zur Unterstützung dabei war. Diese nickte heftig.

Erin zog ihr Kinn Richtung Brust. Ihre Nackenmuskeln dehnten sich. Wirbel für Wirbel erfolgte die Streckung, beginnend zwischen den Schulterblättern bis hinauf zum Scheitel.

Den Blick zu Boden gerichtet, verharrte sie in der Position.

Timms Unruhe übertrug sich auf alle Beteiligten. Das Stück war eine Neuinszenierung. Die Kritiker standen in den Startlöchern. Innovation im Ballett wurde nicht von jedermann geschätzt.

Die Luft auf der Bühne war eine Mischung aus Staub und Schweiß. Süchtig machend. Und beängstigend. Sobald die Scheinwerfer die Bühne erleuchteten, zog sich ihr Magen zusammen. Ganz gleich, ob Probe oder Premiere. Routine als oft gepriesenes Gegenmittel von Lampenfieber ließ auch nach all den Jahren auf sich warten.

In ihrer linken Wade begann es zu kribbeln. Erst nur diffus, konzentrierte sich das Gefühl schließlich auf einen Punkt unterhalb der Kniekehle. Der gesamte Unterschenkel war geschwächt durch die Fehlbelastung und die Schonhaltung. Sie starrte auf die Bühnenbretter. Der Tanzboden war bereits verlegt: mit Schaumstoff unterfederte Holzplatten ohne Fugen.

Der Muskel war kurz davor, sich in Beton zu verwandeln. Sie musste zur Massage. Machte die Wade zu, konnte sie keinen Schritt mehr vor den anderen setzen. Sie versuchte, den Krampf zu ignorieren. Nicht, dass sie eine Wahl hatte. Auf keinen Fall würde sie sich eine Schwäche anmerken lassen. Sie verlagerte das Gewicht auf das andere Bein, krümmte die Zehen. Sie hatte sich für die Probe ein Dancer's Pad unter die Fußsohle geklebt. Das rechteckige Vlies mit der Aussparung für den Ballen nahm für eine Weile den Schmerz. Das Brennen in ihrem Fuß würde zurückkommen, doch das Kortison, das lokale Anästhetikum und die Auswahl an Schmerzmitteln in ihrer Tasche würden ihr für die Shows einen Vorschuss geben.

»Denkt dran …«, mahnte Timm an alle gewandt, »… ihr müsst eine Geschichte erzählen.«

Ihre Wade schrie nach Entlastung. Der Schmerz strahlte jetzt in das gesamte Bein hinauf. Wärme breitete sich mit einer ungeahnten Intensität aus. Die Kontraktion des Muskels brachte ihr Körpergefühl durcheinander. Lange konnte sie die Pose nicht mehr halten. Ihr Körper rebellierte.

Hatte sie sich übernommen? Der Umzug. Die Premiere. Die Ungewissheit und Sorge, ob alles klappen würde, was sie sich vorgenommen hatte. Kapitulierte ihr Körper, noch bevor es losging?

»Pedro, deine Tanzpartnerin kollabiert gleich.« Timm gab dem Tontechniker ein Zeichen. Kaum erklangen die ersten Töne der Musik, spürte sie Pedros Finger auf ihrem Arm.

Jede Rolle war eine Herausforderung. Körper und Geist mussten dem Druck standhalten. Das machte Profitänzer aus. Der starke Wille. Sie würde eine Geschichte erzählen. Sie würde die Performance ihres Lebens abliefern. Mit vollem Einsatz. Vierundzwanzig Stunden am Tag, sieben Tage die Woche. Für die nächsten Wochen war das alles, was zählte. Es würde das Fundament ihrer Existenz werden.

Die Musik erlöste sie aus ihrer Erstarrung. Pedro und sie verloren sich in der Bedingungslosigkeit des Tanzes. Timms Marionetten auf der Suche nach Anerkennung und Perfektion.

10

Shannons Tochter steht vor seiner Haustür. Sie trägt ein weißes Wickelkleid, vermutlich aus der Requisite des Filmstudios. Dazu eine schwarze Schärpe, Handschuhe aus Spitze und eine Haube auf dem Kopf. Nur ihre Turnschuhe passen nicht ins Bild.

Lester schaut hinter das Kind. Das Mädchen ist alleine gekommen. Sie guckt ihn an, als warte sie auf eine Antwort. Sie hat bisher kein Wort gesprochen.

»Guten Morgen.« Betont locker lehnt er sich an den Türrahmen. Keine Reaktion. Vorgetäuschte Freundlichkeit verfehlt meist ihre Wirkung.

Die Kleine starrt ihn unverwandt weiter an. Er hat das Mädchen und ihre Brüder beobachtet. Sie sind nicht gehörlos. Sie sprechen miteinander. Wenn sie auf der Straße spielen, unterscheiden sie sich nicht von anderen Kindern. Sie rufen. Sprechen. Schreien. Doch sobald ihre Mutter erscheint, wechseln sie zur Gebärdensprache. Mit angehaltenem Atem hat er beobachtet, wie routiniert sich Shannon und ihre Kinder mit Hilfe von Gesten und Fingerzeichen unterhalten. Alle drei beherrschen diese Art der Kommunikation perfekt. Eine Geheimsprache. Sie lachen und scherzen, genau wie Hörende. Ihre Mimik ist dabei – wie ihre Hände – nie still, immer in Bewegung, voller Energie.

Das Mädchen deutet mit einem ausgestreckten Zeigefinger auf ihn.

»Sie können auf eine Tasse Tee zu uns kommen.« Die Art, wie sie es sagt, lässt durchblicken, dass diese Idee nicht auf ihrem Mist gewachsen ist. »Soll ich von meiner Mutter ausrichten«, ergänzt sie, als habe sie seine Gedanken gelesen. Lester muss lächeln. Es kümmert ihn nicht, dass der Kleinen die Situation nicht gefällt. Was zählt die Meinung eines Kindes?

Ihre Haare gucken aus der Haube hervor. Ein weißes Band aus Seide ist in eine Strähne eingeflochten.

»Wie heißt du?«, fragt er. Die Einladung ist ein Triumph. »Ich bin Lester.« Je eher das Balg sich mit ihm anfreundet, umso besser. Noch immer starrt das Mädchen ihn an. Schließlich sagt sie: »Harper.«

»Das ist ein schöner Name«, sagt er und meint es nicht.

»Es ist mein Lieblingsname.«

»Dann hast du ja Glück gehabt, dass deine Eltern diesen Namen ausgesucht haben. Mein Lieblingsname ist …« Er macht eine Pause. »… Lester.« Er zwinkert ihr zu.

Das Mädchen schaut ihn an, als würde sie abschätzen, ob er sich über sie lustig macht. »Harper hat eine Bedeutung. Kennst du sie?« Er kann sehen, dass sie eine Verneinung von ihm erwartet. Wie er Kinder hasst. Er hat keine Lust, bei ihrem Spiel mitzumachen. Aber nun muss er die Sache durchziehen. »Was bedeutet der Name?« Er überlegt, in die Hocke zu gehen. Das hat er beobachtet, machen Eltern so, wenn sie mit ihren Kindern sprechen. Doch er bleibt stehen, schaut auf sie herab.

Harper sieht zufrieden aus. Die Kleine scheint zu überlegen, ob sie ihm die Erklärung liefern soll. Dann gibt sie sich einen Ruck. »Harfenspielerin.« Sie wartet auf seine Reaktion.

»Kennst du *Harper and the Magpies*? Das Buch ist ...«

»Dein Lieblingsbuch?«, unterbricht er sie. Er hört den Spott in seiner Stimme.

»Meine Brüder heißen Fergus und Fred.« Sie lacht aus ihrem tiefsten Inneren, wie nur Kinder es können. Ohne den Blick von ihm abzuwenden, schießt der Zeigefinger des Mädchens Richtung *Sands Films Studio*. »Das Teewasser kocht.«

Kurz darauf steht er im Erdgeschoss des Gebäudes. In dieser Etage befindet sich die *Rotherhithe Picture Library*. Sie ist an das Filmstudio angegliedert. Die von Holzwürmern perforierten Holzbalken stützen die Decke und Wände des Archivs. Der dunkelrote Linoleum-Fußboden, auf dem ein langgezogener Tisch steht, schluckt das gesamte Tageslicht. Das blinde Glas der Fenster verschafft keine Abhilfe. Selbst an einem sonnigen Tag muss in dem Saal das Licht angeschaltet werden. Das Konzept einer Bildbibliothek ist ihm neu. Die Regale sind voll mit Skizzen, Zeichnungen und Fotografien von Gegenständen vergangener Jahrhunderte. Alle Bildnachweise sind ordentlich abgeheftet in Ordnern.

Lester schaut zu, wie Shannon in der kleinen Teeküche Wasser über den Earl Grey gießt. Dampf steigt auf, und der Duft von Bergamotte verteilt sich in der Luft.

Die Locken hinter ihre Ohren geklemmt, ihren Oberkörper nach vorne gebeugt, erinnert sie ihn an eine Fotografin. Als fixiere sie durch den Sucher einer Kamera ihr Motiv. Konzentriert darauf bedacht, die Belichtungszeit richtig einzustellen, um ein möglichst scharfes Abbild des Originals zu bekommen. Sie trägt dieselben Ohrringe wie letztes Mal. Die Kronleuchter. Bei jeder Bewegung ihres Kopfes schwingen die Anhänger, als hätten sie einen Stoß bekommen.

Heiß liegt das Porzellan des Bechers in seiner Hand, als sie ihm den Tee gibt. An der Grenze des Aushaltbaren. Seine Handinnenfläche beginnt zu glühen. Er drückt noch etwas fester zu. Der Schmerz lenkt ihn ab. Shannon verunsichert ihn. Ihre Kinder verunsichern ihn.

Mit einer knappen Geste hatte Shannon sich am Vortag für seine Hilfsbereitschaft bedankt, nachdem er ihr »die von der Müllabfuhr vertauschte Tonne« über die Straße getragen hatte. Shannon hatte sich daraufhin ihre Fingerspitzen ans Kinn gehalten, dann mit der Hand auf ihn gezeigt.

»Das heißt Danke«, hatte der ältere Sohn, Fergus oder Fred, ungefragt übersetzt. Der Bengel war die ganze Zeit in Shannons Nähe geblieben, hatte seinen Fußball gegen die Hauswand gekickt. »Meine Mum kann Lippenlesen.«

Harper hatte sich zu ihnen gesellt und begonnen, in Gebärdensprache mit ihrem Bruder zu reden. Ihre Finger flogen hin und her, ihre Hände bewegten sich blitzschnell, bildeten Zeichen, Buchstaben, von denen er gelegentlich einen erkannte. Der Junge hatte auf dieselbe Weise geantwortet, seine Hände formten andere, neue Zeichen, seine Finger klopften gegeneinander. Beide grinsten und liefen um die Ecke in Richtung Themse, nicht, ohne ihm noch einen Blick zuzuwerfen und in schallendes Gelächter auszubrechen. Nur der Kleine war zurückgeblieben und hatte ihn unverhohlen angegrinst.

Lester beißt die Zähne zusammen, als er an die Situation zurückdenkt. Shannon sollte den Kindern verbieten, in Gebärdensprache vor anderen Menschen zu kommunizieren. Es zeugt von schlechten Manieren.

Der lange Tisch ist übersät mit Fotos. Vorsichtig stellt er seinen Becher ab und nimmt einige auf. Er ist überrascht über die Vielfalt und Detailtreue der Bildnachweise. Die Skizzen und Fotos, jede Art von Abbild eines Gegenstandes, helfen den Filmschaffenden bei der Entscheidung für die Requisiten.

»Manchmal sitze ich ganze Nächte an diesem Tisch und vergleiche Halsketten.« Sie lacht. »Ich versuche sie einem Jahrzehnt zuzuordnen«, schreibt Shannon weiter in ihren Notizblock.

Er beobachtet sie. Wenn sie schreibt, liegen ihr Zeige- und der Mittelfinger übereinander auf dem Stift. Er hat noch nie gesehen, dass jemand einen Stift auf diese Weise hält. »Circa 1880«, schreibt sie und zeigt jetzt auf ihre eigenen Ohrringe. Sie hat seinen Blick auf ihren Schmuck zu Anfang bemerkt. Ihre Ohrringe sind so alt? Oder sind es Repliken? Was meint sie?

Jetzt tippt sie auf ein körniges Foto zweier Frauen, die in einer Kutsche sitzen. Es ist ein Foto aus einer Zeitung. Der Bildunterschrift nach entstammt der Artikel aus dem Jahr 1902. »Es geht um die Handschuhe der Frau«, schreibt Shannon. Lester guckt auf das Notizbuch, dann auf das Foto. Er schaut sie an. »Wie viele Bildnachweise hat die Picture Library im Archiv?« Er sagt den Satz langsam und betont die Worte. Ihr Blick klebt an seinen Lippen, als er spricht.

»Tausende«, schreibt sie in den Block und gibt damit auch die Antwort darauf, wie viele Fragen er hat.

»Das ist beeindruckend.« Seine Lippen brennen unter ihrem Blick. Es macht ihn an. Was kann er noch sagen? Je mehr er redet, desto länger muss sie ihn anschauen. »Ich studiere Medical History.« Er räuspert sich. »Zurzeit arbeite ich für die Universität an einem Artikel über viktorianische Hörhilfen.«

Ihr Ausdruck verändert sich. Aus höflicher Freundlichkeit wird ehrliches Interesse. Ihre Pupillen, ihre Körperhaltung verraten es. Shannon greift nach dem Block. »Ear Trumpets?« Sie zeigt auf ihre Ohren und lacht. »Keine Wirkung, in meinem Fall«, schreibt sie.

Er dreht sich zu den Schaufensterpuppen im Fenster um, den Puppen, die ihn in der Nacht beobachtet haben. »Für welchen Film sind diese Kostüme entstanden?« Als er Shannon anschaut, zuckt sie die Schultern. Sie zeigt auf seine Lippen. Dann deutet ihr Finger zu den Puppen und auf ihre Augen. Sie kann nur von den Lippen lesen, wenn er sie beim Sprechen direkt anschaut. Eine elementare Voraussetzung für ein Gespräch mit einer Gehörlosen. Ein Anfängerfehler.

Er greift nach ihrem Notizbuch und schreibt: »Entschuldigung.« Dabei legt er den Zeige- und den Mittelfinger übereinander auf den Stift, genau wie sie es zuvor getan hat.

Die Unsicherheit in seinem Inneren hält sich die Waage mit der Faszination, die er für Shannon empfindet. Er starrt auf ihren Mund, auf ihre Lippen – aus denen nie ein Wort kommen wird.

Eine der Angestellten des Filmstudios kommt plötzlich aus den hinteren Produktionsräumen und schreckt ihn auf. Er hat vergessen, dass sie nicht alleine sind.

Mit einem Seitenblick auf ihn breitet Shannons Kollegin ein Schnittmuster auf dem Tisch aus. »Ich brauche deine Hilfe«, sagt sie in Shannons Gesicht. Die Frau hält Stoffproben in unterschiedlichen Farben über ihrem Arm. Um den Hals hat sie ein Maßband geschlungen. »Haben wir ein Foto oder eine Skizze von dem Federschmuck der französischen Prostituierten um 1890?« Sie stöhnt. »Diese Guy-de-Maupassant-Produktion raubt mir den letzten Nerv.«

11

LESTER

19. September – 10:35 Uhr

Er zog die Mundwinkel nach oben und hoffte, dass es aussah wie ein Lächeln. Es kostete ihn Mühe. Vierzig Minuten hatte er in der Schlange für den Ticketverkauf in der *Clerkenwell Dance Company* warten müssen. Das Ehepaar vor ihm, Touristen in Turnschuhen und Baseballkappen, hatte Schwierigkeiten mit der Auswahl der Sitzplätze gehabt. Ihre Entscheidung war in einer Geschwindigkeit gefallen, als sei sie für den Verlauf ihres restlichen Lebens verantwortlich. Mit jeder Minute war seine Ungeduld gewachsen.

Er hatte sich den Tag freigenommen, um ausreichend Zeit für sein Unterfangen zu haben. Er hatte dabei an den Weg nach Islington gedacht, an das Umsteigen von der DLR in die Northern Line, die Fahrt bis nach Angel, den Fußweg von der Station zum Theater – nicht an das Warten in der Schlange.

Dave war über seinen spontanen Urlaubsantrag überrascht gewesen, hatte jedoch kein Argument gefunden, den freien Tag nicht zu bewilligen. Lesters Urlaubskonto war prall gefüllt.

Das Einverständnis seines Chefs hatte ihm über die Enttäuschung hinweggeholfen, dass Erin Hunt nicht im System des Fundbüros zu finden gewesen war. Er hatte ihren Vor- und Nachnamen in die Datenbanksuche eingegeben, und seine Augen hatten auf dem Bildschirm geklebt, während *Sherlock* nach ihrem Namen suchte. Und dann: Kein Treffer. Erin Hunt hatte im öffentlichen Nahverkehr Londons nichts verloren. Erin Hunt hatte im öffentlichen Nahverkehr Londons nichts gefunden.

Mit den Armen lehnte er sich jetzt gegen die Brüstung des Tresens und musterte die Ticketverkäuferin. »Eine Karte für die Premiere.«

Sie zog die Augenbrauen hoch. »Die Premiere ist fast ausverkauft.« Ihre Stimme hatte einen Tonfall, der ihm nicht gefiel. »Cheryl« stand auf dem Schild an ihrer Bluse. »Der Verkauf ist vor Wochen gestartet.«

Während sie die Tastatur ihres Computers malträtierte, schaute er auf das Werbeplakat für die Show, das im Foyer hing. Die Tänzer standen in einer Reihe, mit dem Rücken zum Fotografen. Die Bühne war auf dem Foto schwarz ausgeleuchtet, nur von einem Lichtstrahl durchbrochen, der die Figuren der Tänzer betonte. Er war nicht sicher, welche der Tänzerinnen Erin war. In der Mitte stand eine Ballerina, deren Größe und Formen Erins Maßen entsprachen. Links am Bildrand stand eine Tänzerin mit einer ganz ähnlichen Figur. Es ärgerte ihn, dass er nicht in der Lage war, Erin zu identifizieren. Das musste er ändern. Er verglich die Arme und Beine der beiden Frauen. *Die Innenseite der Oberschenkel.*

»Glück gehabt.« Cheryl drehte den Bildschirm in seine

Richtung. Nur mit Mühe konnte er seinen Blick von dem Plakat lösen.

Er schaute auf die Plätze, die noch verfügbar waren. Wer hätte gedacht, dass so viele Leute modernes Ballett sehen wollten. Die Sitzplätze im Parkett waren fast alle vergeben. Ein einzelner Platz war in der elften Reihe frei. Der Preiskategorie zufolge schien die Sicht auf die Bühne gut zu sein. Fünfundsechzig Pfund für ein Ticket war mehr, als er eingeplant hatte.

»Im ersten Rang sind auch Sitzplätze frei«, sagte die Verkäuferin. Sie hatte sein Zögern bemerkt. Er tippte auf den Platz in der elften Reihe. »Ich nehme den Platz.«

»Brauchen Sie nur *ein* Ticket?« Mit einer übertriebenen Handbewegung gab sie den Druckbefehl auf ihrer Tastatur.

»Das sagte ich.«

»Die Sicht ist nicht übel.« Sie klang selbstgefällig. Als sei es ihr Verdienst, dass der Platz noch verfügbar war.

Er sah sich bereits im Publikum sitzen. Verborgen im Dunkel. Unsichtbar in der Menge. Sein Blick auf Erin gerichtet. Ihr Körper direkt vor ihm.

Als er das Ticket in den Händen hielt und seine Kreditkarte mit einer ebenso übertriebenen Handbewegung wie Cheryl einstecken wollte, fiel ihm auf, dass er gar nicht wusste, ob Erin die Premiere tanzen würde. Ihm wurde heiß. Tanzte jeder Tänzer eines Ensembles jede Vorstellung?

»Tanzt Erin Hunt die Premiere?«

Für eine Sekunde schaute Cheryl ihn überrascht an. »Kennen Sie Erin?«

»Hm«, sagte er ausweichend. Cheryl legte einen Flyer auf den Tresen. »Sie tanzt fast alle Abendvorstellungen.« Mit einem Kugelschreiber markierte sie die Daten.

Erleichterung durchströmte ihn. Er hob die Hand und zeigte auf das Plakat. »In der Mitte, das ist sie. Nicht wahr?«

Cheryl musterte ihn. »Sie sind ja ein richtiger Fan.« Sie klang spöttisch.

Es wurde Zeit zu gehen. Nicht, ohne den Flyer mitzunehmen. Die Daten darauf verrieten ihm, an welchen Abenden er ohne Bedenken Erins Wohnung betreten konnte.

*

LESTER

19. September – 20:03 Uhr

Überrascht verharrte er hinter dem Spion seiner Wohnungstür. Erin stand davor, nur wenige Zentimeter von ihm entfernt.

Sie war so nah, dass er ihren Lidstrich sehen konnte. Er griff nach der Klinke. Sollte er öffnen? Er war überfordert mit der Aussicht auf spontanen, nicht von ihm selbst initiierten Kontakt. *Was willst du?*

Er war gerade dabei gewesen, Klimmzüge zu machen. Beim dritten Durchlauf hatte es an seiner Wohnungstür geklopft.

Er schüttelte seine Arme aus. Sein Mund war trocken. Schweiß rann ihm den Nacken hinunter.

Erin klopfte ein zweites Mal. Die Klingel hatte er seit Jahren abgestellt. Er bekam keinen Besuch.

Die vom Training ausgetrockneten Schleimhäute in seiner Kehle verkrampften sich. Schon baute sich ein Hustenreiz auf. Das Verlangen, sich räuspern zu müssen, war kaum zu unterdrücken.

Bevor er eine Entscheidung treffen konnte, wandte Erin sich zum Gehen. Im selben Moment brach der Husten aus ihm heraus. Unkontrolliert schüttelte es ihn, noch stärker und erbarmungsloser von dem Versuch, ihn zu unterdrücken. Er keuchte und schnappte nach Luft. Erin drehte sich zurück und starrte auf seine Tür. Mit einem Ruck öffnete er.

»Hi«, sagte sie. Noch immer hatte er den Hustenreiz nicht im Griff. Er spürte, wie seine Augen glasig wurden. Er hustete mit beiden Händen vor dem Mund. Geduldig wartete sie, bis er sich unter Kontrolle hatte. Seine Schleimhäute brannten, und das Kratzen in seinem Hals war noch nicht vorbei. »Hallo.« Er klopfte sich auf die Brust. Er konnte sehen, wie sie ihn musterte. Hatte er sich verraten mit seinem Besuch in ihrer Wohnung? Hatte sie ihn beim Kauf der Theaterkarte gesehen?

Sein T-Shirt klebte an seinem Körper. Vermutlich hatte er Schweißflecken unter den Armen. Seine Haare waren fettig. Er hatte nicht geduscht.

Erin hielt einen Brief in der Hand. Das blaue Logo von *Thames Water* prangte in der linken Ecke. Eine Wasserabrechnung. »Ihre Post war in meinem Kasten. Wohnung 6D?« Sie gab ihm den Umschlag.

Das Schicksal war auf seiner Seite. Ein erneuter Hustenreiz schüttelte ihn. Seine Nase begann zu laufen, und kurz hatte er das Gefühl, würgen zu müssen.

Immer wieder sortierte der Postbote die Briefe falsch ein. Er selbst hatte schon Post von der Alten aus 6B bei sich im Kasten gehabt. Die Alte behauptete ihrerseits, den *Observer* nicht mehr zu bekommen. Eine Beschwerde bei Royal Mail führte erst zu einer Entschuldigung, dann zu einem neuen Zusteller.

»Ich habe den Irrtum erst in meiner Wohnung bemerkt, ansonsten hätte ich …« Sie zeigte unbestimmt das Treppenhaus hinunter, zu den Briefkästen, die wie bunte Legebatterien, einer neben dem anderen, in der Eingangshalle hingen. »Das ist sehr aufmerksam.« Er lächelte sie an. Sie musterte ihn.

»Danke«, sagte er. Seine Stimme klang heiser. Langsam griff er nach dem Brief. Seine Finger streiften ihre Haut. Ein Versehen. *Kein Versehen.*

»Also, dann …«, sagte sie.

Bevor er etwas erwidern konnte, drehte sie sich um und ging über den Flur, zurück zu ihrer Wohnung. *Körperliche Nähe lässt sich nicht erzwingen.*

Sollte er ihr erzählen, dass er ein Ticket für die Premiere gekauft hatte? Dass sie auf seine Unterstützung zählen konnte? Er war noch nie für eine Frau ins Theater gegangen. Ob ihre Eltern eingeladen waren? Oder wohnten sie zu weit weg?

Sie hatte die Premiere am Telefon nicht erwähnt. Die Anwesenheit ihrer Familie schien keine Option zu sein.

Wäre er der einzige Bekannte, der im Publikum sitzen würde? Ihr den gebührenden Applaus zukommen ließe? Es würde ihr zeigen, dass auf ihn Verlass war.

Er entschied sich dagegen. Er wollte das Wissen seiner Teilnahme für sich behalten, die Tatsache genießen, dass nur er von dem Ticket wusste. Er würde nach der Show auf sie warten und ihr den Respekt zollen, der ihr zustand.

Er blieb in der Tür stehen, schaute ihr nach. Erin suchte den Kontakt zu ihm. Er konnte das spüren. Sie hätte den Brief in seinen Kasten werfen oder vor seine Wohnungstür legen können. Stattdessen hatte sie eine persönliche Übergabe bevorzugt. Er lächelte ihr hinterher. *Sie haben unter einer Fehlwahrnehmung der Beziehungsbereitschaft dieser Frau gelitten.*

12

LESTER

20. September – 19:59 Uhr

Auf der anderen Seite des Limehouse Basins, direkt neben der Fußgängerbrücke, räumte Moo seine Kanus in den Verschlag. Die Herbst- und Wintermonate waren für den Kanuverleih eine finanzielle Herausforderung. Touristen und Studenten verspürten in der kalten Jahreszeit nicht das Bedürfnis, auf dem Kanal zu paddeln.

Er stand an seinem Badezimmerfenster und hob eine Hand zum Gruß. Doch Moo sah ihn nicht in der Dämmerung.

Lester griff nach seinem Fernglas. Das Gesicht des Alten tauchte in zehnfacher Vergrößerung vor ihm auf.

Er schwenkte mit dem Fernglas zur Seite. Hinter Moos Verleih befand sich seit Anfang des Jahres ein Fitness-Studio. Es war eine jener Ketten, die wie Pilze aus dem Boden sprossen und der Bevölkerung Beine machen wollten. Neben den Coffeeshops und Fastfood-Ketten die dritte Säule, die für den Untergang der Londoner Individualität verantwortlich gemacht wurde. Jede Tageszeitung hatte sich an dem Thema abgearbeitet.

Den ersten Monat nach der Eröffnung hatte er jeden Abend

am Fenster gestanden, den Frauen und Männern auf dem Laufband zugeschaut. Er hatte beobachtet, wie die Gesichter sorgfältig geschminkter Frauen sich innerhalb von einer halben Stunde auflösten. Rote Wangen, nasse Haare, nach Luft schnappende Münder. Die Reaktion des Körpers auf Anstrengung, die optische Veränderung, war faszinierend. Er hatte sich vorgestellt, wie die Frauen schnauften, stöhnten, nach Sauerstoff schnappten, nicht ahnend, dass von der anderen Seite des Hafenbeckens, verborgen im Dunkel, jemand mit einem Fernglas stand und sie beobachtete. Dann waren die Scheiben eines Morgens mit einer Folie abgeklebt gewesen. Nur Schemen waren jetzt zu erkennen.

Er horchte auf. Nebenan fiel eine Tür ins Schloss. Augenblicklich legte er das Fernglas zur Seite und schloss das Fenster. Das Warten hatte ein Ende. Erin Hunt. Seine Lippen formten ihren Namen, ohne einen Laut von sich zu geben. *Erin Hunt, Tänzerin, 28 Jahre alt, modernes und klassisches Ballett. Tanzt fast alle Abendveranstaltungen.*

In den letzten Tagen hatte er einiges an Informationen zusammengetragen. Persönlichen Kontakt gehabt. Mehr, als er zu hoffen gewagt hatte. *Und eine Karte für die Premiere.*

»Kate. Ich habe es nicht eher geschafft.« Der Lautstärke nach war sie im Badezimmer. Der Wasserhahn am Waschbecken quietschte auf. Sie wusch ihre Hände. Ihre Schritte entfernten sich, kamen näher, entfernten sich. »Ich komm dich bald besuchen.« Schlafzimmer. Ihre Stimme klang etwas leiser. »Du fehlst mir.«

Sie sprach mit Kate. Er fühlte sich, als würde er einer neuen Person vorgestellt. Kate, mit der sie im *Steam & Bean* frühstücken wollte.

»Es ist schwierig, neue Leute kennenzulernen. Du kennst mich.« Ein Lachen. Er hörte, wie sie ins Wohnzimmer ging.

Das Ticket für die Premiere ließ ihn ein Gefühl der Verbundenheit zu Erin spüren. Ihre Leben kreuzten sich. Das Ticket in seinem Portemonnaie und der Wohnungsschlüssel an seinem Schlüsselbund; jeden Tag kamen neue Verknüpfungen, Gemeinsamkeiten, dazu – von denen Erin nichts ahnte. *Du bist weniger einsam, als du denkst.*

Er verspürte ein Hochgefühl. Sie brauchte Gesellschaft. Sie brauchte ihn.

»Erinnerst du dich an jenen Sommer im Lake District, als wir noch Kinder waren? Wir haben Eiscreme selber gemacht und mochten das gekaufte Eis lieber.« Sie lachte. »Ich denke oft an die Berge. Es ist eine andere Welt. Alles ist so weit weg. Ich beneide dich. Du wohnst jetzt dort.« *Lake District.* Er hatte richtig recherchiert.

»Meine Mutter hat uns immer dieselbe Geschichte vorgelesen.« Sie lachte. »Niemand konnte so gut vorlesen wie Mum. Sogar die Stimme hat sie verstellt.«

Ob die Stimme ihrer Mutter auch so schön war wie Erins? So klar und deutlich, dass man gar nicht anders konnte, als ihr zuzuhören? Und Kate? Wie klang Kates Stimme?

Ein Klappern lenkte ihn von dem Gespräch ab. Was machte sie? Er konnte das Geräusch nicht identifizieren. Es könnten Wäscheklammern sein. Hängte sie Wäsche auf?

Mit einem Finger fuhr er an einer porösen Fuge neben seinem Waschbecken entlang. Seit Jahren stand er auf der Liste für die Sanierung seines Badezimmers. Die vergilbten Fliesen sollten durch weiße, die schwarz verschimmelten Fugen durch frische Spachtelmasse ersetzt werden. Bisher hatte er

Ausreden erfunden, um die Bauarbeiten aufzuschieben. Die Hellhörigkeit würde leiden. Das konnte er nicht zulassen.

»Ich habe Heimweh. Meine Eltern nutzen das Ferienhaus selten.« Stille. Erin lachte. »Du und ich in Grasmere. Das machen wir!« *Grasmere.*

»Wie früher.«

Plötzlich klingelte ein Telefon in Erins Wohnung. Leise, als käme es aus ihrer Küche. Für einen Moment herrschte Stille.

»Mein Handy klingelt.«

Enttäuschung machte sich in ihm breit. Sie wimmelte ihre Freundin ab, weil das Handy klingelte? Die beiden hatten doch gerade ein so interessantes Gespräch geführt.

Er starrte wie betäubt auf die Fliesen. Ihre Badezimmertür fiel ins Schloss.

Er setzte sich auf den Deckel seiner Toilette. Sein Fingernagel grub sich tiefer in die Fuge. Feiner Mörtel fiel auf den Boden. Mit einem Fuß schob er den Schmutz unter den Mülleimer. Wer war wichtig genug, Kate auf das Abstellgleis zu schieben?

*

ERIN

Alles in ihr sträubte sich. Es war der falsche Zeitpunkt. Gleichzeitig spürte sie eine Freude, wie sie es seit Jahren nicht erlebt hatte. Sie schüttelte den Kopf.

Sie legte das Handy auf den Küchentisch. Einen Augenblick lang starrte sie auf das Telefon.

Sie versuchte zu analysieren, was der Anruf in ihr ausgelöst hatte. Wie immer, wenn ihr etwas Positives widerfuhr, konnte sie nicht glauben, dass es keinen Haken gab. Zu oft hatte das Leben sie gelehrt, dass Freud von Leid abgelöst wurde. Nur ein Detail musste sich verschieben, eine Kleinigkeit passieren, und eine Kette von Ereignissen wurde losgetreten. Gutes wie Schlechtes, alles änderte sich von einer Sekunde auf die andere – in manchen Fällen ohne eine Chance, das alte Leben zurückzubekommen.

Rhys White hatte sie nach einem Date gefragt. Ihr erster Reflex: ein klares Nein. Ihre zweite Reaktion: ein zögerliches Nein. Eher eine Frage: Nein? Dann brachte er sie zum Lachen. Sein Vorschlag, um halb sieben am Morgen im *London Fields Lido* schwimmen zu gehen, war nur zur Hälfte ein Scherz gewesen. Ein gelachtes Nein.

Am Ende hatte sie eingewilligt, sich mit ihm auf einen Kaffee zu treffen. Sie hatte nichts zu verlieren, solange sie ihren Fokus nicht außer Acht ließ. Das Schwimmen im Pool würde sie allerdings ihm überlassen. Sie verspürte kein Bedürfnis, ihren Körper morgens im Chlorwasser zu malträtieren.

»Möchtest du in Spitzenschuhen über die Bühne tanzen?«, hatte sie ihn mit einer Gegenfrage provoziert.

»Einen Versuch wäre es wert.«

Sie nahm eine Handvoll Eiswürfel aus dem Gefrierfach, füllte sie in ein Glas und ging zurück ins Badezimmer. Im Haus war es still, was für diese Uhrzeit bei der Menge an Menschen auf so engem Raum beachtlich war. Sie dachte an das abgebrochene Gespräch mit Kate. Sie würde es ein anderes Mal fortführen.

Im Badezimmer lagen ihre Ballettschuhe auf dem Boden. Sie hatte sie zum Reinigen mitgebracht. Fünf Paare hatte sie in Gebrauch – der Verschleiß war hoch.

Sie würde erst am Tag der Premiere entscheiden, welches Paar sie anziehen würde. Die Passform der Schuhe unterschied sich. Die Auswahl war ein Ritual. Oft eine Entscheidung in letzter Sekunde. In manchen Fällen wechselte sie sogar nach jedem Akt die Schuhe. Abhängig von der Produktion und den Schrittfolgen.

Teile dieser Show wurden barfuß getanzt. Knochen auf Bühne. Keine Polsterung. Schlechte Kombination. Sie durfte gar nicht daran denken.

Sie räumte die Schuhe zur Seite. Für den Fall, dass Rhys ihr gefiel, würde sie ihn zur Premiere einladen. Alle Mitwirkenden hatten eine Handvoll Tickets zur Weitergabe an Familie und Freunde. In der Vergangenheit hatte sie ihre Freikarten für die Premieren stets verfallen lassen. Sie hasste bekannte Gesichter im Publikum. Es lenkte sie ab. Störte ihre Konzentration. Bei Rhys könnte sie zum ersten Mal eine Ausnahme machen.

Sie schaltete das Deckenlicht und die Lampe über dem Waschbecken an und griff nach der Tüte mit den Schmerzmitteln und der Ampulle mit dem Kortison samt Lokalanästhetikum.

Sie setzte sich auf den Boden und zog ihre Socken aus. Vorsichtig steckte sie die Kanüle auf eine neue Spritze und zog die Flüssigkeit ein. Die Haut rund um den entzündeten Knochen war rot, und die Einstichstelle hatte sich von den Injektionen verhärtet. Es war riskant, noch mehr Kortison in den Fuß zu geben. Seb hatte Recht. Zwei Injektionen waren das Maximum. Ausnahmsweise drei. Ein Fuß-Spezialist hatte es ihr bestätigt, und es gab keinen Grund, daran zu zweifeln. Aber: Sie hatte keine Wahl. Ihre Füße waren Kummer gewöhnt.

Gerade als sie nach dem Eis greifen wollte, fing die Dusche in der Nachbarwohnung an zu laufen. Sie schaute auf die Fliesen. Konnte sie außer dem Rauschen des Wassers noch etwas anderes hören? Nein. Doch sie konnte spüren, dass hinter der Wand jemand war.

Abrupt stand sie auf. Sie nahm die Spritze und das Glas mit den Eiswürfeln und ging ins Schlafzimmer. Sie brauchte Ruhe für die Injektion. Keine Ablenkung. Zwar hörte sie hier noch immer Geräusche, aber weniger unmittelbar.

Sie war eine Getriebene, ein Junkie, der sich heimlich die Drogen spritzte und dabei keine Zeugen für ihre Tat duldete. Ihr Bruder tauchte vor ihrem inneren Auge auf.

Sie legte den Fuß auf der Matratze ab. Mit einem Eiswürfel rieb sie so lange über den Ballen, bis er sich taub anfühlte. Die Haut verfärbte sich weiß.

Sie atmete tief ein. Ohne zu zögern stach sie die Nadel neben den Knochen in ihren Fuß. Die Hauptsache war, die Sehne unter der Fußsohle nicht zu treffen. »Flexor hallucis longus«, flüsterte sie. Eine Sekunde lang wurde ihr schwindelig. Langsam drückte sie die Flüssigkeit auf das entzündete Sesambein. »Os sesamoideum.« Die lateinischen Bezeichnungen der Sehnen und Knochen klangen wie Zauberformeln.

Trotz der Vereisung spürte sie das Blut in den Adern ihres Fußes pulsieren. Erst als die gesamte Flüssigkeit aus der Spritze in ihrem Fuß verschwunden war, zog sie die Nadel heraus. Sie massierte die Stelle mit zwei Fingern. Das Kortison würde über Nacht seine Wirkung entfalten. Nach zwölf bis vierundzwanzig Stunden würde sich zeigen, ob es zu einer Schmerzlinderung gekommen war. Kalter Schweiß überzog ihren Körper.

Sie humpelte zu ihrem Schrank. Griff nach dem Deo. Sie schmierte sich eine kleine Menge unter die Arme. Auch in den Nacken und auf die Handgelenke trug sie es auf. Dann löschte sie das Licht. Erschöpft streckte sie sich in der Dunkelheit verkehrt herum auf ihrem Bett aus. Sie lag einfach nur da. Der malträtierte Fuß ruhte auf dem Kopfkissen. Sie ließ sich absorbieren von den Geräuschen im Haus.

Jedes Mietshaus lebt, dachte sie. Die Augen, Ohren, Gefühle der Bewohner im Haus verwandeln das Gebäude zu einem Lebewesen. Es atmet durch die Menschen, nimmt Anteil, beobachtet, steht immer da, geduldig. Es beobachtet sie. Es saugt sie auf. Sie schauderte. Mehrfamilienhäuser, Wohnungen, Mauern – sie gaukelten Privatsphäre nur vor. Es war eine Illusion.

*

RHYS

Die vor Nässe glänzenden Straßen südlich des Soho Square spiegelten Einsamkeit wider. Der Regen hatte das Partyvolk nach Hause eilen lassen. Nur die Hartnäckigsten befanden sich noch vor den Clubs der umliegenden Gassen. Dunkelheit lag über Soho. Selbst die Wohnhäuser strahlten nicht ausreichend Helligkeit aus, um den Dunst und die Dunkelheit zu verschlucken.

Es war halb drei. Seine Schlaflosigkeit hatte ihn auf die Straße getrieben. Im Gegensatz zu sonst hatte seine Schlafstörung heute allerdings einen guten Grund. Er hatte Erin Hunt nach einem Date gefragt. Seit ihrer Antwort hatte sich in seinem Gesicht ein Grinsen festgesetzt, das er nach einem Blick in den Spiegel nur als debil beschreiben konnte.

Er musste sie wiedersehen. Die grünen Augen. Er musste wissen, wie es ihr in der Narrow Street ging. Musste von ihr hören, dass alles in Ordnung war. *Wir mischen uns nicht in fremde Angelegenheiten ein.* Der Satz war zu einem Echo in seinem Kopf geworden.

Er schaute auf den Asphalt. Reste von Bier, vermengt mit Regenwasser, befanden sich unter den Rollen seines Skateboards. Er kurvte um den Müll herum, Essensabfälle und Plastikbecher waren Zeugen der allabendlichen Schlacht. Wie immer, wenn er nicht schlafen konnte, skatete er nachts durch die menschenleere Stadt. Es war eine andere Welt, ein anderes London – zu dieser Uhrzeit.

Er machte einen Ollie und holte Schwung, um in die Frith Street einzubiegen. Bars. Restaurants. Clubs. Pubs. Theater. Sexshops. Hotels. Alles. Soho war ein Mikrokosmos. Eine Quadratmeile. Eine eigene Welt. Touristen drängten sich jeden Tag und jeden Abend durch die Gassen. Jugendliche. Alteingesessene. Banker aus der City. Alle vereint in dem Bestreben nach Vergnügen.

Ein Windstoß peitschte Regentropfen in sein Gesicht. Kaltes Nass auf kalter Haut. Er skatete über die Straße, schnell, als hätte er einen Plan, war beinahe außer Atem – und doch ziellos.

Falls er London tatsächlich verließ, würde Soho ihm am meisten fehlen. Seit er vor drei Jahren in das Studio über dem indischen Restaurant gezogen war, konnte er sich keinen anderen Stadtteil zum Leben vorstellen. Von vielen als nicht mehr hip genug abgestempelt, als überlaufen und seelenlos tituliert, vermochte er hinter den Fassaden der Coffeeshop-Ketten und Franchise-Geschäfte noch immer das Soho der Sechziger auszumachen. Man musste nur genau hinsehen. Damals voll von Bohemians, Musikern und Individualisten, war heute tatsächlich nur ein Bruchteil von ihnen übrig. Der Bruchteil reichte ihm. Vielleicht hatte er auch einfach nur ausreichend Fantasie.

Er zog die Schultern hoch. Wie würde es sein, nachts im Bett zu liegen, ohne die Sirenen der Nacht zu hören, ohne die Neonreklamen der winzigen Buchläden, die auf die Sexshops in den unteren Etagen verwiesen und deren Blinken ihn schon so manche Stunde nicht hatte schlafen lassen, wie würde es sein, ohne das Wissen, sich im Zentrum, ja, im Herzen Londons zu befinden?

Der Regen trieb ihn zurück nach Hause. Das Wetter trug nicht dazu bei, seine Unruhe mit der tröstlichen Leere der Straßen zu bekämpfen. Eine Einschlafhilfe, die normalerweise funktionierte. Selbst das Geräusch der Rollen auf dem Asphalt entspannte ihn heute nicht.

Als er vor dem *Maharani* ankam und die Tür des Restaurants aufschließen wollte, zögerte er. Der einzige Zugang zu seinem Appartement in der ersten Etage führte über eine Treppe in der Küche des Restaurants, direkt neben der Kühlaufbewahrung. Noch immer war es ihm ein Rätsel, wie der Eigentümer seiner Wohnung den örtlichen Council von der Vermietung hatte überzeugen können – sämtliche Sicherheitsvorschriften mussten ignoriert worden sein. Doch er war lange genug als Makler tätig, um zu wissen, dass die Behörden oft gar nichts von der Existenz derlei Wohnungen wussten. Gierige Vermieter schlugen noch aus den letzten Ecken eines Gebäudes Profit heraus. Die Behörden hatten in Soho mit schwerwiegenderen Problemen zu kämpfen als einem unangemessenen Zugang zu einem Mietobjekt. Er würde die Bude vermissen.

Er hatte plötzlich eine Idee. Schon war er wieder auf dem Board, die Rastlosigkeit nahm keine Rücksicht auf die Uhrzeit, und er skatete die Frith Street zurück, auf *Ronnie Scott's* zu. Ein Relikt aus den fünfziger Jahren und eine Institution für Jazz-Musik. In dem Club hatte Jimi Hendrix seine letzten Auftritte gehabt. Ein Zufluchtsort für Musikliebhaber mit Schlafstörungen. Bis um drei Uhr in der Früh hieß der Club Besucher willkommen.

»Stan«, er klopfte dem Türsteher auf die Schulter. »Wie geht's?«

Trotz der späten Stunde zwinkerte der Security Guard ihm gut gelaunt zu. »War 'ne ruhige Nacht. Southern Service hat Gleisbauarbeiten.« Der Türsteher spielte auf die Tatsache an, dass die Bevölkerung aus dem Umland normalerweise per Zug nach London einfiel, partywillig und alkoholdurstig. »Langeweile?«, fragte er Rhys.

»Ich will einen Tisch reservieren.«

»Edna und Charlie haben gerade 'ne Flasche geköpft.« Stan machte eine entsprechende Handbewegung. Er kannte Rhys' Angewohnheit, zu später Stunde aufzutauchen, zu einer Uhrzeit, wenn andere Menschen nur noch einen Wunsch hatten: ihr Bett.

Rhys ging durch die Tür, das Skateboard unter dem Arm, die steile Treppe hinauf, die seitlich neben dem Haupteingang verlief, und betrat den mit Ledersofas und Cafétischen bestückten Raum über dem Hauptsaal. »Mein zweites Wohnzimmer« nannte er *Upstairs at Ronnie's*, die kleine Bar des Clubs in der oberen Etage. Eine Übertreibung. Sein Studio-Appartement beinhaltete nicht einmal ein erstes Wohnzimmer.

Seine Augen brauchten einen Moment, um sich an das Dämmerlicht in dem mit Berberteppichen ausgelegten Raum zu gewöhnen. Dann sah er Edna, die Barfrau, und Charlie, der die Alleinherrschaft über den Steinway-Flügel hatte, mit der Flasche Champagner in der Hand in der Mitte des Raumes tanzen.

13

LESTER

21. September – 18:27 Uhr

Neben Erins Spüle stand ein benutztes Glas. Ansonsten war die Küche genauso aufgeräumt wie bei seinem letzten Besuch in ihrer Wohnung. Der Stapel mit den Zeitungen schien unberührt. Die Ausgabe des *Guardian* auf dem Küchentisch lag an derselben Stelle.

Er nahm das Glas von der Spüle, roch an dem Rest Flüssigkeit, der sich unten gesammelt hatte. Apfelsaft? Mit dem Finger fuhr er über den Rand. Irgendwo hier hatten ihre Lippen das Glas berührt. Er leckte seinen Finger ab. Dann setzte er das Glas an, ließ die Tropfen in seinen Mund fließen. Apfelsaft. Seine Zunge fuhr über das Glas. Seine Spucke hinterließ einen durchsichtigen Film auf dem Rand. Ihr Speichel vermischte sich mit seinem Speichel. Er stellte sich vor, wie Erin den Saft eingießt. Einen Schluck nimmt. *So eine Eskalation ist nicht zu akzeptieren. Haben Sie das verstanden?*

Er ging zu ihrem Kühlschrank. Der Inhalt eines Kühlschranks verriet viel über eine Person. Er musste an die Fernsehshows denken, in denen eine Ernährungsberaterin mit einem Kamerateam im Schlepptau den Kühlschrankinhalt einer übergewichtigen Person auswertete. Zur Schadenfreude der Zuschauer, die auf dem Sofa saßen – mit einer Packung Chips in der einen und einem Bier in der anderen Hand.

Doch Erins Kühlschrank erlaubte kaum Rückschlüsse auf ihre Vorlieben – es sei denn, man analysierte, was eine gähnende Leere bedeutete. Eine Handvoll Tomaten lag im Gemüsefach. Zwei Joghurts ohne Zucker, aber mit probiotischen Bakterien. Ein Kanister entrahmte Milch und zwei Packungen Apfelsaft. Sie achtete auf ihr Gewicht. Dazu hätte er nicht in ihren Kühlschrank schauen brauchen.

Vor einer Viertelstunde hatte sie das Haus verlassen. Sie war die Narrow Street hinaufgelaufen.

An den Füßen hatte sie Stiefel getragen, nicht ihre üblichen Turnschuhe, und über die Schultern hatte sie statt einer Jacke einen Poncho gewickelt. Ein Hauch von Parfum wehte im Hausflur, als er aus seiner Wohnung getreten war. Was immer sie vorhatte: Sie war nicht auf dem Weg zum Supermarkt. Er rechnete sich mindestens eine Stunde aus, die ihm für seinen Besuch in ihrem Appartement blieb. Länger, wenn sie sich auf den Weg ins Zentrum Londons gemacht haben sollte. Er würde sich dennoch beeilen. Er war zu einem bestimmten Zweck in ihre Wohnung gekommen.

Er ging in ihr Schlafzimmer. Er war auf der Suche nach einem Souvenir. Er wollte den Gegenstand in *Sherlock* registrieren. Auf diese Weise wäre etwas von Erin im *Lost Property Office* aufbewahrt; ein Objekt unter Tausenden. Mit einer besonderen Bedeutung für ihn.

Auf ihrem Nachttisch standen Bücher. Er drehte den Kopf, um die Buchrücken zu lesen. Weder die Autoren noch die Titel waren ihm bekannt.

Er nahm einen Reiseführer und blätterte durch die Seiten. Es handelte sich um einen Guide mit Wanderrouten in Großbritannien. Auf einer Seite sah er den Abdruck eines Kaffeebechers. Kreisrund zeichnete sich die getrocknete Flüssigkeit auf dem Papier ab. Ein Fragezeichen zierte eine Seite. Ein Eselsohr markierte ein anderes Kapitel. Er schob das Buch zurück zwischen die anderen.

Seine Finger fuhren über die Kommode neben dem Bett. Erin hatte sie zu einem Schminktisch umfunktioniert. Ein runder Kosmetikspiegel stand vor einer Sammlung Mascara, Rouge, Pinsel und Wattepads. Ein Föhn und eine Haarbürste lagen daneben. Ein Schlüssel.

Er nahm ihn in die Hand. Der Schlüssel sah aus wie für ein Schließfach. Oder vielleicht für einen Briefkasten. Er drehte ihn um. Kein Name oder andere Hinweise auf dem Schaft verrieten ihm die Herkunft. Vorsichtig legte er ihn zurück. Die Schlüssel für die Briefkästen im Haus sahen anders aus. Wofür brauchte Erin einen Safe?

Er dachte an die Formmasse und die Rohlinge, die er im Keller lagerte. Damit fertigte er Abdrücke von Schlüsseln aus dem Fundbüro an. In Fällen, in denen eine Adresse bekannt war. In Fällen, in denen es wert war, ein Risiko einzugehen. Doch oft war ein Abdruck nicht notwendig. Von über 13.000 verlorenen Schlüsseln im letzten Jahr hatten sich weniger als 1.400 Besitzer gemeldet. Die Leute luden ihn geradezu nach Hause ein.

Ohne einen Anhaltspunkt, wo sich Erins Schließfach befinden könnte, machte ein Abdruck keinen Sinn.

Er griff nach ihrer Haarbürste. Dunkle Haare waren zwischen den Borsten verwoben. Er zog eines heraus, wickelte es um seinen Zeigefinger. Dann begann er, seine Haare zu bürsten. Die Borsten massierten seine Kopfhaut. Er bürstete den Scheitel erst zur einen Seite, dann zur anderen. Mit immer mehr Druck fuhr er über seinen Kopf. Seine Haare vermischten sich mit ihren Haaren. Hautpartikeln mit Hautpartikeln.

Ihre Wohnung war noch immer unpersönlich und mit so wenigen Gegenständen bestückt, dass es kein leichtes Unterfangen war, ein Souvenir zu finden. Das Haar, das er um seinen Finger gewickelt hatte, reichte nicht. Die paar persönlichen Dinge, die es gab, waren schwierig zu entwenden. Sie würde es sofort bemerken.

Dann hatte er eine Idee. Warum war er da nicht eher draufgekommen? Eilig legte er die Bürste zurück.

Mit zwei Schritten war er im Badezimmer. Er ließ seinen Blick wandern. *Wo bewahrst du deine dreckige Wäsche auf?*

An ihrem Badezimmerfenster klebten die Überreste einer Mücke. Erin hatte kurzen Prozess mit dem Insekt gemacht, sich aber nicht damit aufgehalten, die Reste zu beseitigen. Aus irgendeinem Grund irritierte ihn das.

Neben dem Fenster stand ein Wäscheständer. Frisch gewaschene Unterwäsche und Handtücher hingen ordentlich aufgereiht. Der Korb für getragene Wäsche stand unter dem Waschbecken. Er war leer, bis auf ein Handtuch und einen BH. Seine Finger griffen nach dem BH, fuhren über den Stoff. Hatte sie ihn zum Training getragen? Er hielt seine Nase an die schwarze Spitze. Parfum. Deo.

Die Körbchen waren nicht groß. Nichts anderes hatte er erwartet bei einer Tänzerin. Er las das Schild am Verschluss: 34A.

Er verstellte den Träger auf der rechten Seite, machte ihn

weiter, so dass er Erin von der Schulter rutschen würde, wenn sie ihn das nächste Mal trug. Sie würde annehmen, dass sich der Träger durch das Waschen in der Maschine geweitet hatte. *Ein kleiner Gruß.*

Er warf den BH zurück in den Korb. Kosmetik, Körpergeruch – getragene Wäsche verriet viel über eine Person.

Vorsichtig streifte er über die Kleidung auf dem Wäscheständer. Seine Finger wanderten über jedes einzelne Teil. Mehr BHs. Slips. Einige Unterhosen waren mit Spitze verziert, andere schlicht, aus Baumwolle. Er nahm einen Slip, ließ ihn durch seine Hände wandern. Seine Finger prüften jede Naht. Er hätte Erin nicht als eine Frau eingeschätzt, die Spitze an ihrer Unterwäsche mochte. Sie wirkte so schnörkellos. Geradlinig. Er hängte ihn zurück.

Eine Reihe schwarzer Unterhemden, eines wie das andere, mit dünnen Trägern, nahm fast die Hälfte des Wäscheständers ein. Auch sie waren mit Spitze verarbeitet. Er starrte auf die Vielzahl an Unterhemden. Er nahm eines ab. Seine Hände berührten die Stelle, an der ihre Brust von dem Stoff bedeckt wurde. Die Rundungen ihrer Oberweite. Die Brustwarzen.

Die dünnen Träger waren durch Ösen in der Länge verstellbar. Er drehte das Hemd auf links, seine Finger fuhren die Nähte entlang.

Kategorie: Kleidung, Unterhemd: schwarz
Marke: M&S
Fundort: Limehouse
Zustand: neuwertig
Persönliches Interesse: zehn

Die gesamte Unterwäsche sah ungetragen aus. Er begann, die restlichen Unterhemden neu zu arrangieren, verbreiterte die Abstände. Nach kurzer Zeit war er fertig und mehr als zufrieden. Nichts gab Anlass zu bemerken, dass ein Kleidungsstück auf dem Wäscheständer fehlte.

Für jede Wohnung, die er betrat, galten eigene Regeln.

Erins Wohnung machte ein spezielles Verhalten von seiner Seite erforderlich. Erin sollte seine Besuche auf keinen Fall bemerken.

Das Unterhemd würde künftig als Fundstück in *Sherlock* zu finden sein. Es war sein Geheimnis.

Zurück in seiner Wohnung wickelte er das Haar von seinem Zeigefinger und legte es unter sein Kopfkissen.

*

ERIN

Nur mit Mühe schaffte sie es, ihre Augen offen zu halten. Der Abend mit Rhys war besser verlaufen als erwartet.

Wie so viele Londoner nahm sie das Überangebot der Stadt kaum wahr. Eine Mischung aus Ignoranz und Selbstschutz ließ sie London auf den immer gleichen Wegen durchqueren. Ein Phänomen, wie es vermutlich jeder kannte, der in einer Großstadt wohnte und abends nach der Arbeit lieber vor dem Fernseher saß, die Attraktionen der Stadt den Touristen überließ.

Sie war noch nie im *Ronnie Scott's* gewesen. Üblicherweise kamen Gäste, um alkoholische Getränke in gediegener Atmosphäre zu sich zu nehmen. Gäste, denen gute Musik am

Herzen lag. Gäste, die Stepptänzer beim Tap Dance Jam bestaunen wollten, einem formlosen Wettbewerb, wer die schnellsten Füße hatte. Davon hatte sie heute zum ersten Mal gehört. Doch so schön der Abend sich angefühlt hatte, er war auch eine Herausforderung gewesen. Sie war es nicht gewohnt, Details aus ihrem Leben preiszugeben.

Sie schaltete das Licht in ihrer Küche an. Aus dem Kühlschrank nahm sie eine Packung Apfelsaft. Ihr Abendessen. Eine Angewohnheit, die sie vor einigen Wochen angefangen hatte. Die Süße des Saftes drosselte ihren Hunger und gleichzeitig das Verlangen nach Zucker. Dennoch wurde ihr Körper nach der Anstrengung des Tanztrainings mit Nährstoffen versorgt.

Sie drehte den Verschluss auf und wollte direkt aus der Verpackung trinken. Dann besann sie sich eines Besseren und goss den Saft in das Glas, das noch vom Morgen neben der Spüle stand. Sie füllte es bis kurz unterhalb des Randes und leerte es in einem Zug.

Rhys mochte sie. Wie so viele Männer war er nicht schwer zu lesen, dazu brauchte es keine besondere Beobachtungsgabe. Ein Zittern in der Stimme, die Art, wie er sie anschaute, den Kopf zur Seite legte. Er war ein offenes Buch. Dennoch war es kein gutes Timing. Sie konnte sich keine Ablenkungen leisten.

Auf dem Weg ins Schlafzimmer begann sie, sich zu entkleiden. Sie zog ihren Pullover über den Kopf. Mitten in der Bewegung hielt sie inne. Der Geruch von Schweiß stieg ihr plötzlich in die Nase. Nur ein Hauch. Und doch beißend. Wo kam das her? Hatte der Abend mit Rhys sie ins Schwitzen gebracht? Hitze schoss ihr ins Gesicht. Nein. Sie roch nicht so.

Je mehr sie sich konzentrierte, desto weniger konnte sie den Geruch wahrnehmen.

Sie schmiss den Pullover auf ihr Bett. Dann löste sie den Zopf, zu dem sie ihre Haare gebunden hatte, und bürstete Strähne für Strähne das Haarspray aus. Für die Laufzeit der Produktion hatte man ihr die Haarlänge vorgeschrieben. Sie trug ihr Haar gern kürzer. Doch die Stylisten wollten einen Zopf für die Show. Also hatte sie auf den Millimeter genau ihre Haare abgemessen und so schneiden lassen, dass ein winziger Zopf in ihrem Nacken gerade möglich war.

Als sie den Wäscheständer im Badezimmer sah, stöhnte sie auf. Die Wäsche war trocken und musste abgehängt werden. Ein Gähnen überkam sie. Nicht heute.

Sie quetschte sich an dem Ständer vorbei und bugsierte ihn durch die geöffnete Tür ins Schlafzimmer.

Sie hatte Rhys zu der Premiere eingeladen. Den ganzen Abend hatte sie darüber nachgedacht und es nicht fertiggebracht, die Einladung auszusprechen. Erst am Ende, als sie gemeinsam die Charing Cross Road entlanggelaufen waren, hatte sie ihm von der Premiere berichtet.

Kurz bevor sie in den Untergrund verschwunden war, nachdem er ihr einen Kuss auf die Wange gegeben und der sich besser angefühlt hatte, als sie sich eingestehen wollte, hatte sie ein Ticket aus ihrer Tasche gezogen und es ihm in die Hand gedrückt. Er hatte sofort zugesagt. Ein bekanntes Gesicht im Publikum. Das erste Mal bei einer Vorstellung. Sie durfte gar nicht daran denken.

Sie schob den Wäscheständer vor die Heizung. Und stutzte. Ein Slip hing verkehrt. Sie platzierte ihre Unterhosen immer auf dieselbe Weise: Bund oben, zwei Wäscheklammern rechts und links. Dieser Slip hing gefaltet über der Leine, die Wäscheklammern mittig.

Mit einem Schlag war sie hellwach. Sie drehte sich um, als würde ihr der Türrahmen zum Badezimmer verraten, was passiert war. Ihr Blick schweifte über die restlichen Kleidungsstücke. Die Seidenstrümpfe waren verrutscht. Das passierte oft. Der Stoff war zu glatt. Sie starrte auf die restliche Wäsche. Die Unterhemden hingen in Reih und Glied. Ebenso die anderen Slips. Die BHs. Alles sah aus wie immer. Spielte ihr Gehirn ihr einen Streich? Vernebelten die Medikamente ihre Sinne?

Wie viele Unterhemden hatte sie von den schwarzen? Sie konnte sich nicht erinnern. Warum konnte sie sich nicht erinnern? Sie hatte sie doch gerade erst gekauft. War eines in der Dance Company? Hatte sie alle gewaschen?

Ihre Gedanken rasten. Mit klopfendem Herzen lief sie durch ihre Wohnung. Ihre Augen scannten die Möbel, die Wände. Als sie durch das Wohnzimmer ging, stieß sie mit dem Fuß gegen die Bodenvase. Das Quietschen der Keramik auf dem Holzparkett ließ sie einen Schrei ausstoßen. Mit fahrigen Händen schob sie die Vase zurück an ihren Platz.

Sie kontrollierte das Schloss an ihrer Wohnungstür. Es gab keine Zeichen von Gewalteinwirkung oder eines unerlaubten Zugangs. Sie drehte den Schlüssel im Schloss.

Plötzlich musste sie auflachen. Eine Übersprunghandlung. Ein Konflikt zweier Instinkte. Das Lachen verschwand so schnell, wie es gekommen war.

In der Küche blieb ihr Blick für einen Moment an dem Glas auf der Spüle hängen. Verlor sie gerade ihren Verstand?

14

Beide Daumen nach oben gestreckt: »Einverstanden.« Beide Hände von der Körpermitte aufwärts bewegen, die Daumen ausstrecken und ein fragender Gesichtsausdruck: »Wie geht's?« Eine Hand mit nach oben gestrecktem Daumen, die zweite Hand darunter: »Brauchst du Hilfe?«

Das Erlernen der Gebärdensprache bringt ihn an den Rand der Verzweiflung. Seit einer Stunde steht er vor dem Spiegel, neben sich ein Buch mit den wichtigsten Zeichen. Schon eine winzige Abweichung führt zu einem anderen Sinn. Das Fingeralphabet ist die zweite Säule der Gebärdensprache. Das Buchstabieren mit den Fingern kommt bei Eigennamen und Orten zur Anwendung. Auch wenn das Formen der Buchstaben leichter zu merken ist als die Zeichen, muss er sich eingestehen, dass es Monate dauern wird, bevor er auf diese Weise auch nur einen Satz mit Shannon wechseln wird.

Lester klappt das Buch zu. Seine Aufnahmefähigkeit ist erschöpft.

Er hat die ganze Nacht an seiner Forschungsarbeit gesessen. Er hinkt seinem Zeitplan um Wochen hinterher. Sein Professor am Institut wird ungeduldig. Seit er nach Rotherhithe gezogen ist, kann er sich nicht mehr konzentrieren.

Es ist ihre Schuld. Beim ersten Ton seines Weckers ist sie in seinem Kopf: *Shannon*. Betritt er die Universität, ist sie in seinem Kopf: *Shannon*. Löscht er das Licht und schließt die Augen, ist sie in seinem Kopf: *Shannon*.

Er greift nach den Papieren, die er für die Universität braucht, und verlässt das Haus. Es ist zehn nach neun. Er muss sich beeilen. Er hat mit seinem Professor einen Termin vereinbart, um über den Artikel zu sprechen.

Er läuft die St. Marychurch Street hinauf. Die Luft riecht nach Verwesung. Der Herbst meldet sich früh dieses Jahr. Vielleicht vergammelt irgendwo ein Tier unter einer Hecke.

Er wird lernen müssen, sich mit Shannons Gehörlosigkeit zu arrangieren. Das Schreiben der Sätze macht Umstände, aber es beugt auch Missverständnissen vor. Je mehr er darüber nachdenkt, desto mehr erkennt er die Vorteile dieser Kommunikationsweise. Es zwingt ihn, sich auf das Wesentliche zu konzentrieren. Belanglosigkeiten werden eingespart. Diese reduzierte Art der Kommunikation ist ein Filter, der alles Gesagte wichtig, ja, bemerkenswert werden lässt.

Abrupt bleibt er stehen. In sechs Minuten kommt der Bus. In zwölf Minuten der nächste. Ihre Kinder sind in der Schule, ihre Kollegen noch nicht da. Die *Rotherhithe Picture Library* ist bereits geöffnet. Er kennt die Öffnungszeiten. Er dreht sich um und läuft die Straße zurück.

Er klopft nicht an, als er das Gebäude betritt. Sie würde es nicht hören.

Die Luft in dem Saal ist stickig. Shannon sitzt mit einer kurzärmligen Bluse bekleidet am Tisch. Ihre Haut glänzt. Papiere und Bilder sind vor ihr ausgebreitet. Sie hält ein Endoskop in der Hand, mit dessen Kamera sie über den Bildschirm eines Laptops die Naht eines Stoffes begutachtet. Ihr Rücken ist ihm zugewandt. Sie hat ihn nicht bemerkt.

Lester bleibt einige Meter hinter ihr stehen. Auf dem Bildschirm sind der Stoff und die Fasern in zigfacher Vergrößerung zu sehen. Jedes Detail der Struktur ist zu erkennen.

Langsam geht er auf Shannon zu. Erst im letzten Moment nimmt sie ihn aus dem Augenwinkel wahr. Sie fährt zusammen. »Hallo«, formen ihre Lippen. Er hebt beide Hände nach oben, streckt die Daumen hoch. Dazu setzt er einen fragenden Gesichtsausdruck auf. »Wie geht's?«

Shannon lacht. Sie greift nach ihrem Notizbuch. »Sehr gut.« Als er sich einen Stuhl heranziehen will, schüttelt sie den Kopf. Sie schreibt: »Lester, ich habe keine Zeit.«

Bevor er reagieren kann, schießt das Mädchen unter dem Tisch hervor. Kurz darauf folgt der ältere Junge. Mit beiden Händen hält er eine halbe Wassermelone. Lester zuckt zusammen, als beide Kinder mit klebrigen Fingern und verschmierten Gesichtern an ihm vorbeistürmen. Er hört sie lachen. Warum sind die Bälger nicht in der Schule?

Als sie wieder alleine sind, er freie Bahn hat, hält er seine Aktentasche hoch. Shannon ist nicht die Einzige, die eine Aufgabe zu erledigen hat. »Ich bin auf dem Weg zur Universität.« Doch er ist gekommen, um eine Frage zu stellen. »Hast du Lust auf einen Spaziergang – heute Abend?« Gespannt beobachtet er ihre Reaktion.

Ein leichtes Zögern, trotzdem ein Nicken. Euphorie macht sich in ihm breit. Anders kann er nicht erklären, was dann passiert. Mit einem Schritt ist er bei ihr und umarmt sie. Er drückt sie für einen kurzen Moment an sich. Der Duft ihres Parfums ist intensiv. Vanille. Jasmin. Er schließt die Augen.

Ein Mann umarmt eine Frau.
Die Frau riecht gut.
Die Frau verkrampft sich in seinen Armen.

Überrascht lässt er von ihr ab. Er sieht Unwillen in ihrem Gesicht. Er ist zu weit gegangen. Er geht einen Schritt zurück. »Bis später.« Er hebt beide Hände. Will sie nicht verärgern. Seine Passivität macht ihn wütend. »Entschuldigung.« Er meint es nicht.

15

LESTER

23. September – 18:55 Uhr

Das Stimmengewirr erschütterte ihn bis ins Mark. Das Foyer der *Clerkenwell Dance Company* war zum Zerbersten gefüllt. Die Türen zum Saal wurden erst in wenigen Minuten geöffnet. Die Besucher warteten, einer ungeduldigen Viehherde ähnlich, vor den Türen zum Hauptsaal auf Einlass. Eine Premiere war etwas Besonderes. Selbst das Publikum war aufgeregt.

Er ließ seinen Blick über die Menge gleiten. Die meisten Besucher waren zu zweit oder in einer Gruppe. Der Dresscode war lockerer, als er es sich vorgestellt hatte. Manche Leute trugen Anzüge und Kleider. Viele eine Jeans. Einige Frauen hatten Turnschuhe an den Füßen. Er hatte sich für einen Anzug entschieden. Niemand beachtete ihn. Das war gut. Er ging in der Menge unter. Er spürte, wie sich Schweiß in seinen Achseln bildete. Noch eine halbe Stunde bis zum Start.

Wann zeigte man die Eintrittskarte? Direkt beim Betreten des Zuschauerraums? Oder gab es einen Kartenabreißer, der die Tickets entwertete, kurz bevor man seinen Sitzplatz einnahm?

Langsam lief er durch die Ansammlung von Menschen. Zunächst ohne Ziel. Dann mit System. Er streifte eine Blonde am Ellenbogen. Kurz darauf berührte seine Hüfte den Po einer Dunkelhaarigen. Ähnlich wie bei einer Fahrt mit der Tube während der Rush Hour genoss er die Nähe zu fremden Körpern. Der Vorteil gegenüber der U-Bahn war, dass er nicht am selben Platz verharren musste, nicht feststeckte auf wenigen Zentimetern. Nein, hier konnte er den Kontakt zu einer ausgewählten Person suchen. Die Kleine mit dem gemusterten Kleid und High Heels, zum Beispiel. Er schlug eine Kurve und ging auf die Frau zu. Neben ihr stand ein Mann, hinter ihr ein älteres Ehepaar. Im Vorbeigehen legte er ihr eine Hand auf den nackten Oberarm. Ihre Haut war weich, und er spürte ihre Wärme. Schon machte sie einen Schritt zur Seite, ließ ihn durch, er nickte ihr zu, sie lächelte zurück – und der Moment war verstrichen. Seine Hand brannte.

Auf diese Weise schlängelte er sich vor bis zu den Türen zum Saal. Er wollte der Erste sein, der seinen Platz einnahm. Leute guckten ihn an, doch waren zu höflich sich zu beschweren. Andere ignorierten ihn, zu unaufmerksam, den Drängler zu bemerken. Oder zu gleichgültig. Die Herde wartete.

Er fixierte eine Frau, die neben ihm stand, so lange, bis er ihre Aufmerksamkeit hatte. Als sie ihn anschaute, zuckte er mit den Achseln. Verlegen strich sich die Frau eine Strähne hinter das Ohr. Sie wusste nicht, wie sie reagieren sollte. Mit einer Handbewegung tat er so, als würde er dasselbe tun. Eine sinnlose Geste. Seine Haare waren nur wenige Zentimeter lang. Er grinste sie an. Die Frau griff ihre Begleitung, einen älteren Mann, an der Hand und zog ihn einige Meter weg.

Er dachte an Erin, die hinter der Bühne auf ihren Einsatz wartete. Siebzig Minuten betrug die Dauer der Show. Siebzig Minuten, in denen er sie in aller Ruhe beobachten konnte.

*

LESTER

23. September – 19:32 Uhr

Das Licht im Saal ging aus. Er lehnte sich nach vorne. Für einen Abend war er Teil der Theaterszene. Die Masse von Menschen, die Dunkelheit – die Anonymität, in der er sich befand, war allumfassend. Ein Gefühl des Wohlbehagens breitete sich in ihm aus. Eine neue Welt.

Mit einem Schlag wurde der Vorhang nach oben gezogen. Der Boden der Bühne war schwarz. Der Rest wurde von Scheinwerfern in gleißendes Licht getaucht. Erst jetzt fiel ihm der Orchestergraben auf. Im vorderen Drittel der Bühne saßen Musiker mit Instrumenten in den Händen. Mitten auf der Bühne stand eine Tänzerin. Zart und in einem lachsfarbenen Kleid, das der Fantasie kaum Spielraum ließ, stand sie in absoluter Stille und Bewegungslosigkeit.

Alle Augen und Scheinwerfer waren auf Erin gerichtet. Das Licht änderte sich. Die Musiker verschwanden im Halbdunkel. Mit einem Paukenschlag begann die Show.

Während der ersten Hälfte der Vorstellung schaffte er es nicht, seinen Blick auch nur eine Sekunde von ihrem Körper zu lassen. Erst als seine Augen anfingen zu brennen und sein Nacken schmerzte, löste er seine Starre.

Keine der anderen Tänzerinnen hatte Erins Anmut und

Eleganz. Bei ihr war jeder Schritt, jede Armbewegung auf den Millimeter perfekt. Sie war das Zentrum der Bühne. Ihr Körper eine Mischung aus Zartheit und Muskeln. Er fühlte Stolz in seiner Brust.

In der zweiten Hälfte der Show registrierte er das Bühnenbild. Fotografien wurden von einem Projektor an die Wand geworfen. *1904, 1905, 1906* stand in Überblendungen unter den Schwarzweiß-Aufnahmen. Sogar kurze Filmaufnahmen aus jenen Jahren wurden gezeigt. Er kniff die Augen zusammen. Wenn er sich richtig erinnerte, waren Filmaufnahmen von der Jahrhundertwende nicht nur selten, sondern auch kurz, oft nur wenige Sekunden lang. Maximal auf vierzig Fuß brachten es die Filmbänder damals, mehr gaben die Kameras nicht her. Wer hatte ihm das erzählt?

Die Kinder und Erwachsenen aus den Filmsequenzen lachten in die Kamera. Mehr als hundert Jahre waren die Aufnahmen alt. *Eine Parade der Toten.*

Der Film zeigte die alten Hafenbecken von Rotherhithe. Bilder einer Kirche flackerten auf. Rotherhithe. *Ausgerechnet Rotherhithe.*

Sein Studium. Das Filmstudio. Vierzig Fuß lange Filmbänder.

Sein Gehirn tauschte die Bilder wie der Projektor das Bühnenbild. Sein Unterbewusstsein arbeitete auf Hochtouren. Bis am Ende nur eine Erinnerung übrig blieb. Die eine Erinnerung, die am Ende immer übrig blieb, alle anderen überstrahlte, zur Seite drängte, keinen Raum ließ. *Shannon.*

Er hörte ein Stöhnen. Als eine Frau in der Reihe vor ihm sich umdrehte, wurde ihm bewusst, dass er selbst diesen Laut von sich gegeben hatte.

Er starrte auf die Bilder und Filmsequenzen. Die Clips wiederholten sich. Erst nach einer Weile realisierte er, dass die Fotos gar nicht Rotherhithe zeigten. Das Hafenbecken, die Kirche, beide sahen ganz anders aus. Er konnte seinem Gehirn nicht mehr trauen. Es stellte eine Verbindung her, um der Verbindung willen. *Die Frau wird Sie an Shannon erinnern, weil Ihr Unterbewusstsein es so will.*

Ein Tänzer hob Erin mit Leichtigkeit in die Höhe. Die Hände des Mannes strichen über Erins Körper. Sie waren so groß, dass sie ihre Körpermitte beinahe komplett umfassten.

Schon war Erin wieder unten. Sie rannte über die Bühne. Ihre Füße waren so biegsam, dass sie wie aus Gummi schienen. Er hörte die Bewegung ihrer Fußsohlen auf dem Boden. Das Geräusch nahm die Illusion der Leichtigkeit. Es machte ihn an. Als sie für einen Moment stehen blieb, hob und senkte sich ihr Brustkorb schwer auf und ab. Er konnte nur mit Mühe ein weiteres Stöhnen unterdrücken.

Plötzlich verstand er: Erin löste Erinnerungen an Shannon aus, doch sie war auch mächtig genug, diese zu bezwingen. Sie war Auslöser und Therapie. Ursache und Wirkung. Konnte es so einfach sein? Erin war gekommen, um ihn aus der Trostlosigkeit des Verdrängens zu befreien. Sie konfrontierte ihn mit seinen Dämonen und half ihm, seine Gedanken zu erlösen. *Ihn* zu erlösen. Ihre Präsenz war so viel stärker als die Erinnerung an Shannon. Sie war hübscher, anmutiger und lebendiger. Sie war nicht einfach nur eine neue Nachbarin, eine Frau, die neben ihm lebte, nein, sie war seine Rettung. Durch Erin würde ihm gelingen, was er seit Jahren vergebens versuchte: Er würde frei sein. Jahrelang hatte er ein Leben geführt, das diese Bezeichnung nicht verdiente.

Sein Leben würde einen neuen Sinn bekommen. Er wollte jede Minute, jede Sekunde in Erins Nähe sein. Sein Leben würde sich grundlegend ändern. Genau wie Erins Leben.

*

ERIN

Sie fühlte Adrenalin in ihre Adern schießen. Einige Tänzer behaupteten, nur für diesen Augenblick kurz nach dem Auftritt zu leben. Die Lunge brannte, der Schweiß lief den Rücken hinunter, die Konzentration war für wenige Sekunden noch zu hundert Prozent da.

Die Musik stoppte. Die Bühne verschwand im Schatten. Kurz darauf schaltete der Lichttechniker die Scheinwerfer wieder an, bündelte das Spotlight auf der Bühne. Schon schlug ihr die Energie, bestehend aus dem Applaus des Publikums multipliziert mit der Wattzahl der Strahler, wie eine Welle entgegen. Sie spürte jedes einzelne Paar Augen aus dem Zuschauerraum auf ihrem Körper.

Eine Ballettausbildung war eines der härtesten Ziele, das man verfolgen konnte. Psychisch und physisch. Dieser Augenblick war die Belohnung für die Quälerei. Ein hoher Preis für einen kurzen Moment des Glücks.

Der größte Kritiker war das Publikum. Heute war es ein gutes Publikum. Das hatte sie während der Vorstellung bereits bemerkt. Ein gutes Publikum gab Szenenapplaus und wartete darauf, jetzt, am Ende, voller Begeisterung zu klatschen, zu pfeifen und zu rufen. Ein weniger gutes Publikum saß still auf den Plätzen und gab am Ende eines Auftritts

Applaus, der gerade so lange anhielt, wie man es der erbrachten Leistung der Tänzer gegenüber angemessen fand.

Sie griff nach den Händen ihrer Kollegen. Alle standen in einer Reihe. Es war vollbracht.

Eine Premiere wurde von allen Seiten mit Spannung erwartet. Die Kritiker der Zeitungen saßen heute im Publikum, bereit, ihr Urteil zu fällen. Press Night.

Sie drückte Pedros Hand. Er erwiderte die Geste. Niemand konnte ihr während einer Vorstellung auf der Bühne die Freude am Tanz nehmen, sie korrigieren oder Unzufriedenheit äußern.

Als sie sich verbeugte, bemerkte sie eine Laufmasche in ihrer Strumpfhose. Sie führte an der Innenseite des Beines entlang, hinunter bis zur Wade und verlieh dem Outfit einen maroden Anstrich. Der Ursprung des Übels war auf einen Blick erkennbar: ein direkt seitlich des linken Knies befindliches Loch, das vor Beginn der Show noch nicht dort gewesen war. Sie sollte eine Strichliste führen, wie viele Strumpfhosen sie in einem Monat verbrauchte.

Sie richtete sich wieder auf. Das Lächeln auf ihrem Gesicht war ehrlich, es kam aus ihrem tiefsten Inneren. Nichts konnte diesen Moment kaputt machen. Dieser Augenblick gehörte ihr.

In letzter Sekunde noch hatte sie hinter der Bühne das Kleid gewechselt. Nach der Durchlaufprobe hatte sich gezeigt, dass der Rock ihres Kleides bei einer Pirouette zu stark mitschwang. Wenn sie stoppte, drehte das Tutu nach. Das hatte sie aus dem Gleichgewicht gebracht. Das Ersatzkleid hingegen saß perfekt.

Timm kam auf die Bühne. Der Applaus brandete noch einmal auf. Sein Gesicht war nicht weniger von der Anspannung der letzten siebzig Minuten gezeichnet als die der Tänzer.

Erin konnte die Gesichter der Menschen erkennen. Suchend ließ sie ihren Blick über das Publikum gleiten. Sie erkannte den Vertreter des *Guardian*. Er hatte ein Faible für Neuinszenierungen.

Sie hob ihre Hand und winkte der Menge zu. Schaute in die Gesichter derer, die sie anstrahlten. Sie kniff ihre Augen zusammen. Ein zweiter Adrenalinstoß durchfuhr ihren Körper.

Eine halbe Stunde später stand sie im Foyer. Im hinteren Teil der Eingangshalle befand sich die Lounge mit Sesseln und Tischen im Stil der siebziger Jahre. Eine Diskokugel unterstrich den Charakter. Dieser Bereich war am heutigen Abend für die Mitwirkenden der Produktion abgetrennt. Tänzer, Choreographen, Techniker, Kostüm- und Maskenbildner, Assistenten – alle, die zu dem Gelingen der Premiere beigetragen hatten, standen dicht gedrängt zusammen. »In dieser Lounge beginnen und enden Karrieren.« Ein beliebtes Zitat der Tänzer.

Erin zupfte an ihren Haaren. Sie hatte notdürftig versucht, das Gel auszubürsten, mit dem Effekt, dass ihre Haare noch mehr als üblich in alle Richtungen abstanden.

Das Glas Sekt in ihrer Hand war noch fast voll. Der erste Schluck war ihr in den Kopf gestiegen. Der Abend nach der Premiere war der einzige Zeitpunkt während eines Engagements, an dem sie sich Alkohol erlaubte. Sie hatte es sich verdient. *Der Fuß hat durchgehalten.* Die Erleichterung ließ sie einen Meter über dem Boden schweben.

Nach dem zweiten Akt hatte sie für einen Moment den Schmerz gespürt und in der Pause eine Tablette genommen.

Die Wirkung hatte zuverlässig eingesetzt, und zusammen mit den Spritzen war die Vorstellung kein Problem gewesen. Auf diese Weise würde sie die nächsten Wochen bestreiten. Die meisten Zuschauer hatten sich bereits auf den Weg nach Hause gemacht. Nur vereinzelt waren noch Gäste zu sehen, die sich einen letzten Drink gönnten, oder Journalisten, die mit Kollegen über das Gesehene diskutierten. Das Gelingen der Premiere und die positive Resonanz des Publikums mussten gefeiert werden. Zumindest so lange, bis die Kritiken in den Zeitungen erschienen und Ernüchterung drohte.

Erin schob den Gedanken an die Besprechungen zur Seite. Etwas anderes beschäftigte sie.

»Du warst fantastisch.« Timm kam auf sie zu. Er sah aus, als hätte er einen Marathon gelaufen. Er umarmte sie.

»Danke.« Sie nickte in Richtung ihrer Mittänzer. »Alle waren fantastisch.« Sie schaute in die Runde. Die Tänzer rekapitulierten einzelne Szenen, ein verspäteter Einsatz, eine verwackelte Pose. Sie zwinkerte Pedro zu, der mit glänzenden Augen die Hand seines Partners hielt.

»Direkt im ersten Akt ist ein Scheinwerfer kaputtgegangen.« Ben, der Lichttechniker, schüttelte den Kopf.

»Ich habe gedacht, wir haben einen Stromausfall«, sagte Timm.

»Mir ist nichts aufgefallen. Das Licht war perfekt.«

Alle redeten durcheinander. Erin sah ausnahmslos glückliche Gesichter. Bei jeder Premiere gingen Dinge schief, doch das meiste bekamen die Zuschauer nicht mit.

Timm beugte sich runter und flüsterte in ihr Ohr: »Ich habe die Richtige für die Premiere ausgesucht.« Er klopfte sich selbst mit einem Zwinkern auf die Schulter.

Erin stellte ihr Glas zur Seite. Wenn sie weitertrank, würde sie sich fühlen, als hätte sie die Nacht durchgefeiert.

»Entschuldige mich.« Sie wollte eine Runde drehen, um sich zu vergewissern. Sie musste es wissen. *Ist er wirklich hier?* Doch ihr Vorhaben erwies sich als Spießrutenlauf.

»Erin, du musst meine Mutter kennenlernen.«

»Mein Bruder aus Madrid ist hier. Hast du eine Sekunde?«

»Kompliment!«

»Darf ich dich drücken?«

Das Publikum hatte offenbar nur aus Freunden und Familie der Mitwirkenden bestanden. Das erklärte die Standing Ovations.

*

LESTER

23. September – 22:17 Uhr

Er wartete vorne im Foyer. Verdeckt durch eine Gruppe von Menschen beobachtete er, wie Erin ihr Glas zur Seite stellte. Sie suchend durch den Raum schaute. Hatte sie ihn entdeckt? Seine Finger krallten sich an dem Programmheft fest. Sie kam in seine Richtung. Sie hatte ihn gesehen.

Würde sie ihn einladen, sich zu ihrer Gruppe zu gesellen? Ihm ein Getränk besorgen und ihn den Kollegen vorstellen? Er hatte beobachtet, wie andere Tänzer ihre Angehörigen in den Lounge-Bereich geholt hatten. Es wäre der erste große Schritt für sie beide. Heute war der Tag, der alles veränderte. Heute war Tag null.

Es konnte nur noch wenige Sekunden dauern, bis sie bei

ihm war. Die Erkenntnis, dass Erin die Macht hatte ihn zu erlösen, ließ ihn eine Unbeschwertheit verspüren, die er seit Jahren nicht mehr erlebt hatte. Gleichzeitig fühlte er ein körperliches Bedürfnis, ein Verlangen, ja, beinahe einen Schmerz, sie zu berühren.

Er vertiefte sich in den Text des Programmheftes. Es sollte nicht aussehen, als würde er auf sie warten. Er las die Kurzbiographie, die neben Erins Foto abgedruckt war. Er kannte den Absatz auswendig.

Erin Hunt, 28 Jahre, abgeschlossene Ausbildung zur Tänzerin in den Pineapple Studios, Covent Garden, London. Moderner und klassischer Tanz.

Sie hatte ihre Ausbildung in London gemacht. Sie war also nicht neu in der Stadt. *Mir fehlen meine Freunde.* Wie passte das zusammen? Meinte sie die Freunde aus der Kindheit?

Unter der Biographie hatte man die Stücke und Shows aufgeführt, in denen sie in der Vergangenheit mitgewirkt hatte. Er kannte keines von ihnen.

Als er zum dritten Mal denselben Satz las, dämmerte ihm, dass sie längst da sein müsste. Er schaute auf. Und erstarrte.

Sie war weniger als fünf Meter von ihm entfernt stehen geblieben. *Sie unterhält sich mit einem Mann.*

Der Typ trug Jeans und Blazer. Seine Füße steckten in Turnschuhen, die schon bessere Zeiten gesehen hatten. Die Sohlen waren abgelaufen. Kannte er den Mann? Er hatte ihm den Rücken zugedreht, das Gesicht war nicht zu erkennen. Braune Haare. Beide standen eng beieinander. Zu eng für seinen Geschmack. Das Schlimmste aber war Erins Lächeln. Es erreichte ihre Augen. Als würde sie spüren, dass sie beobachtet wurde, schaute sie plötzlich in seine Richtung.

Er hob eine Hand zum Gruß und ging einen Schritt auf sie zu, wollte sie ermuntern, zu ihm zu kommen. Sicherlich würde sie sich bei dem Turnschuhträger entschuldigen. Vermutlich war sie überrascht, ja, überwältigt, dass er als Nachbar den Umstand und die Kosten auf sich genommen hatte, ihre Premiere zu besuchen. *Sie müssen die Privatsphäre anderer Menschen achten.*

Erin starrte ihn an. Ihr Kopf nickte. Eine kurze Bestätigung, dass sie ihn gesehen hatte. Kein Lächeln, das ihre Augen erreichte. Gar kein Lächeln. Hatte er sich so in ihr getäuscht? Wollte sie ihn eifersüchtig machen? Sie hatte einen Ausdruck im Gesicht, den er nicht deuten konnte.

Hatte er sich mit dem Unterhemd verraten? Er war so vorsichtig gewesen. Hatte keine Spuren hinterlassen. Dann fielen ihm seine Haare in ihrer Bürste ein. Hatte er einen Fehler gemacht?

Bevor er überlegen konnte, ob er einfach zu ihr gehen sollte, griff der Mann Erin am Arm und deutete mit einer Hand Richtung Bar. Er beobachtete den Typen. Sein Lachen, als Erin etwas sagte. Er hatte ein Tattoo neben dem Handgelenk, auf das Erin jetzt zeigte.

Kälte breitete sich in ihm aus. Hatte sie deswegen weder Kate noch ihrer Mutter von der Premiere berichtet? Weil sie mit einem Mann verabredet war? Nein. Es war nicht Erins Schuld. Ihre Abweisung war eine Reaktion. Es war die Schuld des Mannes. Der Typ manipulierte Erin. Das war deutlich zu sehen.

Er konnte den Anblick nicht ertragen. Er drehte sich um, trat in die Nacht. Er würde nicht dulden, dass ein Außenstehender ihm in die Quere kam.

16

LESTER

24. September – 10:33 Uhr

Er stand vor dem Maklerbüro am Broadway Market. Das Büro war geöffnet. Er hatte mit einer ausgestorbenen Straße im East End gerechnet. Erwartet hatte ihn stattdessen eine Straße, deren Asphalt vor Marktständen und Menschen kaum mehr zu sehen war. Samstags war Markttag. Lieferwagen quetschten sich zwischen Gehweg und Ständen hindurch, die Händler legten ihre Ware aus. Doch er schenkte ihnen und den veganen, vegetarischen oder biologischen Produkten keine Beachtung. Mehr als ein Kopfschütteln hatte er nicht übrig für den Versuch, durchschnittliche Lebensmittel zu exorbitanten Preisen an gutverdienende Hipster oder solche, die es sein wollten, zu verkaufen. Anwohner, Besucher aus angrenzenden Stadtteilen und Touristen schlenderten auf der Suche nach Kaffee an ihm vorbei.

Im Schaufenster des Maklerbüros hingen Fotos von Wohnungen und Häusern, die zum Verkauf oder zur Miete angeboten wurden. Der Preis im hohen sechsstelligen Bereich für eine Studiowohnung in Hackney interessierte ihn genauso wenig wie die Anpreisungen der modern eingerichteten Appartements. Auch sein Spiegelbild war nicht der Grund, warum er auf die Scheibe starrte.

Sein Blick klebte auf den zwei Maklern hinter ihren Schreibtischen. Genauer gesagt, auf einem der beiden. Dem Makler mit den braunen Haaren.

Er dachte an die Visitenkarte auf Erins Küchentisch. *Rhys White - Estate Agent.* Er versuchte sich zu erinnern, wie der Mann ausgesehen hatte, der mit einer Aktentasche aus Erins Wohnung gekommen war, an jenem Tag, an dem er sie zum ersten Mal beobachtet hatte. Wann war das gewesen?

07. September – 10:32 Uhr.

Die Haarfarbe passte. Der Augenblick im Hausflur war kurz gewesen. Hätte er geahnt, dass der Mann wichtig werden könnte, hätte er sich besser konzentriert.

War das der Turnschuhträger von gestern Abend? Der Mann, den Erin am Arm gefasst hatte? Der ihre Haut berührt hatte?

23. September – 22:17 Uhr.

Er kniff die Augen zusammen. Hatte der Makler ein Tattoo? Sein Handgelenk war verdeckt. Manschettenknöpfe zierten den Saum des Hemdenärmels.

Er hatte die ganze Nacht nicht geschlafen. Er hatte sich von Seite zu Seite gewälzt und versucht, mit der Erinnerung von Erin auf der Bühne einzuschlafen. Die Gedanken an ihre Haut und Muskeln hatten ihn jedoch zu sehr erregt, und an Schlaf war nicht zu denken gewesen.

Dann war der Typ in seinem Kopf aufgetaucht, der Erin, ihren Körper, ihren Verstand – alles an ihr – wie ein Krebsgeschwür in Beschlag nahm. Die Euphorie über Erins Auftritt hatte sich mit Wut vermischt. Ihr Verhalten war nicht akzeptabel.

Zu allem Überfluss hatte sich dann auch noch Dr. Sebrights, *Annetts,* Stimme gemeldet. »Sie müssen eine neue Strategie im Umgang mit anderen Menschen erlernen.« Innerlich hatte er damals gelacht, als sie ihm vorgeschlagen hatte, einem Hobby nachzugehen. Sport. Gartenarbeit. Renovierungsarbeiten. »Neue Aktivitäten helfen, aus alten Mustern auszubrechen.«

Er hatte jetzt eine neue Beschäftigung: Ballett. Ob Annett stolz auf ihn wäre?

Wie ein Mantra hatte sie ihre Lieblingssätze für ihn wiederholt. »Sie müssen lernen, unverfängliche Gesten richtig zu interpretieren. Sie haben eine verzerrte Wahrnehmung der Rolle des Opfers.« Er hatte sich gefragt, woher sie wissen wollte, welche Gesten unverfänglich waren. Annett hatte ihn angeschaut, war seinem Blick nicht ausgewichen, ganz so, als hätten sie beide ein gegenseitiges Einvernehmen. »Lester, Sie sind für Ihr Handeln verantwortlich. Ihr grenzüberschreitendes Verhalten muss korrigiert werden. Sie leiden unter einer Extremreaktion auf Kritik und Ablehnung. Sie müssen akzeptieren, dass andere mit Ihrem Verhalten nicht einverstanden sind.«

Die Stunden der letzten Nacht hatten sich in die Unendlichkeit gezogen, und am Ende war er vor Sonnenaufgang aufgestanden.

Mit einem Ruck öffnete er die Tür und betrat das Maklerbüro. Er brauchte Gewissheit. Er ging zu dem rechten Schreibtisch. Der Makler telefonierte. Mit einem Nicken bedeutete er Lester, vor seinem Tisch Platz zu nehmen.

Er blieb stehen. Der Mann hatte Sommersprossen, mehr

noch als Erin, und Haare, die einen Schnitt vertragen könnten. Er hatte markante Gesichtszüge.

Aus der Nähe betrachtet sah er gepflegter aus, als er gedacht hatte. Nur die Schuhe verrieten, dass der Mann nicht zu den Topverdienern der Stadt zählte. Zwar steckten seine Füße in schwarzen Lederschuhen, die sahen aber genauso ausgelatscht aus wie die Sneakers vom Vorabend. Er war sicher: Es war derselbe Typ. Die Statur, die Haltung – alles stimmte. Doch er brauchte einen Beweis.

Mit Genugtuung beobachtete er, dass das Stehenbleiben sein Gegenüber irritierte. Zweimal versprach sich der Makler bei dem Gespräch am Telefon. Am Ende wimmelte er den Kunden ab und riss sich das Headset mit mehr Energie als notwendig vom Kopf. »Wie kann ich helfen?« Lester sah, dass die Freundlichkeit nur aufgesetzt war.

»Ich interessiere mich für eine neue Wohnung.« *Sagt man das so?*

Der Makler deutete erneut auf den Stuhl vor seinem Tisch. »Setzen Sie sich.« Als Lester sich nicht rührte, zuckte er mit den Achseln. »In welchem Stadtteil?« Der Makler spulte sein Programm ab.

»Rotherhithe«, sagte er, ohne zu wissen warum. Sein Unterbewusstsein hatte ein Eigenleben entwickelt.

Zum ersten Mal, seit er das Büro betreten hatte, fragte er sich, ob es eine gute Idee gewesen war, herzukommen. Er schaute sich um, ob in dem Büro Kameras installiert waren. Auf den ersten Blick war keine zu sehen.

»Rotherhithe?« Der Makler tippte auf seiner Tastatur. Lester konnte den Bildschirm nicht sehen. Er beobachtete die Finger des Mannes, doch sie bewegten sich so schnell, drückten die Tasten mit einer derartigen Geschwindigkeit, dass er nicht erkennen konnte, was er schrieb.

Während er wartete, entdeckte er eine Box mit Visitenkarten neben dem Computer. Seine Hände kribbelten. Er beugte sich vor. »Darf ich?« Ohne auf eine Antwort zu warten, griff er danach. Er sah, wie der Makler ihn beobachtete. *Rhys White – Estate Agent.* Es war die gleiche Karte wie in Erins Küche.

»Wir haben zurzeit keine Wohnungen im Süden.« Der Makler fixierte ihn. »Wir sind auf den Osten spezialisiert. Hackney. Tower Hamlets.« Sein Bedauern schien sich in Grenzen zu halten. »Sie können mir Ihre Kontaktdaten dalassen.«

Lester zuckte mit den Schultern und zeigte auf die andere Straßenseite. »Ich werde mein Glück bei der Konkurrenz versuchen.« Dann streckte er Rhys White die Hand entgegen. »Vielen Dank für Ihre Bemühungen.«

Der Makler griff nach seiner Hand. Ein Reflex. Der Ärmel des Hemdes rutschte nach oben. Es waren nur wenige Millimeter. Sie reichten. Eine Zahlenkombination zierte das Handgelenk. *Koordinaten?*

Rhys White war der Mann, der gestern bei der Premiere gewesen war.

Ohne ein weiteres Wort drehte Lester sich um und ging. Hatte Erin sich mit dem Typen eingelassen, um an die Wohnung zu kommen? War sie so abgebrüht?

*

Die Kunden würden ihm fehlen. Die Netten. Die Arroganten. Die Chaoten. Die Organisierten. Selbst die Idioten. Er schaute dem Vertreter der letzten Kategorie nach, der mit zu viel Kraft die Tür hinter sich zuschlug. Fettige Haare, Bauchansatz, trainierte Oberarme. Ein Wichtigtuer, der, gelangweilt von seinem tristen Wochenende, die Makler beschäftigte. Er kannte diese Klientel. Mit an Sicherheit grenzender Wahrscheinlichkeit hatte der Mann gewusst, dass keine Wohnungen in Rotherhithe zur Vermittlung standen. Aus den Anzeigen, die im Schaufenster hingen, ging ohne Zweifel hervor, dass das Maklerbüro auf Hackney spezialisiert war. Hackney, Ostlondon. Nicht Rotherhithe, Südlondon. Natürlich konnte ein Appartement in einem angrenzenden Bezirk dabei sein, wie es mit Erins Wohnung in Limehouse der Fall gewesen war. Tower Hamlets. Aber nicht Südlondon.

Fasziniert hatte er beobachtet, wie der Mann nach einer Visitenkarte griff. Wie eine Krake hatten sich seine langen Finger auf den Kasten gelegt. Hatten die Karte umklammert, als sei sie eine Beute. Irgendwas hatte mit dem Mann nicht gestimmt. Selbst Idioten strahlten normalerweise nicht ohne Grund Aggressivität aus.

Im nächsten Moment wurden seine Gedanken unterbrochen, als sein Handy vibrierte. Eine Nachricht von Erin. »Lust auf ein Treffen?« Dazu ein Foto ihrer ungebändigten Haare. Er musste grinsen.

Der Abend nach der Show war schnell vorbei gewesen, dennoch hatte er jede Sekunde in Erins Gesellschaft genossen. Er hatte sie aufgezogen, weil ihre Haare während der Show mit Haarnadeln festgesteckt und zu einem Zopf gebunden gewesen waren. »Du hast auf der Bühne so ordentlich ausgesehen«, hatte er sie geneckt. »Richtig brav.« Dabei war ihm Erins Frisur vollkommen egal. Er würde sie auch ohne Haare, mit einer Perücke oder jedem anderen Schnitt großartig finden.

Mit einem Ruck stand er auf und guckte zu Sam. »Ich hole uns was zu essen.« Er zeigte auf den Markt vor der Tür. Er wollte in Ruhe überlegen, was er Erin antwortete. »Soll ich dir was mitbringen?«

Sam, der in diesem Moment das Telefonat beendete, verdrehte die Augen. Offenbar ein anstrengender Kunde. »Hm …« Er kaute auf den Lippen. Die Nahrungsaufnahme war eine ernste Angelegenheit für Sam. Seit er die Welt der Techno-Raves hinter sich gelassen hatte, war er zu einem Fitness-Freak mutiert. Eine Mahlzeit musste nicht schmecken. Die Hauptsache waren die Nährstoffe. Rhys machte sich auf das Schlimmste gefasst. Ein Sellerieschnitzel oder Quinoa-Sticks. Sams Antwort überraschte ihn. »Ein Pulled Pork Sandwich.«

»Was ist denn mit dir los?« Rhys griff nach seinem Portemonnaie. Bevor Sam seine neuen Vorlieben erklären konnte, wurde die Tür des Maklerbüros mit Schwung aufgestoßen. Der Drachen balancierte drei Kaffeebecher, eine Tasche, zwei Aktenordner und ihren Fotoapparat in den Händen. »Guten Morgen.« Sie stellte jedem der Männer einen Pappbecher auf den Schreibtisch. »Flat White.«

»Kannst du Gedankenlesen?«, fragte Rhys. Er war unschlüssig, ob es eine nette Geste war oder sie genau den Ausflug auf den Markt während der Arbeitszeit verhindern wollte, den er gerade vorgehabt hatte.

»Danke.« Sam griff den Becher. »Hast du mir auch ein Pulled Pork Sandwich mitgebracht?« Er grinste seine Chefin an.

»Was?« Erika Suttons schaute überrascht.

»Schon gut.« Sam lachte. Rhys legte sein Geld wieder zur Seite. Erin musste sich gedulden. Lange würde der Drachen nicht bleiben.

Ohne große Motivation setzte er sich wieder an seinen Platz und klickte sich weiter durch den Mietvertrag, den er vorbereiten musste. Bei dem Objekt handelte es sich um eine Wohnung in einem ehemaligen Sozialbau an der Kingsland Road.

»Coleen Parker«, sagte der Drachen plötzlich und kam zu ihm. Rhys schaute hoch. »Ja?« Er hatte keine Ahnung, von wem sie sprach.

Dann erinnerte er sich plötzlich. Coleen Parker: eine der beiden Frauen, die aus der Narrow Street vor Ablauf ihres Vertrags ausgezogen waren.

»Du wolltest doch wissen, was in dem Mietobjekt in der Narrow Street los war.« Erika guckte ihn mit einem selbstgefälligen Lächeln an.

»Und?«

»Ms Parker hat eine Aufenthaltsgenehmigung für Australien bekommen. Kaum klebte das Visum in ihrem Pass, ist sie zu ihrem Freund nach Perth gezogen.«

»Ach.«

»Die Vermietung lief über uns, allerdings hat Christopher das geregelt. Er war verantwortlich.«

Daher wehte der Wind. Christopher Meyers: der Ex-Mann des Drachens. In dem Scheidungsverfahren war es nicht um Kinder, Hunde oder eine Immobilie gegangen, sondern um die Kundendatei von *Suttons & Meyers*.

Noch immer gehörten Christopher Anteile der Hausverwaltung. Auch der Name der Agentur war geblieben. Daher kümmerte es Erika nicht, was in der Narrow Street los war. Für die alten Verträge war Chris zuständig.

Zu gern würde er die Scheidungspapiere sehen. Welche geschäftlichen Verstrickungen die ehemaligen Ehepartner verbanden, wussten wohl nur die beiden. Und der Richter.

Erika wühlte in ihrer Handtasche. »In der Zwischenzeit habe ich veranlasst, dass ein Ersatzschlüssel für 6A gemacht wird.« Sie legte die Rechnung eines Schlüsseldienstes in Holloway auf den Tisch. »Kann in ein paar Tagen abgeholt werden.«

»Das mache ich.« Er griff nach der Rechnung, bevor Sam auf die Idee kam. In dem Mietobjekt gab es pro Einheit zwei Schlüsselsätze. Bei Unterschrift des Mietvertrags hatte er Erin nur einen Schlüssel aushändigen können. Das kam häufig vor. Mieter verloren Schlüssel oder verlegten sie, vergaßen ihre Existenz. In diesen Fällen kümmerte sich *Suttons & Meyers* um den Ersatz. Er würde Erin den Schlüssel so schnell wie möglich bringen.

»Was ist mit der anderen Frau, Liz Hughes?«

»Das weiß ich nicht. Ich habe mir die Akte durchgelesen«, sagte Erika. Sie zuckte mit den Achseln. »In der Akte steht nichts«, sagte er.

»Es muss Unstimmigkeiten mit einem Mieter gegeben haben.«

»Unstimmigkeiten?«

»Unstimmigkeiten.«

Er wartete, ob noch etwas kam. Doch Erika war damit beschäftigt, Fotos von ihrer Kamera auf den Computer zu laden.

»Was ist mit dem Partygirl?«, versuchte er es. »Es gab viel mehr Auszüge.«

»Ihr Name war Pippa«, meldete sich Sam jetzt zu Wort. »Ist mir wieder eingefallen.« Er hatte das Gespräch verfolgt.

»Die Drogenabhängige mit den Halluzinationen?«, fragte Erika. »Hat uns eine wirre Nachricht auf dem Anrufbeantworter hinterlassen. Ein Nachbar habe in ihrer Wohnung gestanden, als sie nach einem Mittagsschlaf aufgewacht ist.«

Rhys starrte Sam und seine Chefin an. Hatte er gerade richtig gehört?

Erika schüttelte den Kopf. »Als wir am nächsten Tag nachhaken wollten, konnte sich die Frau weder an den Eindringling noch an ihre Nachricht erinnern.«

17

ERIN

Die Produktion hatte gute Kritiken erhalten. Nahezu alle Tageszeitungen hatten auf ihren Internetseiten erste Reaktionen veröffentlicht. »Ein Kraftakt. Eine Tour de Force. Ein Triumph.« Der *Independent* war voll des Lobes. Erin saugte jede Besprechung auf, die sie finden konnte. Die ersten Kritiken waren ein guter Indikator. Das Gesamturteil würde in den nächsten Tagen folgen. Sie klickte sich durch das Netz.

»Man möchte Erin Hunt fragen, woher ihr Körper die Energie nimmt«, wunderte sich der *Guardian*. »Erin Hunt ist unkaputtbar.« Sie sollte den Link zu dem Artikel ihrem Bruder schicken.

Insgesamt war sie in zwei Berichten namentlich erwähnt. Zwar legte sie auf so eine Herausstellung keinen Wert, aber es freute sie. Es war auch für eine erste Solistin nicht selbstverständlich.

Bester Laune ging sie ins Badezimmer. Heute Abend war ihr zweites Date mit Rhys. Technisch gesehen war es das dritte Date, wenn man die Premiere mitrechnete.

Der Kuss zum Abschied war lang gewesen. Seine Lippen auf ihren Lippen hatten sich verdammt gut angefühlt. Sie wusste nicht, wie sie mit der Situation umgehen sollte. Konnte ihre Gefühle nicht einordnen. Verwirrung kam einer Beschreibung am nächsten.

Doch es war die perfekte Abrundung eines ereignisreichen Abends gewesen. Noch immer hatte sie das Gefühl, seine Lippen auf ihrem Mund zu spüren, und sie hatte nicht vor, heute Abend eine Chance auf einen weiteren Kuss vergehen zu lassen. *Oder sogar mehr?*

»Bist du sicher, dass du alleine nach Hause kommst?«, hatte er sie gefragt.

»Ich komme jeden Abend alleine nach Hause.« Sie hatte die Anspielung ignoriert. Noch war sie nicht so weit, die Nacht mit ihm zu verbringen. Zumindest nach der Premiere war sie noch nicht so weit gewesen.

Sie setzte sich auf den Rand ihrer Badewanne und inspizierte ihre Schienbeine. Sie würde sich rasieren, wollte nicht in die Verlegenheit geraten, Rhys stoppelige Haut präsentieren zu müssen. Je nachdem, wie der Abend ausging.

Sie dehnte einige Sehnen, wackelte mit den Zehen. Sie stellte sich auf die Spitzen, lief einige Meter, simulierte einen kleinen Sprung. Es funktionierte. Zurzeit hatte sie mehr Glück, als sie glauben konnte. Heute Morgen hatte Timm zur Freude der Tänzer nur ein leichtes Training anberaumt. Außer einigen Dehnübungen hatte kein Übungsprogramm stattgefunden. Das Treffen im Ballettsaal hatte allein dem Zweck gedient, Sehnen und Muskeln geschmeidig zu halten.

Alle waren beflügelt gewesen von dem Erfolg der letzten Nacht, und nach zwei Stunden hatte Timm für den Rest des Tages Pause verkündet.

Sie würde heute Turnschuhe tragen. Morgen würde sie zusätzlich eine Stunde Physiotherapie einplanen.

Bei dem Gedanken an ihre Turnschuhe musste sie grinsen. Nicht ganz ein Outfit, was sie normalerweise zu einem Date tragen würde. Aber sie hatte keine Wahl. Außerdem war sie sicher, dass Rhys sich an ihrem Schuhwerk nicht stören würde.

Sie schloss das Fenster. Augenblicklich stoppten die Geräusche von draußen, wurden abgelöst durch jene aus dem Haus. Über ihr lief ein Kleinkind mit schnellen Schritten durch die Wohnung. Die unkoordinierten Bewegungen ließen die Decke ächzen. Die Mutter gab Anweisungen. Sie rief das Kind zur Vorsicht. Irgendwo bellte ein Hund.

Je länger sie sich konzentrierte, desto lauter wurden die Geräusche. War aus der Nachbarwohnung etwas zu hören? Sie war zunehmend besessen von den Geräuschen aus Wohnung 6D. *Das Haus macht mich zu einer Verrückten.*

Ein Wasserhahn rauschte. Das Geräusch kam ihr plötzlich so laut vor, war so intensiv, dass sie ihre Ohren zuhalten wollte. Sie vermochte nicht zu sagen, ob das Rauschen aus den Leitungen neben ihrer Wohnung kam, doch es breitete sich in ihrem Badezimmer aus, in ihrem Körper, in ihrer Psyche. *Er soll das Wasser abstellen.*

Ein Gefühl des Ekels überkam sie bei der Vorstellung, dass Lester Sharp nur wenige Meter von ihr entfernt stehen könnte. Sie spürte seine Anwesenheit in jeder Zelle ihres Körpers. Seine Präsenz strahlte durch die Mauern.

Sein Blick bei der Premiere hatte sich in ihr Gehirn eingebrannt. Sie konnte ihre Überraschung über sein Auftauchen im Theater nicht verleugnen. Er verfolgte sie. Es gab keinen Zweifel. Wäre es nicht so bitter, würde sie laut lachen.

Das Rauschen des Wasserhahns hörte mit einem Schlag auf. Oben heulte das Kind los. War das Geräusch gar nicht aus der Nachbarwohnung gekommen?

Es wurde Zeit für einen Abstecher in den Lake District. Ein kurzer Trip würde reichen. Sie musste raus aus der Enge, die immer bedrohlicher wurde. Sie musste nachdenken. Planen. Für die Zeit nach der Show.

Wem sollte sie ihre Reise in den Norden ankündigen? Kate? Ihrer Mutter? Sie klemmte das Telefon zwischen Ohr und Schulter. Eine Angewohnheit, die sie nicht abstellen konnte. Irgendwann würde sie jemanden brauchen, der ihren gesamten Körper auf Vordermann brachte. Einen Orthopäden. Oder ihren Bruder.

Mit einer Hand nestelte sie an ihrem BH-Träger. Er saß zu locker und rutschte ihr von der Schulter. Sie schmierte ihre Beine mit dem Rasiergel ein. Sie räusperte sich und setzte die Klinge auf ihr Schienbein.

*

LESTER

24. September – 16:33 Uhr

Er hörte ein Räuspern. »Hi.« Sie klang, als steckte ihr ein Kloß im Hals. Sie hätte keinen besseren Zeitpunkt für das Telefonat wählen können. Gerade hatte er das Bad betreten.

»Ich bin es.« Ein gereizter Unterton schlich sich in ihre Stimme, ließ sie schnell und in gepresster Stimmlage sprechen.

Gespannte Nervosität breitete sich in ihm aus. Würde er

weitere Informationen über Rhys White bekommen? Allein bei dem Gedanken an den Makler wurde ihm schlecht.

Mit einer schnellen Bewegung ließ er sich auf den Hocker gleiten, der zwischen Waschbecken und Badewanne eingeklemmt war. Er hatte ihn letzte Woche dort platziert. Neuerdings verbrachte er so viel Zeit im Badezimmer, dass er eine bequeme Sitzgelegenheit brauchte.

Erin war nicht so befreit wie bei ihrem letzten Telefonat mit Kate. Mit wem sprach sie? Er hatte einen Verdacht.

Sein Zeigefinger begann, an der kaputten Fuge zu spielen. Jedes Telefonat gab neue Erkenntnisse preis.

»Es tut mir leid. Aber ich musste erst die Premiere aus dem Kopf bekommen.«

Machte die Person ihr Vorwürfe? Auf keinen Fall sprach Erin mit Kate. Kate machte keine Vorwürfe. Freundinnen hatten Verständnis. Auch der Makler fiel raus. Die Art und Weise, wie er Erin angeschaut hatte, verbot es, ihr Vorwürfe zu machen.

»Mum, ich …«

Ihre Mutter. Er hatte richtiggelegen. Seine Ohren hatten allein aus dem Klang ihrer Stimme den entscheidenden Hinweis abgeleitet. Er konnte die Stimmung in der Nachbarwohnung deuten, ohne zu sehen, was dort passierte. Erins Stimme klang ungelenk. Klar und doch leise, als würde sie mit etwas hinter dem Berg halten.

Es kam ihr vermutlich gelegen, dass ihre Mutter nicht in der Nähe wohnte. Am Telefon konnte man leicht Dinge verschweigen. Stand man einer Person gegenüber, war es eine Herausforderung. Die Augen verrieten eine Lüge. Die Augen verrieten sogar Dinge, die man nicht sagte.

Und schon passierte es wieder. Ein einziger Gedanke reichte. Ein Wort. Ein Auslöser. *Shannon.* Sie hatte die beste Beobachtungsgabe gehabt, die er je erlebt hatte. *Shannon ist tot. Erin lebt.*

Schmerz durchzuckte ihn. Ein Tropfen Blut rann an seinem Zeigefinger hinunter. Er hatte so stark an der Fuge gekratzt, dass sein Fingernagel eingerissen war.

»Wir haben Standing Ovations bekommen.« Jetzt sprach sie mit ihrer Mutter über die Show. Bei dem ersten Telefonat hatte sie nichts davon erwähnt. Lester hörte den Stolz in ihrer Stimme. »Wir« hatte sie gesagt. Sie bezog alle Mitwirkenden mit ein. Nun, er hatte ausschließlich für sie applaudiert. Er wischte das Blut an seiner Hose ab. Wollte den Wasserhahn nicht bedienen. Es würde seine Anwesenheit verraten.

Nebenan fiel etwas zu Boden. Es klang wie das Telefon. Doch Erin sprach unbeirrt weiter. Vielleicht ihre Haarbürste? *Mit seinen Haaren zwischen den Borsten.*

»Wie geht es deiner Bandscheibe?«

Ihre Mutter hatte Rückenprobleme. Es musste mühsam sein, sich das Gejammer anzuhören. Ein steter Strom an Negativität. Er konnte sich glücklich schätzen, keine Familienangehörigen zu haben.

»Eine Operation muss gut überlegt sein.« Stille. Sie hörte den Ausführungen ihrer Mutter zu. Dann: »Ich wollte dir auch noch etwas erzählen.«

Lesters Nackenhaare stellten sich auf. Erzählte Erin ihrer Mutter von Rhys White? Hatte er bereits diese Wertigkeit in ihrem Leben? Das wäre geradezu lächerlich.

»Ich habe einen Mann kennengelernt.« Sie flüsterte beinahe. »Er war bei der Premiere.«

Da war es. Es war raus. Und es war genau, was er befürchtet hatte.

»Ich erzähle dir bei Gelegenheit mehr von ihm.«

Ihm fielen seine Begegnungen mit Erin ein. Im Treppenhaus. Vor seiner Wohnungstür. Bei der Premiere. Ihr Blick in seine Augen.

Nein. Sie meinte Rhys White. Oder? Bilder entstanden in seinem Kopf. Erin, die nach Rhys' Hand greift. Die ihm einen Kuss auf die Wange haucht. Auf den Mund. Und dann … Stopp!

Unruhig rutschte er auf dem Hocker umher. Andererseits hatte sie *ihm*, Lester, den Brief gebracht, der in ihrem Briefkasten gelegen hatte. Geduldig hatte sie gewartet, bis er die Tür geöffnet hatte, sogar ein zweites Mal geklopft. Sie hatte ihn sehen wollen. Er hatte es gespürt. Den Kontakt zu ihm gesucht. *Sie haben unter einer Fehlwahrnehmung der Beziehungsbereitschaft dieser Frau gelitten.*

Er stand auf. Er hielt es nicht mehr länger aus. »Ich würde gern nächste Woche ins Ferienhaus. Ich brauche eine Auszeit.« Erins Stimme wurde lauter. »Wir könnten uns auf meinem Weg in den Norden treffen.« Stille.

Lester drehte den Kopf und starrte auf die Wand. Ihm wurde übel bei dem Gedanken, mehrere Tage auf sie verzichten zu müssen. Panik überkam ihn. Was wäre, wenn sie nicht wiederkäme? Er konnte sich ein Leben ohne sie nicht mehr vorstellen, konnte nicht mehr existieren, nicht mehr atmen. Er brauchte sie, ihre Stimme, ihre Anwesenheit. Sie konnte nicht weg.

Dann fiel ihm ein, dass sie ihre Show absolvieren musste. Natürlich würde sie wiederkommen. Auf dem Flyer, den er aus der *Clerkenwell Dance Company* mitgenommen hatte, standen die Termine der Vorstellung – markiert von Cheryl. Er wusste genau, wann sie in London sein würde. In London sein musste.

»Das freut mich.«

Als würde sie seine Bedenken zur Seite schieben und ihm eine Antwort geben wollen, fragte sie: »Dienstag auf Mittwoch?«

Eine Nacht würde sie weg sein. Damit konnte er leben.

Die Panik verwandelte sich in Vorfreude. Zwei Tage und eine Nacht würde er Zeit haben, sich in aller Ruhe in ihrer Wohnung aufzuhalten.

18

LESTER

27. September – 20:47 Uhr

Erin hatte am Morgen mit einem Rucksack auf dem Rücken das Haus verlassen. Bis zum Einbruch der Dunkelheit hatte er gewartet, war kurz einkaufen gegangen, hatte gegessen. Sein Kopf sollte frei sein von jeder Ablenkung und den Banalitäten des Alltags. Dann war er in ihre Wohnung geschlüpft.

Er griff nach ihrem Duschhandtuch. Es war noch feucht. Er wischte mit dem Stoff über sein Gesicht. Das Frottee glitt über seine Lippen. Er stellte sich vor, wie das Handtuch jeden Millimeter von Erins Haut berührte. Von Kopf bis Fuß. Er zog den Geruch des Handtuchs ein. Sein Atem wurde schneller. Weichspüler. Waschmittel. *Der Duft ihres Körpers.*

Er hatte es ihr gleichgetan. Geduscht. Unter ihrer Dusche. Hatte ihr Duschgel verwendet, den Schaum auf seiner Haut gespürt, hatte gestanden, wo sie sonst stand, nackt.

Mit einem Ruck riss er sich das Handtuch vom Gesicht. Trocknete seinen Körper ab. Immer wieder fuhr er mit dem Frottee über seine Haut. Jeder Mensch verlor nach dem Duschen unzählige Partikel. Erins Hautschuppen und Haare befanden sich an dem Stoff. Ähnlich wie die Haare in ihrer

Bürste, vermischten sich seine Zellen nun mit ihren Zellen. Er hängte das Handtuch zurück an den Haken.

Sollte er sich in ihr Bett legen? Später.

Er zog sich Hose und Unterhemd an. Mit großen Schritten lief er durch die Wohnung. Von einem Raum in den anderen. Zurück. Euphorie breitete sich in ihm aus.

Vor Jahren hatte er Bernard einen Besuch abgestattet, er konnte sich an den Grund nicht mehr erinnern. Im Schlafanzug hatte Bernard ihm die Tür aufgemacht. Der Flur war überladen gewesen mit leeren Flaschen und Müll. Bernard hatte mit seiner Leibesfülle Probleme gehabt, sich einen Weg durch das Chaos zu bahnen. Erins Flur war leer. Der Gegensatz könnte größer nicht sein.

Er ging in ihr Schlafzimmer. Das Schlafzimmer zog ihn an wie ein Magnet. Auf ihrem Nachttisch stand eine Musikanlage. Ein MP3-Player lag daneben. Mit den Fingern fuhr er über die Lautsprecher. Er schloss den MP3-Player an die Anlage an und drückte auf den Startkopf. Gitarrenklänge und die Stimme eines Sängers erklangen aus den Boxen. Er schaute nicht nach dem Namen des Künstlers. Der Interpret hatte keine Bedeutung. Erins Geschmack war sein Geschmack.

Er inspizierte die Kommode. Der Schlüssel, der ausgesehen hatte, als gehörte er zu einem Schließfach, war nicht mehr da.

Bei laufender Musik ging er zurück ins Badezimmer. Er öffnete ihren Spiegelschrank. Cremes. Bodylotion. Nagellack in verschiedenen Rottönen. Eine Tube Zahnpasta. Keine Zahnbürste. Die hatte sie vermutlich mitgenommen. Wie gern hätte er sich hier und jetzt die Zähne geputzt, ihren getrockneten Speichel in seinen Mund aufgesaugt.

Er schob eine Packung mit Tampons zur Seite. Tampons widerten ihn an. Das Blut war das Problem. Er durfte gar nicht darüber nachdenken.

Dann stockte sein Atem. Hinter den Tampons sah er eine Packung Kondome. Er öffnete den Deckel. Er nahm jedes einzelne in die Hand. Acht Stück. Sie waren in Plastik eingeschweißt. Die Vorderseite der Verpackung warb mit dem Inhalt von zehn Kondomen. Vielleicht hatte Erin ein Kondom in ihrer Handtasche. Und das zweite lag in ihrer Nachttischschublade? Er spürte Eifersucht in seinem Magen. Wozu brauchte sie Kondome?

Die Sache war die: Er wusste natürlich, wofür sie Kondome brauchte. Er hatte dieses Wissen allerdings in einen Teil seines Gehirns geschoben, der ihm dabei half, nicht jede Minute daran zu denken. Das Wissen über die Katastrophe war einfach nicht mehr da. Es war nicht abrufbar. Er musste seine Seele schützen.

Das Unheil war vor drei Tagen passiert. Er war Erin gefolgt. Nach dem Telefonat mit ihrer Mutter. Er hatte vor den Scheiben eines Pubs auf der Dean Street gestanden und sie beobachtet. Sie hatte sich mit Rhys White in Soho getroffen.

Aus Angst entdeckt zu werden, aus Eifersucht, aus Hass, hatte er nach einer Stunde aufgegeben.

Erin war nicht nach Hause gekommen in jener Nacht. So glaubte er zumindest, falls er nicht einen zu tiefen Schlaf gehabt hatte, was wiederum nicht auszuschließen war, da er zu viel Alkohol getrunken hatte.

Die Treffen mit dem Makler erklärten die neue Unterwäsche, die er bei seinem letzten Besuch gesehen hatte. *Die Slips mit der Spitze. Sie will ihn verführen.*

Sein Souvenir fiel ihm ein. Er hatte ihr Unterhemd nicht offiziell als Fundsache im *Lost Property Office* registriert. Es lag in seinem Schrank. Zwischen seinen Unterhemden. Die Vorstellung, Erins Shirt zu den fremden Klamotten in die Katakomben zu legen, hatte ihn seine ursprüngliche Absicht verwerfen lassen.

Er schaute auf die Fugen unter ihrem Waschbecken. Er zählte die Fliesen ab. Ungefähr an dieser Stelle musste die poröse Fuge auf seiner Seite im Badezimmer sein. Er fuhr mit dem Finger darüber. Erins Bad war neu gefliest. Die Materialien waren frisch verarbeitet.

Sein Blick fiel auf die Duschkabine. Wäre keine Wand zwischen ihnen, bräuchte er nur den Arm auszustrecken, um sie zu berühren, wenn sie duschte. *Ich bin ganz nah bei dir.*

Er steckte die Kondome zurück in die Packung und ging ins Wohnzimmer. Eine Zeitung lag auf dem Beistelltisch. Es war die Wochenendausgabe des *Guardian*. Mit dem Kulturteil setzte er sich auf das Sofa. Er schlug die Seite mit den Kritiken auf und fand einen Artikel über Erins Show. Der Choreograph, Timm Chandler, wurde für seinen Mut und die innovativen Ideen gelobt, mit denen er das Stück »belebt« hatte. Lester schüttelte den Kopf. Die Tänzer gingen an ihre körperlichen Grenzen, und der Choreograph bekam die Lorbeeren? Man sah Potential für die Interpretation. Am liebsten würde er einen Leserbrief verfassen.

Er entschied sich, noch einmal in die Show zu gehen. Am Ende der Laufzeit. Er wollte Erin aus einem anderen Blickwinkel auf der Bühne betrachten.

Als er aufstand, fiel sein Blick auf ein Buch, das auf dem Tisch neben dem Sofa lag. Ein Bildband über Gebirge im Vereinigten Königreich. Ein Lesezeichen guckte in der Mitte raus. Er öffnete das Buch auf der Seite. Der Berg hieß Helvellyn. 950 Meter. Die Höhenangabe war mit einem Kugelschreiber markiert. Der Berg interessierte ihn nicht. Das Lesezeichen hatte seine Aufmerksamkeit erregt. Es war ein Foto. Schwarz-weiß. Es zeigte zwei Mädchen, die im Regen in einer Pfütze standen und lachten. Sie hielten sich an den Händen. Das eine Mädchen hatte einen Arm in die Luft gestreckt. Ein Feuermal zierte ihren Unterarm, es erstreckte sich vom Ellenbogen bis zum Handgelenk. Er drehte das Foto um. »*Erin mit Kate, Grasmere*«. Mit Kugelschreiber hatte jemand das Bild auf der Rückseite beschriftet. Das Mädchen mit dem Feuermal musste Kate sein.

Er schaute auf Erin als Kind. Sie war pummelig gewesen. Hatte keine Ähnlichkeit mit der Erin von heute – bis auf die Frisur. Der Pony hing ihr noch immer über die Augen. Das Gewicht war verschwunden. Natürlich. Sie war jetzt eine Tänzerin.

Er fuhr mit einem Finger über die Fotografie. Dieser Aufenthalt in ihrer Wohnung war von unschätzbarem Wert. Er konnte sich ohne Hektik oder Sorge über ein Auftauchen Erins ganz in Ruhe auf Kleinigkeiten konzentrieren. Details waren wichtig. Sie rundeten das Bild ab. Gab es mehr Fotos? Von ihrer Familie? Er musste alles durchsuchen.

Er ging in die Küche. In ihrem Kühlschrank stand eine geöffnete Flasche Weißwein. Er suchte nach einem Weinglas und wurde fündig.

Er löschte das Licht in der gesamten Wohnung. Auf diese Weise fühlte er sich nicht wie ein Fremdkörper, ein Gast, ein Beobachter, der analysierte, sondern als Teil ihres Lebensraums. Seine Beziehung zu Erin hatte die nächste Stufe erreicht.

Mit dem Weinglas in der Hand ging er durch die Dunkelheit zurück ins Schlafzimmer. Er streckte sich auf ihrem Bett aus. Die Musik drang leise aus den Lautsprechern. Nur der Schein der Anlage sorgte für eine diffuse Beleuchtung. Sollte er die Nacht in ihrer Wohnung verbringen?

Der Luxus tun und lassen zu können, wie es ihm beliebte, berauschte ihn. Er stellte sich vor, wie sie aus dem Badezimmer kommt und sich an ihn drückt, ganz nah. Vielleicht würde sie ihren Kopf auf seine Schulter legen. Er würde mit einer Hand ihren Rücken streicheln. Erst den Nacken, dann ihre Wirbelsäule runtergleiten, bis zum Po.

Er hatte sich ein Buch gekauft, über Ballett. Klassisch und modern. Er könnte eine Art Experte werden für Tanz.

Viele Paare waren am Anfang einer Beziehung verliebt, nur um nach Jahren keine Freude mehr in der Gesellschaft des anderen zu verspüren. Erin und er könnten den umgekehrten Weg gehen. Erin musste das nur erkennen.

Er wälzte sich auf die Seite. Griff nach dem Weinglas. *Sie müssen akzeptieren, dass andere mit Ihrem Verhalten nicht einverstanden sind.*

Gerade als er einen Schluck nehmen wollte, klingelte es an der Tür.

19

Die meisten Menschen halten Stille in Gesellschaft schwer aus. Zu groß ist das Bedürfnis, das eigene Erlebte zu berichten oder die Neugier über das Leben des anderen zu befriedigen. Man möchte sich vergleichen, austauschen, nach einem Rat fragen, eine Meinung kundtun. Menschen brauchen den Klang ihrer eigenen Stimme, um sich als Person wahrgenommen zu fühlen.

Schweigend läuft Lester Sharp neben ihr am Ufer der Themse entlang. Ihre Schritte haben dasselbe Tempo. Er scheint die Stille gut auszuhalten. Er mag sie. Sie kann es in seinen Augen sehen. Aber sie ist vorsichtig. Das Leben hat sie gelehrt, dass es Monate oder gar Jahre bedarf, einen Menschen einschätzen zu können.

Lester gibt ihr ein Gefühl von Normalität – der einzige Grund, warum sie eingewilligt hat, sich mit ihm zu treffen. Sie will keine Sonderbehandlung. Es tut ihr gut.

Doch er hat auch etwas Beunruhigendes an sich. Es ist ein Blinzeln zur falschen Zeit. Ein Zucken seiner Mundwinkel. Die Art, wie er an sein Ohrläppchen fasst und sie damit imitiert. Die Umarmung.

Leider trifft man nicht oft Männer, die sich mit viktorianischen Hörhilfen auskennen. Wie ihre Kollegen aus dem Filmstudio ist auch sie in Details aus der Vergangenheit verliebt, kann sich verlieren in Recherchen und sich freuen über eine winzige Entdeckung. Ihre Kollegen schätzen ihre Genauigkeit. Ihre Detailtreue. Und Lester scheint dieselben Dinge zu schätzen wie sie.

Sie schaut auf die andere Seite der Themse. Mit ihren ehemaligen Hafengebäuden ist die Architektur in Wapping eine wohltuende Konstante. Das Ufer der Themse ist in London an vielen Stellen gesäumt von einer Kombination aus Sehenswürdigkeiten und Baulücken, in denen Hochhäuser geplant werden. Architekten aus aller Welt bewerben sich, um das Stadtbild Londons nachhaltig zu verändern. Sie heimsen nicht nur Unsummen an Honorar ein, sondern auch Auszeichnungen und Prestige.

Ein Mann mit einem Terrier kommt in einiger Entfernung auf sie zu. Der Hund läuft weit vor seinem Herrchen, ohne Leine.

Sie geht in die Knie, als der Terrier bei ihr ist, streichelt ihm über das Fell. Er leckt ihr über die Hand.

Überrascht bemerkt sie, dass Lester sie anstarrt. Ekel zeichnet sich in seinem Gesicht ab. Er verschränkt die Arme vor dem Bauch. Ignoriert den Hund, der, auf Zuneigung hoffend, jetzt an seinem Bein schnuppert.

Lester macht einen Schritt zur Seite, und für einen Augenblick sieht es aus, als würde er den Hund treten wollen. Doch nichts passiert.

Als sie an dem Besitzer vorbeilaufen, einem Mann mit Stock und unsicherem Gang, drückt Lester seine Schultern durch. Er ballt seine Hände zu Fäusten.

Plötzlich will sie nach Hause. Der Abendhimmel ist zu

schwarz für diese Uhrzeit. Sie zeigt zu den Wolken. Lesters Blick folgt ihrem Finger. »Der Regen braucht noch eine Weile«, sagt er. Sie liest von seinen Lippen.

Bänke mit Blick auf das Wasser säumen die Promenade. »Sollen wir uns setzen?« Sein Ausdruck verrät, dass er die Frage mit Nachdruck gestellt hat. Als würde er kein Nein akzeptieren. Sie nickt – aus Höflichkeit.

Mit den Fingern streicht sie über die abgewetzte Sitzfläche der Bank. Auf ihrer Seite ist das Holz abgenutzt. Auf Lesters Platz ist es unbeschädigt. Sie schaut hoch. Der Ast eines Baumes ragt in den Himmel. Sie greift nach ihrem Notizblock. »Meine Seite ist der Lieblingsplatz der Leute.«

Lester liest ihre Worte. Sie kann sehen, dass er nicht versteht. Sie zeigt auf das helle, abgenutzte Holz unter ihren Oberschenkeln, dann auf das dunkle, unversehrte Holz auf seiner Seite. Seine Augenbrauen sind nach oben gezogen: »Was meinst du?«

»Auf deiner Seite der Bank ist Schatten. Der Baum.« Sie deutet nach oben. Dann schreibt sie: »Leute mögen Sonne. Sie sitzen hier. Das Holz ist abgenutzt.«

Lester guckt sie an, sagt aber nichts. Die meisten Leute haben die Fähigkeit verloren, Dinge zu sehen.

Das Wasser schwappt direkt vor ihnen gegen die Mauer. Grau und zäh fließt der Strom Richtung Nordsee.

»Frederick Charles Rein hat die erste Hörhilfe gebaut«, schreibt Lester unvermittelt auf einen Zettel, den er aus seiner Jacke gezogen hat. »Er hat die Manufaktur F.C. Rein & Son gegründet.«

Sie kennt den Hersteller. »Wir haben eine Filmproduktion im Winter. Das Thema mit den Hörhilfen wird relevant.« Sie schreibt die Worte in ihr Notizbuch. »Ear Trumpets sind eine faszinierende Materie. Zumindest für manche Leute.« Sie zwinkert ihm zu. Auf seinem Gesicht zeigt sich Freude über ihr Interesse.

Mit einer Abfolge von Gesten zeigt sie Richtung Filmstudio. Auf ihre Armbanduhr. Auf den Himmel. *Ich will nach Hause. Jetzt. Es wird regnen.* Sie schreibt es: »Ich möchte zurück.«

Lester nickt. »In Ordnung.« Seine Augen verraten das Gegenteil. Ein harter Zug mischt sich in seinen Blick. Es lässt ihn älter wirken, dabei ist er einige Jahre jünger als sie.

Um keinen Zweifel an ihrer Intention aufkommen zu lassen, steht sie auf.

»Wie ist es, mit Kindern zu leben, die hören können?«, fragt er, als sie den Rückweg antreten. Sie sieht ehrliches Interesse in seinem Gesicht. Sie zögert. Dann schreibt sie, ihr Notizbuch gegen eine Hauswand gedrückt: »Am Anfang war es ein Schock. Meine Eltern waren gehörlos. Der Vater der Kinder ist gehörlos.«

»Der Vater?«, fragt Lester. Sie sieht Verwunderung in seinem Gesicht.

»Jedes Kind hat einen Vater.« Der Punkt hinter dem Satz fällt kräftiger aus als geplant. Lester schaut sie fragend an.

Sie hatte den Vater ihrer Kinder verlassen, nachdem seine Lügereien unerträglich geworden waren. Niall hatte es mit der Wahrheit nicht so genau genommen. Mit dem Gesetz auch nicht. Ein Jobverlust hatte ihm den Boden unter den Füßen weggezogen. Eine Abwärtsspirale. Es hatte sein Gutes gehabt: Sie war mit den Kindern von Irland nach London gezogen. Hatte einen Neuanfang gewagt. Alles war fremd gewesen. Sogar ihre Art der Kommunikation. Sie hatte die britische Gebärdensprache lernen müssen, die sich von der irischen unterscheidet. Der Aufwand war es wert gewesen. Bei einem Heimatbesuch in Cork hatte sie erfahren, dass Niall mittlerweile in Dublin im Gefängnis sitzt. Schwere Körperverletzung.

»Die Kinder hatten hörende Augen«, schreibt sie, ohne auf seine Frage einzugehen. Sie lächelt. »Ich habe es sofort gesehen.«

»Hörende Augen?« Er versteht nicht. Doch sie schüttelt den Kopf. »Keine Zeit«, schreibt sie und steckt das Notizbuch in ihre Handtasche. Der Wind ist stärker geworden. Die Wolken sind bedrohlich nah gekommen. Eine Möwe fliegt über sie hinweg. Eine zweite folgt nur wenige Sekunden später. Sie bringen sich in Sicherheit, entfliehen der mit Spannung aufgeladenen Luft. Ob ein Grollen oder Donner zu hören gewesen ist? Bei dem ersten Knall werden die Kinder aufwachen.

Sie denkt an ihr Erstaunen, damals, als sie ihren Sohn nach der Geburt angeschaut hatte.

Gehörlose Babys müssen sich mit den Augen orientieren, gucken im Raum umher, um sich zu lokalisieren. Hörende Babys hingegen nutzen Augen und Ohren zur Orientierung. Ihr Blick ist fokussierter.

Ihr Baby hatte »hörende Augen« gehabt. Die Augen eines Babys, das hören konnte.

Genau wie ihre anderen Kinder. Sie sind es gewohnt, mit den Händen zu kommunizieren, haben eine vielfach bessere Beobachtungsgabe als andere Kinder. Ihre Kinder wissen, dass sie sich auf ihr Gehör nicht verlassen können, nicht verlassen dürfen, sobald es um ihre Mutter geht. Sie sind wachsam. Immer und jederzeit. Sie hat es ihnen so beigebracht.

Die ersten Tropfen fallen vom Himmel. Augenblicklich steigt ihr der Geruch von nassem Asphalt in die Nase. Sie läuft schneller, will das Haus erreichen, bevor sie bis auf die Knochen durchnässt ist.

Ein paar Meter vor ihrer Haustür passiert es. Sie stolpert über eine Gehwegplatte. Die Wurzeln eines Baumes haben das Pflaster nach oben geschoben. Sie rudert mit den Armen, um nicht das Gleichgewicht zu verlieren. Als sie sich gefangen hat, über ihre Tollpatschigkeit lacht, greift Lester plötzlich nach ihrer Hand. Unbeholfen drückt er ihre Finger zusammen. Seine Haut ist trotz der schwülen Temperaturen kalt. Er hält sie fest. Kommt näher. Sein Körper ist nur noch wenige Zentimeter entfernt. Er will sie an sich ziehen. Will er sie küssen? Das darf nicht wahr sein! Nein!

Mit Nachdruck entzieht sie sich ihm, stößt ihn mit Kraft von sich weg. Sie gibt sich keine Mühe, ihre Empörung zu verbergen.

Sein rechtes Augenlid zuckt. Er presst seine Lippen so hart aufeinander, dass sie alle Farbe verlieren. Er versucht nicht, sein Missfallen über ihre Reaktion zu unterdrücken. Sie soll sehen, dass sie ihn verärgert hat.

Ihre Haustür ist in Sichtweite. Bevor er auf die Idee kommt, einen zweiten Versuch zu wagen, verabschiedet sie sich. Geht erst rückwärts, will ihn nicht aus den Augen lassen. Instinkt.

Schließlich dreht sie sich um. Sie fühlt seinen Blick in ihrem Rücken, als sie die Haustür aufschließt. Ihre Finger nesteln ungeschickt mit dem Schlüssel. Sie braucht einige Anläufe, bis er im Schloss einrastet.

Ein Blick über ihre Schulter verrät, dass Lester noch immer auf dem Gehweg verharrt, genau dort, wo sie ihn stehen lassen hat. Der Regen fällt erbarmungslos auf ihn hinab.

Er beobachtet sie, hebt eine Hand zum Gruß. Sie schlüpft ins Haus, ohne seine Geste zu erwidern.

Sorgfältig vergewissert sie sich, dass die Fenster in der Wohnung verschlossen sind. Sie schiebt alle Sicherheitsriegel vor. Regentropfen fallen vom Himmel, werden von Windböen gegen die Scheiben in ihrem Schlafzimmer im ersten Stock gepeitscht. Ihr Blick ist auf den Gehweg geheftet. Die Straße ist dunkel und verlassen. Der Regen lässt das Kopfsteinpflaster glänzen. Die Äste der Bäume auf dem Grundstück der Kirche biegen sich durch. Vereinzelte Blätter werden vom Wind durch die Luft gewirbelt, fallen im Schein der Laterne auf den Boden. Sie spürt einen Donnerschlag in ihrem Brustkorb vibrieren. Das Gewitter wird Abkühlung bringen.

Sie legt eine Hand gegen die Scheibe. Ein weiterer Donner lässt das Glas zittern. Hinter ihrem Auge bildet sich ein stechender Schmerz. Er breitet sich aus, bis zu ihrer Schläfe. Ihr wird schlecht, und für einen Moment glaubt sie, sich übergeben zu müssen. Sie kneift die Augen zusammen, bis der Schmerz vergeht. Ihr Kopf rebelliert.

Wassertropfen rinnen an der Scheibe runter. Der Regen wird stärker. Ein Blitz erhellt für eine Sekunde den Himmel. Er taucht die Welt in weißes Licht. Kalt. Und künstlich. Eine Gänsehaut überzieht ihren Körper. Eine Gestalt steht vor dem Haus: Es ist Lester. Sein Kopf ist gegen die Scheibe im Erdgeschoss gelehnt. Er schaut in das Innere der Picture Library. Trotz der Hitze im Zimmer zieht Kälte bis in ihre Knochen.

20

RHYS

Durch einen Vorwand hatte er sich an dem Hausmeister vorbeigeschummelt. Jetzt stand er vor Erins Wohnungstür und wartete. Warum machte sie nicht auf?

Einen Augenblick lang glaubte er, Musik aus ihrer Wohnung zu hören. Er legte ein Ohr an die Tür. Nichts. Stille. Die Melodie musste aus einem der anderen Appartements gekommen sein.

Seine Finger umgriffen den Ersatzschlüssel in der Jackentasche. Er hatte ihn gestern vom Schlüsseldienst in Holloway abgeholt.

Dem Hausmeister hatte er mit einem – wie er hoffte – Vertrauen ausstrahlenden Gesichtsausdruck erklärt, der neuen Mieterin Unterlagen bringen zu müssen. Das war nicht einmal gelogen. Er hatte schließlich den Schlüssel dabei. Die späte Uhrzeit hatte er auf einen langen Besichtigungstermin geschoben, der seinem Besuch vorausgegangen war. »Der Verkehr ist die Hölle.« Er hatte die Augen verdreht.

Er mochte Bill. Trotz seines fortgeschrittenen Alters hatte der Mann noch immer die Augen und das Zwinkern eines Zwanzigjährigen. Eines Zwanzigjährigen, den allerdings nichts kümmerte. Er hatte Rhys direkt durchgewinkt, nachdem er seine Geschichte gehört hatte.

Tatsächlich war Rhys nach Feierabend nicht bei einem Termin, sondern in dem mit Graffitis verzierten Skatepark am Southbank Centre gewesen. Das Geräusch der Rollen, das Klappern der Bretter hallte noch immer in seinen Ohren. Nicht weniger als fünfzehn Skater hatten sich heute Abend dort getummelt, neugierig beäugt von Passanten, die am Themseufer flanierten.

»Ich glaube, Ms Hunt ist nicht da. Aber versuchen Sie Ihr Glück.« Mehr hatte Bill nicht gesagt. Sein Blick war auf den kleinen Fernseher geheftet, der hinter seinem Tresen stand. Arsenal gegen Chelsea. Die Wiederholung des Spiels vom Samstag.

Das Haus hatte keine Klingeln am Haupteingang. Rhys nahm sich vor, diese Information künftig in das Dossier über das Mietobjekt aufzunehmen. Es machte einen Unterschied, ob ein Besucher unten auf Einlass wartete oder die Person direkt vor der Wohnungstür stand. Insbesondere, wenn der Hausmeister jeden Besucher ohne zu zögern passieren ließ.

Er schaute auf die Uhr. Es war kurz nach 21 Uhr. Erin hatte keine Vorstellung. Keine Proben. Wo konnte sie sein?

Plötzlich kam er sich albern vor. Er hatte eine Flasche Wein in der Tasche und stand wie ein liebestoller Teenager vor ihrer Tür. Der Wein war eine Geste. Für die Zeit nach der Show. Die gemeinsame Nacht hatte seine Sinne getrübt. Aus einem unerklärlichen Grund hatte er angenommen, dass der Sex nach ihrem letzten Date die perfekte Legitimation war, ohne Anmeldung vor ihrer Tür stehen zu können.

Er war sich sicher, dass die Zuneigung trotz Erins anfänglicher Zurückhaltung auf Gegenseitigkeit beruhte. Er schätzte sie nicht als eine Frau ein, die mit einem Mann bei der ersten Gelegenheit ins Bett ging.

Sie hatten sich in Soho getroffen. Erin hatte nach dem Essen im *French House*, dem ehemaligen Künstlerpub auf der Dean Street, seine Wohnung sehen wollen. Ihr Unglaube darüber, dass sein Appartement nur über eine Treppe durch die Küche des *Maharani* zu erreichen war, hatte ihn veranlasst, sie mit nach oben zu nehmen. »Du arbeitest nicht beim Bauamt, oder?« Sie hatten beide gelacht.

Durch die Küche des Restaurants, am Kühlraum vorbei, die alte Holztreppe hinauf, die bei jedem Schritt ein lautes Ächzen von sich gab und die früher einmal mit Teppich überzogen und heute nur noch von dessen Klebstoffresten verziert war, liefen sie hoch in seine Etage. Eins führte zum anderen.

Er klingelte ein weiteres Mal. Natürlich war Erin ihm keine Rechenschaft schuldig. Sie musste sich nicht abmelden. Dennoch machte sich Enttäuschung in ihm breit.

Wo war die Musik hergekommen? Unschlüssig drehte er sich um. Das Licht im Flur war dämmerig. Der Gang war eng. Die Türen der Nachbarwohnungen waren nur wenige Meter entfernt. Vier Parteien wohnten in jeder Etage.

Sein Blick blieb an der Tür gegenüber hängen. 6D. Doch auch aus dieser Richtung war alles still. Er ging einige Meter den Gang entlang. Seine Schritte hallten auf dem Beton. Dunkel und ohne Fenster, auf elektrisches Licht angewiesen, mit einer Dauerbeleuchtung, die jede Gesichtsfarbe in ein ungesundes Grün verwandelte, war der Hausflur ein echter Schandfleck. Der Architekt hatte keinerlei Wert auf eine wohlige Atmosphäre gelegt.

Sein Blick klebte an der flackernden Neonröhre am Ende des Gangs. Er ging zurück zu Erins Wohnung und drückte ein drittes Mal auf die Klingel.

Seine Hand umschloss in der Jackentasche ihren Schlüssel.

Er schaute sich um. Niemand würde bemerken, wenn er kurz in Erins Wohnung schlüpfte und ihr den Schlüssel mit der Flasche Wein auf dem Tisch hinterließ. Er könnte einen Zettel mit ein paar Zeilen danebenlegen. Eine Überraschung für sie, wenn sie zurückkam. Er steckte den Schlüssel ins Schloss.

Stopp. Wäre er an ihrer Stelle, wäre er wohl alles andere als begeistert. Außerdem würde er hinterher nicht mehr abschließen können.

Was war los mit ihm? Überhaupt in Erwägung zu ziehen, das Appartement ohne Erins Wissen zu betreten, entsprach nicht seiner Art. Er zog den Schlüssel aus dem Schloss. Langsam drehte er sich um und ging die Treppe hinunter, zurück ins Foyer. Er könnte ihr eine Textnachricht schreiben. Aber er wollte sie nicht bedrängen.

»Sagen Sie mal …«, fing er an, als er kurz darauf vor dem Hausmeister stand, »… wir arbeiten an einer Statistik.« Gespielt verdrehte er die Augen. Auf dem Bildschirm des Fernsehers lief Werbung. Halbzeit. Wenn er etwas aus dem Alten herausbekommen wollte, dann jetzt, bevor die Spieler zurück auf das Feld kamen. Auch wenn das Spiel eine Wiederholung und das Ergebnis längst bekannt war, vermutete er, dass Bill keine Sekunde verpassen wollte.

»Meine Chefin will eine Übersicht erstellen, wie lange Wohnungen, die wir vermieten, im Schnitt von den Mietern bewohnt sind.«

Rhys fixierte den Mann. »Aus unseren Unterlagen geht hervor, dass in der Vergangenheit in diesem Haus«, er zeigte unbestimmt mit einer Hand über seinen Kopf, »einige Mieterinnen außergewöhnlich schnell nach Einzug wieder ausgezogen sind. Letztes Jahr, aber vor allem auch in den Jahren davor.«

»Ach.« Bill schaute ihn neugierig an. »Wir haben viele Mieter, die wohnen seit mehr als zwanzig Jahren hier.« Der Hausmeister machte – bewusst oder unbewusst – Rhys' Handbewegung nach und zeigte ebenfalls nach oben.

»In unseren Unterlagen steht, dass eine Mieterin letztes Jahr nach nur sieben Monaten wieder ausgezogen ist.« Er wartete kurz ab und sagt dann: »Das finde ich bemerkenswert. Sie hieß Liz Hughes.«

»Tatsächlich.« Bill schien zu überlegen. »War das die Wohnung im Erdgeschoss?«

Rhys nickte. »Genau.«

»Dunkle Locken.« Der Hausmeister lachte. »Verkniffener Gesichtsausdruck.« Als er sah, dass Rhys nicht in sein Lachen einfiel, zuckte er mit den Schultern. »Ich weiß nicht, was Ms Hughes bewogen hat, auszuziehen.« Bill schielte zum Fernseher. Die Moderatoren waren zurück im Studio.

»Das ist doch seltsam«, sagte Rhys. Ein neuer Versuch.

Bills Blick klebte auf dem Bildschirm. »Die Mietpreise in Limehouse steigen«, sagte Bill. »Limehouse ist das neue Dalston ist das …«

»… neue Shoreditch ist das neue Soho«, unterbrach Rhys ihn. »Erinnern Sie sich an ein Partygirl?« Er hörte selbst, wie albern das klang.

Der Alte schaute zusammen mit den Moderatoren auf die Wiederholung eines Tores. »Nee.«

»Was ist mit Coleen Parker?«

»Die ist nach Australien gezogen.« Bill schien zufrieden, dass er eine Antwort geben konnte. Er strich sich über seinen Bart.

Rhys gab auf. »Wenn Ihnen noch etwas einfällt …« Kurzerhand drückte er dem Hausmeister seine Visitenkarte in die Hand. Vom Fernseher abgelenkt steckte der Alte die Karte in die Brusttasche seines Hemds.

Rhys traf eine Entscheidung. Er hielt Bill den Ersatzschlüssel für Erins Wohnung entgegen. Wozu gab es einen Hausmeister? Auf diese Weise hatte sein Kommen zumindest einen legitimen Hintergrund. Und es bewahrte ihn davor, eine Dummheit zu begehen. »Ich wollte Ms Hunt den Ersatzschlüssel bringen und mich für die Verzögerung in dieser Sache entschuldigen. Es tut uns leid, dass wir den Schlüssel erst jetzt zur Verfügung stellen können. Leider ist die Mieterin nicht zu Hause.«

»Wir«, das Maklerbüro und die Hausverwaltung. So klang es professioneller. Auch wenn das Wort kaum über die Tatsache hinwegtäuschen konnte, dass es spät am Abend war und Makler und Hausverwalter gemeinhin nicht dafür bekannt waren, den Kunden in ihrer Freizeit etwas hinterherzutragen.

Bill schien sich über seinen Auftritt nicht zu wundern. Das Fußballspiel ging gleich weiter.

Er nahm Rhys den Wohnungsschlüssel aus der Hand und legte ihn in ein Fach unter dem Tresen. »Ich werde mit Ms Hunt sprechen. Viele Mieter bevorzugen es, einen Schlüssel bei mir zu lagern.« Es klang, als würde jede andere Option für ihn nicht in Frage kommen. »Ich bin günstiger als ein Schlüsseldienst.« Er zwinkerte. Tiefe Falten zierten die Haut an seinen Schläfen.

»Wissen Sie, was mit dem Ersatzschlüssel zu der Wohnung passiert ist?«, fragte Rhys.

Bill kratzte sich am Kopf. »Bei der Übergabe der Wohnung war nur noch ein Schlüsselsatz da. Übergabe ist allerdings das falsche Wort. Die Umstände waren ja dramatisch.« Seine Stimme klang plötzlich sensationslüstern. Arsenal gegen Chelsea rückte kurzfristig in den Hintergrund.

»Ich weiß«, sagte Rhys schnell. Er hatte die Geschichte mehrfach gehört. Die Handwerker, Bill, beinahe jeder, mit dem er zu tun gehabt hatte, schien von dem fetten Frührentner erzählen zu wollen, der eines Tages einfach umgekippt war. Es war wohl weniger der Tod des Mannes selbst, der die Sucht der Menschen nach Tratsch befriedigte, als der Zustand, in dem er die Wohnung hinterlassen hatte. So etwas sah man nicht alle Tage.

»Theoretisch kann Bernard den Schlüssel vor Jahrzehnten verloren haben. Oder er hat ihn einer seiner Nu…« Bill brach ab, räusperte sich. »Bekanntschaften gegeben.« Seine Nase wurde noch etwas röter.

Rhys musste ihm Recht geben. Auch wenn der Gedanke, dass irgendeine Prostituierte mit Erins Wohnungsschlüssel durch London lief, ihm nicht behagte, so war das eine Erklärung, die er nachvollziehen konnte. Über kurz oder lang würde er Erin vorschlagen, das Schloss auszutauschen.

Rhys nickte dem Alten zu, als der Anpfiff ertönte. Arsenal war auf dem Weg, das Spiel drei zu null zu gewinnen.

Er ging durch die Haustür in die kalte Nacht. Als er auf die Straße trat, schaute er hoch zu Erins Wohnung in der sechsten Etage. Er konnte das Küchenfenster sehen. Es war dunkel. Was hatte er erwartet?

Er lief die Narrow Street hinunter, Richtung Themse. Schwarz schlängelte sich der Fluss durch die Stadt. Lichter spiegelten sich in den Wellen des Wassers. Er lief stadteinwärts nach Wapping. Sein Blick scannte die Häuser. Automatisch schätzte er das Potential für Vermietungen. Eine Berufskrankheit. Das sichere Zeichen, dass er den Job schon zu lange machte.

Vor Jahren hatte sich ein Kumpel nach Südfrankreich abgesetzt. Ob Erin Lust hatte, mit ihm zusammen abzuhauen? Raus aus der Hektik der Stadt?

Er ging die ausgestorbenen Gassen an den ehemaligen Speicherhäusern entlang. In der Ferne erahnte er die Tower Bridge. Als er von der Butcher Row in die Cable Street bog, sah er einen Mann, der, auf der Bordsteinkante balancierend, in den Gully zu seinen Füßen pinkelte. Einige Meter weiter wartete die Begleitung des Übeltäters mit einem beschämten Gesichtsausdruck. Entschuldigend zuckte die Frau mit den Schultern.

Als er eine Stunde später seinen Spaziergang in Shadwell beendete und in die DLR-Bahn steigen wollte, fiel ihm ein, dass er mit dem Auto nach Limehouse gefahren war. Sein Mini parkte in der Narrow Street. Sein Skateboard lag im Kofferraum. Mit einem Seufzen kehrte er um.

*

LESTER

27. September – 21:44 Uhr

Aus Angst, gehört zu werden, verließ er das Schlafzimmer nicht. Eine knackende Holzdiele, seine Bewegungen oder ein Hustenreiz – das Risiko war zu groß, sich zu verraten. Wie gern würde er durch den Spion schauen. Wer kam so spät bei Erin vorbei? *Jemand, der nicht weiß, dass sie in den Bergen ist.*

Ein Gefühl des Triumphes und der Überlegenheit durchflutete ihn. Er wusste mehr über Erin als die Person vor der Wohnungstür. *Erin gehört mir.*

Er hatte Glück im Unglück gehabt, dass er das Licht in der gesamten Wohnung ausgeschaltet hatte, bevor er ins Schlafzimmer gegangen war. Nur die Musikanlage hatte eine dämmerige Beleuchtung verursacht. Er hatte sie sofort ausgeschaltet, als es an der Tür klingelte – auch wenn das vielleicht schon zu spät gewesen war. Der Lichtschein könnte durch das Fenster nach draußen gefallen sein.

Doch die meisten Besucher kamen von der Limehouse Station auf das Gebäude zu, und von dieser Seite war Erins Schlafzimmer nicht einsehbar.

Die Musik selbst war das größere Problem. Er war zu leichtsinnig gewesen. Hatte sich der Klang aus den Boxen bis in den Flur übertragen? Doch selbst, wenn die Person draußen etwas gehört haben sollte – man würde ihm nichts nachweisen können. Es gab keinen Grund, sich den Kopf zu zerbrechen.

Er spitzte die Ohren. Hat der Besucher den Flur verlassen?

Sein Puls beruhigte sich. Er lag mit allen vieren von sich

gestreckt auf Erins Bett. Er starrte an die Decke. Vollkommene Dunkelheit umgab ihn.

Das Gefühl von Überlegenheit verschwand so schnell, wie es gekommen war. Seine Stimmung wurde mit jedem Atemzug schlechter.

Es könnte eine Bekannte gewesen sein. Ein Kollege. Oder war es … Nein. Nicht der Makler. Zu spät. Die Idee setzte sich in seinem Kopf fest, untermauert von seinen Beobachtungen in Soho.

Es konnte nur der Makler gewesen sein. Rhys White hatte es versaut. Der Typ war im Begriff, alles zu versauen. Rhys White war ein Problem.

Er sprang vom Bett auf. Mit fahrigen Bewegungen strich er die Decke glatt. Plötzlich konnte er keine Sekunde länger in Erins Wohnung bleiben. Er stöpselte die Anlage aus der Steckdose, machte einen Rundgang durch die Wohnung, kontrollierte, ob alles so war, wie er es vorgefunden hatte.

Mit einem Zug leerte er das Weinglas, wusch es ab und stellte es zurück ins Regal. Er traute sich nicht, das Licht in der Küche anzuschalten, erlaubte sich nur den Schein der Lampe im Flur zum Aufräumen.

Er hielt einen Augenblick inne und lauschte an der Wohnungstür. Er wurde das Gefühl nicht los, dass der Besucher sich irgendwo versteckt hielt. Doch aus dem Hausflur war nichts zu hören. Er schaute durch den Spion. Die Luft schien rein. War er paranoid? Mit angehaltenem Atem öffnete er die Tür.

Das Licht im Gang flackerte. Die Halogenröhre war seit Tagen kaputt. Der Hausmeister interessierte sich nicht für die Belange des Hauses. Irgendwo kläffte ein Hund.

Schnell schlüpfte er aus Erins Wohnung. Sie war nicht mehr so sorglos wie bei ihrem Einzug. Sie schloss jetzt immer zweimal ab. Eine Vorsichtsmaßnahme vor Einbrechern. *Wirkungslos bei Nachbarn, die einen Schlüssel haben.*

Das Umdrehen des Schlüssels dauerte eine Ewigkeit.

Zurück in seiner Wohnung, in Sicherheit, ging er sofort zu seiner Trainingsstange. Er machte so viele Klimmzüge, bis der Schweiß an seinem Rücken herunterlief und in seinem Kopf nur noch ein Gedanke dröhnte: *Rhys White muss weg.*

21

RHYS

Er konnte seinen Job genauso gut direkt an den Nagel hängen. Bevor er von dem Drachen zu Recht rausgeschmissen wurde, wäre es das Beste, selbst zu kündigen. Nicht nur, dass er alle Vorschriften missachtet und Daten von Kunden für private Zwecke nutzte, nein, jetzt stand er auch noch vor Liz Hughes' Friseursalon am Newington Green und überlegte, wie er sein Anliegen am besten formulierte. Er hatte in der Akte einen Hinweis auf den Beruf der Mieterin gefunden. Der Salon, in dem sie vor einem Jahr gearbeitet hatte, existierte nicht mehr. Doch Liz Hughes war ihrem Job treu geblieben und hatte sich selbstständig gemacht. Das Internet hatte ihm die Adresse, Fotos und die Preisliste ausgespuckt. Vorausgesetzt, es gab nur eine Hair Stylistin in London mit diesem Namen. Mit ihr würde er anfangen. Danach würde er systematisch die anderen Mieterinnen suchen. Inklusive der Frau, die nach Australien gezogen war.

Er betrat den Salon. Ein chemischer Geruch schlug ihm entgegen.

»Ich habe einen Termin«, sagte er zu der jungen Frau an der Empfangstheke. Da er ohnehin einen Haarschnitt brauchte, hatte er entschieden, seine Nachforschungen auf dem Friseurstuhl zu führen. Seit seinem erfolglosen Besuch bei Erin bekam er seine Unruhe nicht in den Griff.

»Folgen Sie mir.« Die Frau bedeutete ihm mit einer Handbewegung mitzukommen und führte ihn in den hinteren Teil des Salons. Außer ihm war keine weitere Kundschaft da. Die Wände waren übersät mit Bilderrahmen in verschiedenen Größen. Porträt-Fotografien in Sepia.

Sie platzierte ihn auf einem Stuhl neben dem Fenster. »Ich sage Liz Bescheid.« Schon stakste sie auf ihren hohen Absätzen davon und verschwand durch einen Vorhang, mit dem ein Bereich des Ladens abgetrennt war. Der Vorhang erinnerte ihn an die Gardine im Gästezimmer seiner Eltern.

Er lehnte sich nach hinten. Das Licht der Scheinwerfer über seinem Kopf betonte erbarmungslos die dunklen Schatten unter seinen Augen.

»Schneiden?« Liz Hughes stand plötzlich hinter ihm. Mit einem Blick hatte sie das Problem erkannt.

»Schneiden«, bestätigte er.

Liz Hughes schien ein Fan von Piercings zu sein. Sie trug einen Stecker an der Augenbraue. An der Lippe zierte ein Ring ihr Gesicht. Als sie ihn anlächelte, entblößte sie an ihrem rechten Eckzahn einen Glitzerstein. Im Kontrast dazu trug sie keinerlei Make-up. Eine graue Maus mit einem Faible für Schmuck im Gesicht.

Den größten Teil der Konversation bestritt Liz mit der Geschichte über eine Kundin, die sich am Vortag ihre langen Haare erst blond und dann rot hatte färben lassen, nur um sich dann spontan für einen Kurzhaarschnitt zu entscheiden. Liz war über fünf Stunden mit der Frau beschäftigt gewesen.

Als sie die Hälfte seiner Haare geschnitten hatte, fragte sie: »In welchem Stadtteil wohnst du?«

Auf diese Frage hatte er gehofft. Nun konnte er das Gespräch in die gewünschte Richtung lenken. »Soho«, sagte er.

Sie schaute ihn überrascht an. »Ist das nicht anstrengend?«

»Ich mag den Trubel.« Er lachte. »Und du?«, fragte er.

»Stokey.« Sie nickte Richtung Fenster. »Keine zehn Minuten entfernt. Ich mag die Ruhe«, fuhr sie fort. »Trotzdem gibt es Möglichkeiten auszugehen. Und vor allem: keine Touristen.« Liz verzog das Gesicht. »Ich habe für Leute, die den Gehweg mit ihren Kameras blockieren, keine Nerven. Stoke Newington ist perfekt.«

Vielleicht lag es an der Tatsache, dass Liz ihn mochte. Oder daran, dass sie einen sechsten Sinn hatte. Ungefragt gab sie die Auskunft, die er brauchte. »Vorher habe ich in Limehouse gewohnt.« Sie schüttelte sich. »Ein halbes Jahr habe ich ausgehalten.«

Sieben Monate, um genau zu sein. »Wieso?« Dankbar nahm er den Ball auf.

Mit einem Kamm zog sie eine Strähne zur Seite. Sie schwieg.

»Die Lage an der Themse ist doch toll. Die Schleusen und Docks.« Er schaute sie an. »Ich bin Makler.« Er verzog das Gesicht zu einer Grimasse. »Ich habe gerade eine Wohnung in der Narrow Street vermietet.«

Der Effekt war frappierend. Die Überraschung über den vermeintlichen Zufall war Liz ins Gesicht geschrieben. Er hatte die richtige Liz Hughes vor sich. Daran bestand kein Zweifel mehr.

»Direkt am Limehouse Basin«, legte er nach. Liz schwieg,

und er konnte sehen, dass sie nachdachte. Sie war misstrauisch. Mit geübten Bewegungen flogen ihre Finger samt Schere über seinen Kopf. »Ich hatte Pech mit einem Nachbarn«, sagte sie, ohne preiszugeben, wo in Limehouse sie gewohnt hatte. Doch ihr Gesicht hatte sie verraten.

»Aha.« Er tat unbeteiligt. Die meisten Leute wollten früher oder später ihre Geschichte erzählen. Man musste nur Geduld haben. Es dauerte weniger als eine Minute.

»Der Kerl hat ständig im Hausflur auf mich gewartet. Lungerte vor meiner Wohnungstür herum. Es war furchtbar.« Sie verzog das Gesicht. »Und dann sein Blick …« Sie schüttelte den Kopf. »Tot.« Sie starrte ihn an, als sei sie mit offenen Augen ins Koma gefallen. »Du gucktest dem ins Gesicht und – nichts. Da war kein Leben drin.« Sie legte die Schere zur Seite und griff in ein Regal. »Rasieren?«

Für einen Moment konnte er ihr nicht folgen. »Was?« Er schaute sie an.

Sie hielt das Schergerät hoch. Ihre Finger zeigten über seine Ohren. Er nickte. »Hast du ihm je Anlass für seine …«, er suchte nach einem Wort, »… Kontaktaufnahme gegeben?«

Sie schaute ihn an. Auf ihrer Stirn bildete sich eine Falte. Sie war auf der Hut. »Nein.« Mit Vehemenz schüttelte sie den Kopf.

Sie begann, seine Haare an den Seiten zu kürzen. »Ich hatte eine Wohnung im Erdgeschoss. Der Typ wohnte weiter oben. Nach einigen Monaten fing er an, vor meinem Fenster aufzutauchen. Stand auf dem Gehweg und guckte rein. Morgens. Abends. Er hat mich ausspioniert. Sogar an meinem Auto habe ich ihn einmal erwischt.« Sie presste ihre Lippen aufeinander. »Der Besitzer vom Kanuverleih gegenüber hat mich eines Tages zu sich gewinkt, als ich nach Hause kam. Er hatte einen Mann beobachtet, der über die Terrasse aus meiner Wohnung gekommen war. Leider war er zu weit weg gewesen, um das Gesicht zu erkennen. Er glaubte an einen Einbrecher. Ich wusste es besser. In meiner Wohnung fehlte nichts. Aber der Deckel meiner Toilette war aufgeklappt. Ich mache ihn zu. Immer. Mir war sofort klar, was passiert ist. Ich habe Stunden mit der Reinigung der ganzen Wohnung zugebracht.« Sie schüttelte sich. »Ein Einbruch wäre mir lieber gewesen.«

»Warum hast du dich nicht beschwert? Bei der Verwaltung? Gab es keinen Hausmeister? Wie ist der Typ in deine Wohnung gekommen? Durch die Terrassentür?« *Wo ist Erins Zweitschlüssel?*

»Der Typ war clever. Es gab nie einen Beweis. Immer wieder standen in den folgenden Monaten Gegenstände falsch. Er muss einen Schlüssel gehabt haben. Ich dachte ein paar Mal, ich verliere den Verstand. Gaslighting.« Sie klopfte ihm die geschorenen Haare von den Schultern.

»Gaslighting?«, fragte er.

»Das Manipulieren der Realität eines Opfers. Durch Worte, die man leugnet, gesagt zu haben. Durch Gegenstände, die an falschen Orten stehen. Das Ganze wird vom Täter über einen längeren Zeitraum wiederholt. Steter Tropfen höhlt den Stein. Das Opfer zweifelt zunehmend an seinem Verstand und der eigenen Wahrnehmung. Was gibt es Schlimmeres, als dem eigenen Kopf nicht mehr trauen zu können?«

»Woher stammt der Begriff?« Er hatte noch nie davon gehört.

»Gaslight ist der Titel eines Theaterstücks. Dreißiger Jahre. Filme gibt es auch.«

Fasziniert starrte er Liz an. »Wie perfide.« Er schüttelte sich. »Es geht um Macht.«

Sie reichte ihm einen Spiegel. »Kurz genug?«

»Perfekt«, bestätigte er mit einem Nicken. »Hast du mit anderen Mietern darüber gesprochen?«

»Ich habe nicht lange genug dort gewohnt. Aber bei einer Gelegenheit wäre es fast dazu gekommen. Er hat mich im Fahrstuhl auf dem Weg in den Keller anzüglich berührt.«

»Was?« Rhys richtete sich auf.

»Er hat es wie ein Versehen aussehen lassen. Bei jedem anderen Nachbarn hätte ich mir nichts dabei gedacht. Und tatsächlich kann ich bis heute nicht sagen, ob ich mir das Ganze vielleicht nur eingebildet habe.« Sie zuckte mit den Achseln. »Ein Spiel mit der Macht.«

»Was ist passiert?«

»Ach …« Sie zögerte. Ihre Auskunftsbereitschaft hatte eine Grenze erreicht. »Perverse gibt es überall. Der Trick ist, sie zu erkennen und ihnen aus dem Weg zu gehen.«

»Für uns als Maklerfirma ist so eine Information von Bedeutung.«

Sie knickte ein. »Der Typ stand hinter mir im Fahrstuhl. Ich beugte mich nach unten, um meine Tasche aufzuheben. Zwei Sekunden. Als ich wieder hochkam, stieß mein Po gegen seinen Schritt. Er war in der Zwischenzeit näher gekommen. Er presste sich an mich. Ich konnte ihn spüren … Alles.« Sie brach ab. »Es war ekelerregend.«

»Hast du ihn zur Rede gestellt?«

»Ich habe ihn gefragt, was das soll.«

»Wie hat er reagiert?«

»Er hat sich dumm gestellt. Dann ging der Fahrstuhl auf,

und Nachbarn sind dazugestiegen. Ich habe überlegt, es zu melden. Habe mich aber dagegen entschieden. Ich wollte kein Drama.«

»Und dann?«

»Mir hat Limehouse als Stadtteil eh nicht gefallen. Ich musste da weg.« Den letzten Satz sagte sie mit Nachdruck in der Stimme. Sie hatte das Thema abgehakt. Er war ein Kunde und der Haarschnitt erledigt. Wie zur Bestätigung nahm sie den Umhang von seinen Schultern. »Bezahlt wird vorne.«

Doch er war noch nicht fertig. »Kannst du dich an den Namen erinnern?« Er spielte mit dem Feuer. Sie hatte nicht bestätigt, dass es sich überhaupt um die Narrow Street 63a handelte.

Er hatte Glück. Sie schien sich nicht zu wundern.

»Lester Sharp.«

Er zog die Tür des Friseursalons hinter sich zu und blieb auf dem Gehweg stehen. Es gab mehr als einen Wohnkomplex in der Narrow Street. Doch er wusste, dass es dasselbe Haus war.

Er würde mit dem Besitzer des Kanuverleihs sprechen. Er hatte jetzt einen Namen. Zuerst aber würde er die Liste der aktuellen Mieter abgleichen, und versuchen herauszufinden, ob Lester Sharp überhaupt noch in dem Gebäude wohnte. Lebte er in einer Sozialwohnung? War er Eigentümer? Hatte er gemietet? Von *Suttons & Meyers* oder privat? Er musste Antworten auf seine Fragen finden. Je nachdem, was er herausfand, würde er Erin vorschlagen, in seiner Wohnung in Soho unterzukommen. Noch wusste er nicht, wie er ihr diese

Idee verkaufen sollte. Sie war ja gerade erst eingezogen. Aber er würde das regeln. Sie würde kein Geld verlieren. Mit dem Drachen wurde er fertig.

*

LESTER

29. September – 13:59 Uhr

Es roch muffig in seinem Keller. Ähnlich den Katakomben im *Lost Property Office* quollen die Regalfächer über. Dennoch kam seine Unordnung im Keller nicht im Ansatz an das Chaos heran, das Bernard in seiner Wohnung zelebriert hatte.

Und die Dinge, die sich in seinem Keller befanden, waren im Gegensatz zu denen im Fundbüro nicht verloren gegangen – sie gehörten ihm allein. Auch ein offizielles Register gab es nicht, wobei er sich in der Vergangenheit öfter gewünscht hatte, eines angelegt zu haben. Neben zwei Fahrrädern, die er nie benutzte, einer Sammlung Gin-Flaschen, deren Etiketten verblasst waren, Lebensmitteln, von denen er kaum aß, und einem Gefrierschrank, für den in der Wohnung kein Platz war, befand sich in einem Schrank, ganz hinten im untersten Fach, eine alte Kiste. *Die* Kiste.

Überrascht hielt er inne, als er sie nach vorne ziehen wollte. Sie war nicht schwer, doch ihr Boden klebte am Schrankfach fest. Er hatte alle Mühe, sie überhaupt zu bewegen. Staub und Feuchtigkeit hatten das Holz aufquellen lassen und eine Einheit mit dem Unterboden des Schranks gebildet. Mit aller Kraft zog er die Kiste ruckweise vor.

Er hatte sich krankgemeldet. Ihm steckte der Schreck über

den Vorfall in Erins Wohnung in den Gliedern. Das Ganze hätte Erin in unerreichbare Ferne katapultieren können. Eine gute Erklärung für seine Anwesenheit in ihrer Wohnung, auf ihrem Bett liegend, in der Dunkelheit, hätte es nicht gegeben.

Seit Jahren hatte er die Kiste nicht geöffnet; nicht bewegt – aus Angst, die Erinnerungen würden ihn überwältigen. Zu eng war jener Abschnitt seines Lebens mit der Erinnerung an Shannon verknüpft und der unaufhaltsamen Kette von Ereignissen, die sein Leben und Teile seiner Zukunft zerstört hatte.

Sein abgebrochenes Studium in Medical History hatte ihm keinerlei Berufschancen ermöglicht. Dennoch hatte er alles aufgehoben, was ihn an seine Leidenschaft erinnerte: neben den Unterlagen auch die Instrumente.

Kurz darauf starrte er auf seine Errungenschaften. Das Blasenzystoskop, die Nurse Chatelaine, eine Kette, die sich Krankenschwestern umgehängt hatten, um alle Utensilien griffbereit zu haben, und die Schimmelbuschmaske – alles lagerte ordentlich in Zeitungspapier eingewickelt in der Kiste. Er nahm die Schimmelbuschmaske. Sie war der Grund, warum er vor der Kiste kniete. *Der Grund, warum ich die Büchse der Pandora öffne.*

Die Betäubungsmaske bestand aus einem einfachen Drahtgestell, das über Mund und Nase gelegt wurde. Von dem deutschen Arzt, Dr. Schimmelbusch, Ende des 19. Jahrhunderts erfunden, verhinderte dieses Narkoseinstrument einen Kontakt der Haut mit Äther oder Chloroform. Damals war es das modernste Instrument, das man sich vorstellen konnte, in der heutigen Zeit wirkte es jedoch eher abschreckend. Funktionstüchtig und effektiv war die Maske noch immer. In Sekundenschnelle hatte man einen Menschen damit außer Gefecht gesetzt. Er hatte dieses Exemplar bei einer Haushaltsauflösung erstanden. Schätzungen zufolge war diese Schimmelbuschmaske das letzte Mal vor mehr als hundert Jahren genutzt worden. Seine Finger glitten über das Metall.

Noch immer wartete er darauf, dass im Fundbüro etwas Vergleichbares abgegeben wurde. Doch außer einem alten Stethoskop war bisher nichts in der Art im öffentlichen Nahverkehr Londons verloren gegangen. Das lag weniger an der Sorgfalt der Leute – viel wertvollere Dinge wurden vermisst – als an dem Seltenheitswert der Instrumente. Die meisten von ihnen befanden sich in Museen oder waren in privatem Besitz.

Seine Finger fuhren weiter über die Maske. Durch wie viele Hände das Instrument wohl gewandert war? Hatte ein Mensch trotz oder gerade wegen der Nutzung dieser Schimmelbuschmaske mit dem Leben bezahlt? Operationen waren in der Vergangenheit nicht zuletzt wegen der Betäubung ein großes Risiko gewesen. Einige Ärzte hatten sogar auf eine Narkose verzichtet, da sie die Schmerzensschreie als Teil ihrer Arbeit am Menschen ansahen. Die Verwendung von Äther und Chloroform führte zwar dazu, dass die Leidenden sich kaum erinnern konnten, was in den letzten Tagen mit ihnen passiert war, und einige blieben für immer verwirrt zurück, aber das war nicht unbedingt von Nachteil. In jedem Fall war es das kleinere Übel. Die Schimmelbuschmaske hatte Leuten eine Operation bei vollem Bewusstsein erspart.

Er legte die Maske zur Seite und begann, ein Instrument nach dem anderen auszuwickeln. Mit jedem Griff in die Kiste schlug sein Herz schneller. Ein Kloß bildete sich in seinem Hals. Es waren nicht die Instrumente, die ihn aus der Bahn warfen. Es war die Anstrengung, nicht an jenes eine Instrument seiner Sammlung zu denken, das er nicht mehr besaß.

22

ERIN

Eine Hand legte sich von hinten um ihre Hüfte, als sie das kochende Wasser über den Tee goss. Rhys gab ihr einen Kuss in den Nacken. Sie drehte sich zu ihm. »Dein neuer Haarschnitt gefällt mir.« Sie musterte sein Gesicht. Seine Lippen waren schmal. Erst heute fiel ihr das auf. Als hätte ihr Gehirn plötzlich angefangen, Details zu verarbeiten. An der Oberlippe hatte er zwei Sommersprossen. Der Rest seines Gesichts, vor allem die Stirn, war übersät damit. »Irgendwann werde ich deine Sommersprossen zählen«, sagte sie. Im nächsten Augenblick musste sie lachen. »Das ist das Kitschigste, was ich je gesagt habe.«

Rhys zog sie näher an sich heran. Sie spürte seinen Bart an ihren Wangen, seine Lippen auf ihren. Dann seine Zunge.

Ihr Ausflug in den Lake District war genauso verlaufen wie erwartet. Der Abstecher in die Berge hatte ihr gegeben, was sie brauchte. Abstand. Beruhigung. Inspiration. Eine klare Sicht. Die Stunden, die sie auf dem Helvellyn gewandert, ja, balanciert war – so steil fielen die Bergwände an den Seiten ab –, hatten ihr bestätigt, wie schnell alles vorbei sein konnte.

Es hatte ihre Prioritäten geordnet, ihr gezeigt, was wichtig war. Sie konnte es kaum erwarten zurückzukehren. Die Zeit nach der Show, ihre Planung, ihre Ideen, alles wurde konkreter. Sie war auf dem richtigen Weg, hatte das Ziel vor Augen. Es fühlte sich gut an. Sie hatte ein weiteres Buch über die Region gekauft. Mit Karten und Wanderrouten. Eine Zeitschrift mit Informationen, wie man das Wetter deutete und worauf man beim Scrambling achten musste, jener Kletter-Technik, die man auf dem Helvellyn anwendete. Sie saugte jedes Detail auf. Sie würde wieder dorthin fahren – der ultimative Trip erwartete sie. Allein bei dem Gedanken schoss ihr das Adrenalin ins Blut.

Ihr Fuß hatte die Wanderung ohne Probleme mitgemacht. Ein Test. Sie hatte den Ausflug auf den Berg dennoch so knapp wie möglich gehalten. Sie wollte kein Risiko eingehen. Die Show war eine Verpflichtung. Der Trip war nur eine Generalprobe gewesen.

»Ich bin froh, dass der Drachen Geld in eine neue Website investiert hat«, sagte Rhys. »In unser Büro wärst du mit Sicherheit nicht per Zufall gekommen.«

Erin lachte. »Das würde ich nicht sagen.« Noch immer konnte sie kaum glauben, dass sie mit einem Mann in ihrer Küche stand. Einem Mann, der ihr gefiel. Trotzdem war sie vorsichtig. Sie passte auf ihre Worte auf. Wollte ihm nicht mehr versprechen, als sie bereit war zu geben. Sie musste ihn etwas auf Abstand halten. Durfte sich nicht zu sehr verlieben, nicht zu sehr fallen lassen – das hatte sie noch nie und würde sie auch jetzt nicht.

»Hast du morgen Abend Zeit?« Ihre Frage stand im Gegensatz zu ihren Gedanken. »Meine Kollegen wollen ins Pub. Die guten Kritiken feiern. Ich trinke zwar nicht, aber habe versprochen mitzugehen.«

»Ich habe die Artikel gelesen. Gratulation.« Er wollte sie enger an sich heranziehen. Doch sie wand sich aus seiner Umarmung und ging zum Gefrierschrank. Ihre Knie knackten, als sie in die Hocke ging. Sie füllte Eiswürfel in einen Beutel. »Ich muss meinen Fuß kühlen.« *Dieser verdammte Knochen.*

»Deine Knie klingen so, wie meine sich seit Tagen anfühlen.« Er seufzte. »Ich habe es mit dem Schwimmen übertrieben.« Er griff sich an die Innenseite des Beins. Sie hielt ihm den Beutel mit dem Eis entgegen. »Wir können teilen.« Dann fragte sie mit einem Grinsen: »Schwimmen oder Skaten?«

»Schwimmen«, sagte er mit Nachdruck und grinste ebenfalls. Dann verschwand sein Lachen. »Ich wollte dich noch etwas fragen«, sagte er unvermittelt, ohne nach dem Eis zu greifen. »Was hast du für die Zeit nach der Show geplant?«

Konnte er Gedanken lesen? »Was meinst du?« Mit der Gegenfrage gewann sie Zeit.

Es war zu früh für jede Art von Verbindlichkeit. Sie war nicht gut darin, sich einnehmen zu lassen. Sie wollte selbst über ihre Zukunft bestimmen. Entscheidungen treffen, weil sie es wollte und nicht, weil es das Einfachste war, ein Angebot anzunehmen. Sich treiben lassen und die Gelegenheiten, die sich boten, beim Schopf zu greifen – das war nicht ihre Welt. »Angst vor Kontrollverlust« würde ein Psychologe es nennen.

»Hast du ein neues Engagement?«, fragte Rhys. Er räusperte sich. »Ich habe eine Auszeit geplant.« Er schaute sie an. Seine Augen verrieten, dass er auf eine Antwort wartete. Die Antwort auf die Frage, die er nicht gestellt hatte. Sie schwieg.

»Hast du Lust auf Südfrankreich?«, fragte er. Er hatte ihr Zögern bemerkt. »Thailand?« Er lachte unsicher. »Ich will das echte Leben sehen«, sagte er. »Ein paar Monate. Ein Jahr. Das ist der Plan.«

Sie lächelte. »Eine Auszeit ist nicht das *echte* Leben.« Für eine Sekunde sah sie Enttäuschung in seinen Augen. Er hatte sich eine andere Reaktion von ihr gewünscht. Nichts war schöner, als die Sehnsucht nach Freiheit und Unabhängigkeit zu teilen. Pläne zu schmieden. »Lass mich die Show zu Ende bringen.« Sie strich ihm über den Arm. »Ich habe jetzt keinen Kopf für Pläne. Aber ich kann dich beruhigen. Es gibt keine neue Show.«

Rhys schaute sie an, als würde er noch was sagen wollen. Dann zuckte er mit den Schultern.

Sie reichte ihm den Becher mit dem Earl Grey. »Milch?« Sie konnte seinen Wunsch nachvollziehen. Einen Schlussstrich ziehen. »Es ist kein Nein.«

»Klar«, sagte er. Er legte den Beutel mit den Eiswürfeln zur Seite und nahm den Tee, den sie ihm entgegenhielt. Sein Blick war ernst, und doch strahlte Rhys so viel Wärme aus, dass man sich seiner Herzlichkeit nur schwer entziehen konnte. Sie ging zum Kühlschrank, um die Milch zu holen. Als sie nach dem Kanister griff, fiel ihr Blick auf die Weinflasche. Sie stutzte. Über die Hälfte des Chardonnays war leer. Hatte sie so viel davon getrunken? Das konnte nicht sein.

Sie nahm die Flasche. Wann hatte sie zuletzt ein Glas von dem Wein gehabt? »Warst du in meiner Wohnung?«, entfuhr es ihr. Sie wusste, wie es für Rhys klingen musste.

»Nein.« Er schaute sie überrascht an. »Ich würde nie ohne Einverständnis deine Wohnung betreten.« Er wurde rot. »Wie kommst du da drauf?«

Warum wurde er rot? Sie versuchte, sein Gesicht zu lesen, wollte jede Unsicherheit erkennen. Hatte er ein schlechtes Gewissen? Sie ging einen Schritt zurück.

»Ist etwas nicht in Ordnung?« Er klang alarmiert. Ihre Gedanken rasten. Sie dachte an den Slip auf ihrem Wäscheständer.

»Ich frage mich, was mit dem zweiten Schlüsselsatz des Vormieters passiert ist«, sagte sie schließlich. Sie beobachtete jede Regung in seiner Mimik.

»Das kann ich dir nicht beantworten.«

Er kam auf sie zu und streckte seine Hand vorsichtig nach ihrer Wange aus. »Was ist los?«

Sie drehte den Kopf zur Seite, stellte die Weinflasche zurück in den Kühlschrank. Sie atmete tief ein. Mit Schwung machte sie die Tür zu. »Ich sehe Gespenster.«

*

LESTER

29. September – 19:34 Uhr

Mit Hilfe eines Pinsels und eines terpentingetränkten Tuchs waren alle Schätze aus der Kiste gereinigt. *Alle, bis auf das eine.*

Steriler hatten die Menschen Anfang des zwanzigsten Jahrhunderts die Gerätschaften in den Krankenhäusern und Arztpraxen auch nicht gesäubert. Im Gegenteil.

Er starrte auf die medizinischen Werkzeuge, die in Reih und Glied auf seinem Küchentisch lagen. Je länger er auf die Schimmelbuschmaske schaute, desto intensiver schob sich das Gesicht von Rhys White dahinter. Die Nase und der Mund des Maklers, verdeckt von der Betäubungsmaske, seine Augen geschlossen, die Wirkung der Narkosemittel setzt ein. Mit seiner anderen Hand hält er den Makler fest. Seine Finger umgreifen seinen Hals. Fixieren den Mann. Er soll sich nicht bewegen. Innerhalb weniger Sekunden verliert er das Bewusstsein …

Lester nahm die Utensilien, mit denen er die Instrumente gereinigt hatte, und warf sie ins Spülbecken.

Er ging ins Badezimmer. Sein Badezimmer war nicht mehr nur sein Badezimmer. Sein Badezimmer war zu einem Abhörposten geworden und gleichzeitig zu einem Raum, in dem er sich entspannen konnte, in dem er – wie auf einem Sofa vor dem Fernseher sitzend – zuschauen, nein, zuhören konnte, was in der Nachbarwohnung passierte.

Doch als er sich auf den Hocker neben dem Waschbecken setzte, war er zum ersten Mal nicht sicher, ob er wirklich hören wollte, was passierte. Der Makler war zu Besuch. Er hatte ihn gesehen. Durch den Spion hatte er Erin und ihn beobachtet. Erin, wie sie mit rotem Lippenstift auf dem Mund in einem Kleid die Wohnungstür geöffnet hatte. Rhys White, wie er sich runterbeugte, sie geküsst hatte. Als hätten sie sich seit Wochen nicht gesehen.

Stimmen waren zu hören. Ein kontinuierliches Gemurmel im Hintergrund. Ein Lachen von Erin durchbrach die Wand, so laut, als habe sie es nur für ihn durch das Gemäuer geschickt.

Er konnte nicht verstehen, was gesprochen wurde. Sie mussten in der Küche sein. Mit dem Kopf zwischen den Händen wartete er ab.

Seine Geduld wurde belohnt. Der Lautstärke der Stimmen nach gingen Erin und der Makler Richtung Schlafzimmer. *Sie werden doch nicht …?*

Er sprang auf, wollte es nicht hören. Ihr Stöhnen. Die Dinge, die sie zu dem Makler sagte. Erst flüsterte. Dann schrie. Das Stoßen und Keuchen. Das Bett, wie es rhythmisch gegen die Wand gestoßen wurde. In seinem Kopf lief ein Film, den er nicht stoppen konnte.

Doch nichts passierte. In ihrem Schlafzimmer blieb es still. Er wurde nervös. Dann hörte er eine Tür. Einer von beiden betrat das Badezimmer. Ihr Spiegelschrank wurde geöffnet. Er hielt den Atem an. Natürlich. Die Kondome. Er hatte die Packung selbst gesehen.

»Hier ist das Eisspray.« Erins Stimme klang so nah, dass Lester unwillkürlich einen Schritt zurückwich.

»Ich werde eine Weile pausieren.« Die Stimme des Maklers war tief. Die Tür des Spiegelschranks fiel mit einem Klappern zu.

Keine Kondome. *Wozu brauchen sie Eisspray?*

»Das ist alles deine Schuld.« Rhys lachte.

»Ach ja?«

»Wärst du Dienstagabend zu Hause gewesen, hätte ich mich nicht im Pool abreagieren müssen.«

Lester unterdrückte einen Aufschrei. Rhys White hatte also tatsächlich an jenem Abend vor der Tür gestanden.

Er hatte seinen Abend in Erins Wohnung zerstört. Und er war im Begriff, *alles* zu zerstören.

»Zwölf Grad Außentemperatur, und du gehst ins Freibad.« Erin ging auf den Vorwurf nicht ein.

»Das Wasser ist geheizt.«

Stand sie in Unterwäsche im Badezimmer? Die mit der Spitze? Und in einem der schwarzen Tops, die sich so weich angefühlt hatten? Bei der Vorstellung wanderte seine Hand in die Hose.

»Weil wir eben von dem zweiten Schlüsselsatz gesprochen haben … Das war übrigens der Grund, warum ich am Dienstag hier war. Ich wollte dir den neuen Schlüssel bringen«, sagte der Makler. Ein nervöses Lachen.

Lester zog die Hand aus der Hose. Ein neuer Schlüssel? War Erin aufgefallen, dass der Ersatzschlüssel fehlte? Oder war der Hausmeister der Übeltäter, der nichts Besseres zu tun hatte, als die Hausverwaltung anzuspitzen?

»Ich habe den Schlüssel bei Bill hinterlegt«, sagte Rhys.

»Tut mir leid, dass ich nicht da war.«

»Wo warst du denn?«, fragte Rhys. Einen Moment war Stille. Die Spannung übertrug sich bis in sein Badezimmer. Lester legte ein Ohr an die Fliese. Er hörte das Zögern in Erins Stimme. »Unterwegs.«

»Da wollte ich auch schon immer mal hin.« Rhys lachte. Es war ein enttäuschtes Lachen.

Erin wich den Fragen des Maklers aus. Seine Laune stieg. Ihre Stimme, ihre Reaktion verrieten, dass sie Rhys White nicht vertraute. *Wo warst du? – Unterwegs.*

Der Makler hatte keine Ahnung. Er hatte sich mit der falschen Frau eingelassen.

23

LESTER

30. September – 21:42 Uhr

Der Sitznachbar neben ihm stank nach Bier. Quälend langsam fuhr der Bus die Rosebery Avenue hinauf. Die Show in der *Clerkenwell Dance Company* würde in wenigen Minuten vorbei sein. Eine Mutter mit einem Kinderwagen stieg in den Bus. Eine Ewigkeit verging, bevor der Fahrer Gas gab und weiterfuhr.

Seit ihrem Ausflug in den Lake District hatte Erin kaum telefoniert. Die wenigen Male, die er sie hatte sprechen hören, waren oberflächliche, kurze Telefonate mit Bekannten gewesen, deren Namen er nicht kannte. Einmal ging es um eine Bestellung im Internet. Ein anderes Mal um einen Termin bei einer Physiotherapeutin.

Mit ihrer Mutter oder mit Kate hatte sie länger nicht telefoniert. Lag es daran, dass sie beide während ihres Ausflugs in den Norden getroffen hatte?

Die Anzeigetafel im Bus sprang auf die nächste Haltestelle. Lester drückte auf den Knopf.

Ein leichter Sprühregen fiel vom Himmel, als er ausstieg. Die Straßen waren nass. Er lief an dem Theater vorbei. Hinter dem Haupteingang, ein Stück die Straße hinauf, war die Stage Door für die Mitwirkenden der Produktion, wie er nun wusste. Er schaute sich um. Einige Hauseingänge, mit großen Bäumen davor, säumten den Gehweg. Sie wirkten wie Säulen. Die Bäume boten Schutz vor dem Regen. Er stellte sich hinter den Stamm einer Platane und wartete.

Die ersten Zuschauer kamen bereits aus dem Theater, verteilten sich in die Nacht. Die Show war vorbei. Er hatte es gerade rechtzeitig geschafft.

Ein Mann fiel ihm auf, der gegen den Strom direkt auf das Theater zulief. Lester verkrampfte sich. Mit großen Schritten und einem Blumenstrauß in der Hand kam der Typ geradewegs auf ihn zu. Lester kniff die Augen zusammen. War es der Makler? Ein bitterer Geschmack bildete sich in seinem Mund.

Rhys White nahm Erin komplett in Beschlag. Warum merkte sie nicht, dass sie manipuliert wurde?

Erst als der Mann nur wenige Zentimeter an ihm vorbeilief, realisierte er, dass es gar nicht der Makler war. Der Mann war viel älter und hatte helle Haare. Wie betäubt schaute Lester ihm hinterher, bis er um eine Ecke bog.

Dann, plötzlich, öffnete sich die Bühnentür, und Angestellte des Theaters traten auf die Straße. Er sah Erin, die mit zwei Kollegen vor der Tür stehen blieb und redete.

Er glaubte, einen der beiden Tänzer zu erkennen. Einer von ihnen hakte sich bei Erin ein. Eifersucht breitete sich in ihm aus.

Vorsichtig trat er aus dem Schatten des Baumes. In diesem Augenblick setzte sich auch die Gruppe in Bewegung. Er folgte in sicherem Abstand. Der Regen kam ihm jetzt gelegen.

Erin hatte einen Schirm aufgespannt. Das verhinderte, dass sie ihn aus dem Augenwinkel sehen konnte.

Gerade als er sich fragte, was das Ziel war, stoppten sie vor einem Pub. Erin zeigte auf die Tür des *Wilmington Arms*, und eine Sekunde später verschwand die Gruppe im Haus.

Lester blieb stehen. Und jetzt?

Unschlüssig ging er zu den Fenstern. Die Scheiben waren beschlagen. Dennoch konnte er die Schemen ihrer Köpfe sehen, die durch die Feuchtigkeit auf dem Glas zu einer amorphen Masse zusammengewachsen waren. Er erkannte Erin an ihrem Mantel. Sie stand an der Seite der Gruppe.

»Erin«, wollte er rufen. Stattdessen zog er seine Kapuze tiefer ins Gesicht. Er hatte dunkle Kleidung gewählt. Er war jetzt ein Schatten vor dem Fenster, bildete eine Einheit mit der Umgebung. Die Dunkelheit absorbierte ihn. Er trat noch ein Stückchen näher an das Fenster heran.

Erin stand mit dem Rücken zu ihm. Ahnungslos, dass sie beobachtet wurde.

Laut dem Aushang neben der Eingangstür hatte das *Wilmington Arms* bis 23 Uhr geöffnet. Er zögerte. Das war in einer Stunde. Sollte er auf sie warten? Wie in Soho, als er sie und Rhys beobachtet hatte, verharrte er vor dem Fenster. Die Kollegen, der Choreograph, Rhys, Kate, ihre Mutter – sie alle bekamen einen Teil von Erin. Für ihn blieb stets nur die Rolle des Zuschauers.

Eine Frau kam aus dem Pub, ein Bierglas in der Hand. Sie erschrak, als sie ihn erblickte, hatte ihn erst im letzten Moment wahrgenommen. Ihre Zigarette fiel zu Boden.

Sie ging einige Meter von ihm weg, nicht, ohne ihm einen abschätzenden Blick zuzuwerfen.

Er harrte noch eine Weile aus, wartete, doch als das Spritzwasser eines vorbeifahrenden Autos seine Hosenbeine durchnässte, beschloss er zu gehen.

Zumindest wusste er, mit wem Erin heute ihren Feierabend verbrachte. Hätte er zu Hause gewartet, hätte er sich gefragt, wo sie war. Hätte Rhys in Verdacht gehabt, ihre Zeit nach der Vorstellung zu stehlen. Was blieb, war die Genugtuung: Erin verbrachte den Abend nicht mit dem Makler.

Während der Bus ihn durch das nächtliche London zurück nach Limehouse fuhr, dachte er darüber nach, wie er den Kontakt zu Erin intensivieren konnte. Er brauchte eine Strategie. Er fühlte sich lebendig, wenn sie in seiner Nähe war. Doch nicht nur ihre Nähe machte einen Unterschied. Ihre Stimme, die Worte, die sie ihm sagte, selbst ihre Augen, die ihn musterten. All diese Dinge werteten ihn auf. Es fühlte sich jedes Mal an wie ein Ritterschlag. Erin machte ihn zu einem respektablen Teil der Gesellschaft. *Ihr Wert als Mensch hängt weder vom Urteil anderer ab noch von Ihrem eigenen.*

Eine verstärkte Kontaktaufnahme seinerseits hätte für Erin etwas Positives, denn er würde sie vor einem Fehler bewahren. Sie war sicher schlau genug, das zu erkennen. Sie würde den Makler abservieren. Und sie würde glauben – und Rhys glauben lassen –, dass es ihre eigene Idee gewesen war. Wenn Rhys erst aus ihrem Kopf war, würde sie sich *ihm* voll und ganz zuwenden. Erin würde erkennen, wie wichtig er, Lester, für sie war.

Die Fahrt dauerte über vierzig Minuten. Als er in der Narrow Street ankam und aus dem Bus stieg, fiel der Regen erbarmungslos auf ihn hinab. Trotz seiner Regenjacke war er in kürzester Zeit bis auf die Haut durchnässt. Es kümmerte ihn nicht. Etage für Etage stieg er die Treppenstufen hinauf. Auf jeder Stufe hinterließen seine Schuhe nasse Abdrücke. Ein roter Schal lag verloren auf einer Stufe in der vierten Etage. Das Material sah teuer aus. Kaschmir? Kurz überlegte er, von Tür zu Tür zu gehen, um den Besitzer ausfindig zu machen.

Nein. Er war müde. Er ließ den Schal auf der Treppe liegen.

Obwohl es noch nicht spät war, befand sich das Haus in der Nachtruhe. Außer dem leisen Hall seiner Schritte war kein Geräusch zu hören. Nicht einmal der Fernseher der Alten plärrte in das Treppenhaus.

Als er seine Wohnungstür aufschloss, bemerkte er aus dem Augenwinkel, dass Erins Wohnungstür nur angelehnt war. Überrascht blieb er stehen. Vierzig Minuten hatte der Bus gebraucht, um ihn bis nach Limehouse zu bringen. Fünf Minuten betrug der Fußweg von der Haltestelle bis zum Haus, und weitere fünf Minuten hatte er sich Zeit gelassen, die Treppe hinaufzusteigen. Erin konnte noch nicht zu Hause sein, sie konnte ihn nicht überholt haben. Hatte sie die Tür nicht richtig abgeschlossen? Trieb ein Einbrecher sein Unwesen in ihrer Wohnung?

Langsam ging er auf ihr Appartement zu. Er lauschte. Durch einen Spalt konnte er in das Innere der Wohnung schielen. Es war nichts zu hören. Vorsichtig steckte er seinen Kopf in ihren Flur. Die Wohnung lag im Dunkeln. War es nicht seine Pflicht, als Nachbar, nach dem Rechten zu sehen? Mit einem Zögern betrat er das Appartement.

Er traute sich nicht, das Licht anzuschalten. Die Wohnzimmertür war geschlossen. Irgendetwas ging hier vor sich. Hatte er ein Geräusch gehört?

Er blieb in der Mitte des Flurs stehen. War es wirklich erst ein paar Tage her, dass er auf ihrem Bett gelegen hatte? Gerade als er sich umdrehen wollte, unschlüssig, ob er den Rückzug antreten sollte, ging die Wohnzimmertür auf. Vor ihm stand Rhys White.

24

RHYS

»Wer sind Sie?« Rhys schaute den Mann an, der wie vom Donner gerührt erstarrte. »Was wollen Sie hier?« Rhys hatte Mühe, seine Wut zu verstecken. Aus der geöffneten Wohnzimmertür hinter ihm fiel Kerzenlicht in den Flur des Appartements. Die Schatten tanzten auf dem Gesicht des Eindringlings.

Rhys legte den Korkenzieher zur Seite, den er in der Hand hielt, und schaltete die Deckenlampe an. Grelles Licht erhellte mit einem Schlag den Flur.

Der Mann starrte ihn an. Seine Lippen bewegten sich. Doch es war kein Laut zu hören. Rhys sah, wie sein Blick sich verengte, sich voller Abscheu auf ihn konzentrierte. *Du guckst dem in die Augen und – nichts. Da ist kein Leben drin.* Liz' Worte fielen ihm ein. Im Gegensatz zu ihrer Aussage erkannte er durchaus Leben in diesen Augen: puren Hass.

Für einen Moment glaubte er, der Mann wollte ihn attackieren. Seine Nackenhaare stellten sich auf. Er bereute, den Korkenzieher weggelegt zu haben. Jetzt danach zu greifen, würde definitiv ein falsches Signal senden. Stattdessen lehnte er sich gegen den Türrahmen. Wartete auf eine Erklärung.

Der Mann hob die Schultern. »Die Tür stand offen. Ich habe mir Sorgen gemacht.«

»Sie haben sich Sorgen gemacht?« Rhys ging einen Schritt auf ihn zu.

Es hatte ihn einiges an Überredungskunst gekostet, Erin von seinem Vorhaben zu überzeugen, sie und ihre Kollegen heute Abend nicht ins Pub zu begleiten und dafür in ihrer Wohnung auf sie zu warten. Eine vorgeschobene Erkältung hatte ihr am Ende die Zustimmung entlockt. Recht war es ihr nicht gewesen, das hatte er gespürt.

Die Tatsache, dass Erin ihn bei seinem letzten Besuch gefragt hatte, ob er in ihrer Abwesenheit ihre Wohnung betreten hatte, hatte ihn alarmiert. Er musste seiner Vermutung nachgehen. Sie hatte ihm nicht gesagt, was los war, doch ihr Gesicht hatte verraten, dass etwas nicht stimmte.

Er hatte an Liz Hughes gedacht. An ihre Situation im Fahrstuhl. An Moo, der gesehen hatte, wie ein Mann aus Liz' Wohnung gekommen war. Der geöffnete Toilettendeckel. Dinge, die wie durch Zauberhand an der falschen Stelle standen.

Nachdem er im Büro einen Mieterabgleich vorgenommen hatte, war klar gewesen, dass Lester Sharp nicht von *Suttons & Meyers* betreut wurde. Das ließ mehrere Optionen zu: Er konnte Eigentümer oder Mieter sein, oder er hatte eine Sozialwohnung.

Ein Anruf bei dem Hausmeister hatte den Sachverhalt geklärt. »Mr Sharp wohnt in einer Council Flat in der Sechsten.« Sechste Etage. Genau wie Erin. Das hatte dem Fass den Boden ausgeschlagen.

Er hatte Lester eine simple Falle stellen wollen, um ihn zu Gesicht zu bekommen. Konnte ein Bewohner, der sich mehr für das Leben seiner Nachbarn interessierte als gesund war, einer angelehnten Tür widerstehen? Fiel es ihm auf? Würde er die Wohnung betreten oder auf sich aufmerksam machen? Ein Beweis für oder gegen eine Schuld war es in keinem Fall. Es war eine plumpe Idee. Auf diese Weise bekam er aber zumindest einen Eindruck von dem Typen.

Er musterte den Mann. Wo hatte er ihn schon mal gesehen? Er kannte ihn. Doch je mehr er versuchte, sich zu erinnern, desto weniger bekam er die Erinnerung zu fassen. Obwohl er sich mittlerweile bis auf einen Meter genähert hatte, war Lester nicht einen Schritt zurückgewichen.

Er hatte Erin nichts von seinem Vorhaben erzählt. Ihr den Grund nicht genannt, warum er in ihrer Wohnung auf sie warten wollte. Die Rolle des überbesorgten Beschützers gefiel ihm nicht. Anschuldigungen mussten fundiert sein.

»Nichts für ungut«, sagte Lester. Sein Tonfall war defensiv, doch seine Körpersprache strahlte das Gegenteil aus. Die Arme vor der Brust verschränkt, die Hände zu Fäusten geballt, den Oberkörper nach vorne geneigt, Lesters Haltung war eine Kampfansage. Eine Entschuldigung sah anders aus. »Ich wollte nur schauen, ob alles in Ordnung ist.«

»Es ist alles in Ordnung.« Rhys zeigte Richtung Tür.

»Ich dachte, Erin sei alleinstehend«, sagte Lester.

Rhys zuckte zusammen. Lester sprach über Erin, als würde er sie gut kennen, geradezu vertraut mit ihr sein.

»Sind Sie ein Nachbar?«, fragte Rhys. Er ging auf Lesters Äußerung nicht ein. Er würde sich nicht von dem Mann provozieren lassen.

»Sie sollten darauf achten, die Tür zu schließen«, sagte Lester.

Seine Arroganz ließ Rhys nun doch fast die Beherrschung verlieren. Er griff nach dem Korkenzieher. Die Signalwirkung war ihm egal. »Auf Wiedersehen«, sagte er und ließ damit keinen Zweifel, dass das Gespräch beendet war.

Ohne eine Antwort zu geben oder Rhys' Reaktion zu beobachten, drehte Lester sich um. Mit Nachdruck zog er Erins Wohnungstür hinter sich zu. Das Geräusch, als das Schloss zufiel, hallte durch das Appartement.

Rhys starrte auf die Tür. Auf die Stelle, auf der Lesters Finger das Holz berührt hatten. Lange Finger. Wie eine Krake. Eine Erinnerung blitzte auf. Lester Sharp war der Mann, der sich vor einigen Tagen bei ihm nach einer Wohnung in Rotherhithe erkundigt hatte.

*

LESTER

30. September – 23:57 Uhr

Der Streit war nicht zu überhören. Mit zum Zerreißen gespannten Nerven saß er auf dem Hocker in seinem Badezimmer. Er hatte den Kopf in die Hände gestützt und starrte auf die Fliesen. Die Augen geschlossen lauschte er Erins Worten. Ihre Art zu sprechen klang am Telefon ganz anders als jetzt. Schon oft war ihm aufgefallen, in Bussen oder auf der Straße, dass Leute eine Telefonstimme hatten. Einige redeten höher, andere ernster als in einem persönlichen Gespräch. Es war oft nur eine Nuance, die den Unterschied machte. Erins Stimme hatte in diesem Moment jede Kontrolle verloren.

Sie zischte ihre Worte. »Ich ziehe nicht aus.«

»Ich kann den Vertrag rückgängig machen«, sagte Rhys. Jedes seiner Worte war zu verstehen. Er musste direkt hinter der Wand stehen. Erins Stimme kam aus dem Schlafzimmer. »Warum?«

»Der Typ stand in deinem Flur. In deiner Wohnung!«

»Weil *du* die Tür offen gelassen hast. Ein Nachbar, der nachschauen wollte, ob alles in Ordnung ist.« Sie klang bestimmt. »Das ist noch lange kein Grund, die Flucht zu ergreifen. Ich wollte diese Wohnung.«

Trotz seiner Nervosität musste er lächeln. Zu gern würde er Rhys' wütendes Gesicht sehen. Allein die Vorstellung bereitete ihm Schadenfreude. Der Streit war die Wiedergutmachung für den ungeplanten Zusammenstoß mit dem Makler. Nur mit Mühe hatte er es geschafft, seine Wut zu kontrollieren.

»Du reagierst über«, sagte sie in diesem Moment. Innerlich atmete er auf. Erin verteidigte *ihn*.

»Du weißt nicht, was sonst noch passiert ist«, sagte Rhys.

»Was ist denn *sonst noch* passiert?« Erins Stimme klang spöttisch. Sie ließ sich nichts vormachen.

»Ich weiß keine Details.«

»Das sind ja beste Voraussetzungen.«

»In der Vergangenheit sind Mieterinnen Hals über Kopf hier ausgezogen.«

»Aus meiner Wohnung?« Er hörte die Überraschung in Erins Stimme.

»Im Erdgeschoss und im ersten Stock.«

»Was hat das mit mir zu tun?«

Wer hatte im Erdgeschoss gewohnt, bevor der Anzugträger dort eingezogen war? Er schloss die Augen. Sein Gehirn brauchte nicht lange, um die Information hervorzuholen: Liz Hughes. Rhys musste von ihr sprechen. Warum grub der Makler alte Geschichten aus?

»Die Frau wurde sexuell belästigt. Und …« Seine Stimme klang nach einer Rechtfertigung, »… er hat ihre Wohnung betreten.«

Sexuelle Belästigung? Beinahe musste er laut lachen. Liz war ein Zeitvertreib gewesen. Er hatte sie beobachtet und versucht, sie in ein Gespräch zu verwickeln. Sie hatte seine Annäherungsversuche nicht erwidert – ihn aber auch nicht mit Nachdruck abgewiesen. Einige Male hatte er sich Zugang zu ihrer Wohnung verschafft. Der Schließmechanismus ihrer Balkontür war defekt gewesen. Er war dieser Einladung in ihrer Abwesenheit mehrfach gefolgt.

Eines Morgens reagierte sie vollkommen übertrieben, als er ihr im Lift zu nah gekommen war.

22. März – 08:47 Uhr.

Sie hatte sich vor ihm gebückt. Es war eine Provokation von ihrer Seite gewesen – und der Höhepunkt in seinem Kontakt mit ihr. Von sexueller Belästigung konnte keine Rede sein.

Rhys wollte Erin in Angst und Schrecken versetzen. Doch woher hatte er die Information? Stellte er Nachforschungen über ihn an? Als Makler hatte er seine Quellen. Trotzdem musste er nach der Information gesucht haben.

Rhys tischte Erin eine verzerrte Version der Wahrheit auf. Lügen! Würde er sich echte Sorgen machen, hätte er Erin die Information *vor* Abschluss des Mietvertrages zukommen lassen. Aber natürlich war es ihm auf seine Provision angekommen.

Würde Rhys jetzt alle Vorfälle aus den letzten Jahren auf den Tisch legen? Nein, davon konnte er nichts wissen. Niemand wusste davon.

Er hatte die Wohnungen ausschließlich in der Abwesenheit der Mieterinnen betreten. Er hatte Gegenstände mitgenommen oder Dinge in der Wohnung umgestellt. Kleinigkeiten. Er hatte mit dem Verstand der Frauen gespielt.

Hat sie selbst die Milch neben der Spüle stehen lassen? Wieso liegt die Fernbedienung im Badezimmer? Und wo zur Hölle ist die Vase? Sie steht doch immer auf dem Küchentisch. Hat sie das Licht angelassen? Das Fenster geschlossen? *Möglichkeiten ohne Ende.*

Die Vorstellung der wachsenden Verwirrung der Frauen, das Zweifeln am eigenen Verstand, hatte ihn berauscht. Es hatte ihm einen Kick gegeben. Dennoch war er immer vorsichtig gewesen. Hatte nie übertrieben. Hatte sein Verhalten stets der Situation angepasst.

Bei der Alten und in der WG machte dieses Spiel keinen Sinn. Die Alte verlor und verlegte ihre Dinge selbst und würde eine Veränderung nicht wahrnehmen. In der WG wohnten zu viele Personen. Auch in Erins Appartement hatte er außer dem Unterhemd nichts manipuliert. Sie war zu außergewöhnlich für diese Art von Zeitvertreib.

»Ich will die Frau finden, die im ersten Stock gewohnt hat. Aber sie ist nach Australien gezogen.«

Erster Stock. Australien. Coleen Parker. Im Gegensatz zu Liz war Coleen ein echter Hingucker gewesen. Lange Beine, schlanke Fesseln, zierliche Handgelenke. Er hatte keinen Schlüssel, dafür aber einen Aussetzer gehabt. Ihre Art mit den Händen zu gestikulieren, wenn sie redete, hatte ihn an

Shannon erinnert. Er hatte versucht, Kontakt zu ihr aufzubauen.

12. Dezember – 21:37 Uhr.

Er hatte Coleen bis zu ihrer Wohnungstür verfolgt. Coleen war sofort handgreiflich geworden, obwohl er sie noch nicht einmal berührt hatte. Er hatte ihr nur nah sein wollen. Sie hatte ihn sofort gestoßen, so dass er – überrascht von der Reaktion – gegen das Geländer getaumelt war. Der Stoß hatte ihn daran erinnert, dass er vorsichtig sein musste, er durfte sich keinen weiteren Vorfall leisten. Er hatte Coleen gegenüber behauptet, sich in der Etage vertan zu haben. »In diesem Haus sieht alles gleich aus.«

Sie war so schnell wieder aus der Narrow Street ausgezogen, dass er den Kontakt zu ihr nicht hatte intensivieren können.

Er erinnerte sich, wie sie einer Nachbarin gebeichtet hatte, dass sie einen Trick angewendet hatte, um aus dem Mietvertrag zu kommen. Ein angeblicher Freund in Australien und ein Visum, das schneller ausgestellt worden sei als gedacht, hatten die Hausverwaltung veranlasst, sie ohne Komplikationen vor Ablauf aus dem Mietvertrag zu lassen.

Er hatte überlegt, die blöde Kuh auffliegen zu lassen. Am Ende hatte er sich dagegen entschieden. Er konnte nicht abschätzen, ob sie ihn nicht ebenfalls anschwärzen würde.

»Ich ziehe nicht aus«, sagte Erin in diesem Moment. Einen Augenblick lang war Stille. »Ich brauche keinen Aufpasser.« Ein vernichtendes Fazit. Erins Reaktion klang nicht, als würden Rhys' Anschuldigungen auf fruchtbaren Boden fallen.

Nur ein einziges Mal war es brenzlig geworden. Pippa Bradshaw. Er hatte Glück im Unglück gehabt. Sie hatte tagsüber auf dem Sofa im Wohnzimmer geschlafen. War aufgewacht, als er plötzlich im Raum gestanden hatte. Sie hatte ihn angestarrt. Und weitergeschlafen.

Er war auf eine Beschwerde gefasst gewesen. Doch nichts war passiert. Vermutlich hatte sie den Vorfall vergessen. Drogen. Alkohol. Kurzschluss im Gehirn.

»Da ist noch etwas.« Der Kerl konnte nicht genug kriegen. Wie viel Schaden wollte er noch anrichten?

»Als ich dir den Schlüssel bringen wollte und ihn am Ende Bill gegeben habe …«

Lesters Magen zog sich zusammen.

»… und du mich später gefragt hast, ob ich in deiner Wohnung war …« Er brach ab.

»Ja?« Erin klang nun doch aufmerksam.

Lester stand auf. Er war nicht sicher, ob er wissen wollte, was Rhys zu sagen hatte. Der Typ ließ nicht locker.

»Ich habe Musik in deiner Wohnung gehört.« *Dieser Bastard.*

»Musik?«

Rhys' Stimme wurde leiser. »Und rate, wer neulich bei mir im Maklerbüro aufgetaucht ist?«

Das durfte nicht wahr sein.

»Er hat angeblich eine Wohnung in Rotherhithe gesucht. Der Typ ist außer Kontrolle.«

Es war ein Fehler gewesen, das Maklerbüro aufzusuchen. Das wurde ihm nun bewusst. Sie würden sich fragen, wie er an den Namen gekommen war. Natürlich konnte es sein, dass er über die Hausverwaltung an Informationen gekommen war, schließlich wurden viele Wohnungen in der Narrow Street 63a über *Suttons & Meyers* betreut. Doch es gab keinen logischen Grund, warum der Mieter einer Sozialwohnung ausgerechnet bei dem Maklerservice des Nachbar-Appartements nach einer neuen Wohnung suchen sollte. Die Preise auf dem Wohnungsmarkt waren unerschwinglich. Niemand tauschte freiwillig eine Council Flat gegen eine teure Privatwohnung. Und natürlich konnte sich ihnen die Vermutung aufdrängen, dass er Erins Wohnung betreten und die Visitenkarte gefunden hatte.

Zusammen mit den anderen Indizien würde sich diese Version, wenn auch nicht in Erins Kopf, so auf alle Fälle bei Rhys White festsetzen. Er war komplett am Arsch.

25

ERIN

Beziehungen verursachten Probleme. Ihre Vorsicht hatte mit der Tatsache zu tun, dass ein Partner Einfluss auf das Leben nahm – aus gut gemeinten Gründen, aber überflüssig. Dinge wurden kompliziert, die nicht kompliziert werden mussten. Sie hatte es kommen sehen.

Sie lag auf der Pritsche in der Sportpraxis neben der *Clerkenwell Dance Company* und versuchte mit geschlossenen Augen den Schmerz zu ignorieren, den ihr die Physiotherapeutin Lilie Louise, von allen nur Lilou genannt, zufügte. Lilou kannte kein Erbarmen.

Die Französin hatte sich mit ihrer Technik einen Ruf bei den Tänzern erarbeitet. Jeder aus dem Ensemble versuchte einen Termin bei der Frau zu bekommen, die den Tänzern in ihrer Fitness in nichts nachstand. In den Wochen während einer Show erhielten die Solisten Vorzug vor den Gruppentänzern. »Die Schmerzen von zehn Jahren Tanzen addiert, sind nichts gegen eine Stunde bei Lilou«, hatte Pedro gestöhnt, nachdem er eine Sitzung hinter sich gebracht hatte. »Das Tanzen bekommt meinen Muskeln besser als die Physiotherapie«, hatte er gelacht.

Lilous Finger gruben sich in Erins linke Wade. Der Druck war kaum auszuhalten. Mit der Stimulation ausgewählter Schmerzpunkte versuchte sie, die Spannung in dem Muskel zu lösen. Erin zog ihr Bein an. Ein kläglicher Versuch, dem Schmerz zu entkommen.

»Locker lassen.« Lilou spitzte den Mund. »Ist gleich vorbei.« Der Muskel gab nicht nach. Je mehr Erin sich verspannte, desto unnachgiebiger wurde der Griff der Therapeutin. Gerade als Erin dachte, sie könnte es keine Sekunde länger aushalten, löste sich die Spannung. Hitze strömte ihr Bein runter. »Warum habe ich keinen Bürojob?«, stöhnte sie.

»Weil du dich zu Tode langweilen würdest«, lachte Lilou. »Am Ende zieht der Muskel immer den Kürzeren.« Sie wischte sich mit dem Handrücken über die Stirn. »Rechtes Bein?« Ohne auf eine Antwort zu warten, ging die Therapeutin auf die andere Seite der Liege.

»Du machst mir blaue Flecken«, lachte Erin. »Lass das nicht Timm sehen. Der ersetzt mich auf der Bühne sonst wegen Störung der Ästhetik.«

»Timm kann mir gestohlen bleiben.« Lilou wusste um das angespannte Verhältnis zwischen den Tänzern und dem Choreographen.

»Kannst du noch eine Massage am Fuß machen?« Die gezielten Handgriffe der Physiotherapeutin sollten helfen, die Schwellung zu reduzieren. In der Vergangenheit hatte diese Behandlung einige Male funktioniert. Das hatte sie sich zumindest eingeredet.

»Klar.« Lilou war die Einzige, der sie ihr Handicap verraten hatte.

Die Show war fast vorbei. Bei dem Gedanken daran wurde

sie nervös. Die Tatsache, dass Rhys Lester Sharp mit der geöffneten Tür in die Wohnung gelockt hatte, löste gemischte Gefühle in ihr aus. Auf der einen Seite machte es deutlich, dass Lester Sharp ein ungesundes Interesse an ihr hatte. Auf der anderen Seite lud eine geöffnete Tür dazu ein, nachzuschauen, ob bei dem Nachbarn alles mit rechten Dingen zuging. Was zeigte das schon?

»Aua.« Sie schrie auf, als Lilou mit angewinkeltem Ellbogen und dem Gewicht ihres Oberkörpers einen Punkt oberhalb ihres Knies malträtierte.

Sie musste Geduld haben. Nicht mehr lange – dann würde sie ihr Leben neu justieren. Weniger Schmerz, physisch und psychisch.

*

LESTER

03. Oktober – 14:07 Uhr

Der Boden unter seinen Füßen war weg. Er befand sich im freien Fall. Wie sollte er nach den Anschuldigungen des Maklers verhindern, dass er Erin verlor?

Die Konsequenzen des freien Falls rasten auf ihn zu, ohne eine Möglichkeit, auszuweichen und das Unweigerliche zu verhindern.

Er hatte sich wieder krankgemeldet. Nie hätte er gedacht, dass er die Arbeit, seinen Anker, seinen Lebensmittelpunkt so leicht hatte zur Seite schieben können. Doch er ertrug die Aussicht auf die Fundstücke, das Registrieren, das System, die Luft in den Katakomben und die Kollegen nicht.

Rückschlüsse auf die Besitzer der Fundstücke und die Katalogisierung der persönlichen Gegenstände waren immer sein Kanal zur Außenwelt gewesen. Sein Halt. Doch wie viel Beachtung verdiente ein Handy, ein Regenschirm? Selbst der Gedanke an die Hockey-Ausrüstung oder die gelbe Handtasche ließ ihn kalt. Was war das alles wert im Vergleich zu Erin? Sie hatte ihn dazu gebracht, seine Prioritäten zu ordnen.

Er hatte den ganzen Vormittag mit der Schimmelbuschmaske in den Händen auf dem Sofa gesessen. Seinen Gedanken nachgehangen und sich erneut vorgestellt, wie er die Maske, mit Chloroform oder Äther oder am besten mit beiden Substanzen getränkt, auf Rhys' Gesicht drückte. Seine Hände würden nicht müde werden. Seine Armmuskeln, von den Klimmzügen trainiert, würden die Arbeit seiner Hände unterstützen und den Makler in Schach halten – so lange, bis aus einer oberflächlichen Bewusstlosigkeit ein tiefes Koma würde und schließlich der Tod einsetzte. Diese Fantasie hatte ihn den Morgen überstehen lassen.

Mit großen Schritten lief er wie ein Tiger im Käfig in der Wohnung umher. Er war nicht körperlich gefangen, durch Eisenstäbe von der Außenwelt getrennt, vielmehr war er einer Situation ausgeliefert, aus der er sich nicht befreien konnte. Sein Leben machte von einem Tag auf den anderen keinen Sinn mehr. Nichts, was ihm je Freude bereitet hatte, entlockte ihm auch nur einen positiven Gedanken.

Die Hilflosigkeit brachte ihn um den Verstand. Er brauchte einen Funken Hoffnung. Ein Zeichen, ganz klein – doch er wusste nicht, wo es herkommen sollte. Ohne eine Perspektive würde er den Verstand verlieren. Die Sinnlosigkeit seiner Existenz war niederschmetternd.

Als hätte Erin ein Einsehen mit seiner Situation, hörte er plötzlich Musik aus der Nachbarwohnung. Die Melodie kam ihm bekannt vor. Er hob den Kopf. Ja, er kannte das Lied. Er hatte es gehört, als er in ihrem Schlafzimmer gelegen hatte. *Hat sie es für mich angestellt?*

Seine Beine trugen ihn ins Badezimmer. Der Tiger hatte Witterung aufgenommen. Er war auf der Jagd. Natürliche Triebe waren nicht zu stoppen.

Erins Absätze klapperten wie ein Stakkato auf dem Fußboden. Sie entfernte sich, ihre Schritte wurden leiser. Sie kam zurück. Ihre Schritte wurden lauter.

Es war ein Zeichen. Sie machte diese Geräusche nur für ihn. Er konnte es spüren. Auch sie fühlte sich gefangen, war unruhig. Genau wie er.

Räumte sie auf? Der Rhythmus ihrer Schuhe auf dem Parkett fügte sich in die Musik, als sei es eine Komposition. Seine Gedanken rückten in den Hintergrund.

Er zuckte zusammen, als sie plötzlich anfing zu reden. »Kate.« Ihre Stimme riss ihn aus seiner Trance. Er setzte sich. Dabei verrutschte der Hocker und verursachte ein quietschendes Geräusch auf dem Fußboden. Er hielt den Atem an.

Sie sprach mit Kate. Kate mit dem Feuermal auf dem Arm. Eine Internetrecherche hatte ihm verraten, dass diese Hautveränderung nur mit Hilfe einer Laserbehandlung beseitigt werden konnte – eine schmerzhafte und langwierige Prozedur. Was würde er dafür geben, Kates Arm zu sehen. War der Fleck mitgewachsen? Reichte er noch immer vom Ellenbogen bis zum Handgelenk?

In seiner Vorstellung fühlte sich Kates Haut an dieser Stelle heiß an. Wie gern würde er mit seinen Fingern darüberstreichen. Nur kurz, er wollte Erin nicht vor den Kopf stoßen. Er wollte Kates Stimme hören. Sie brachte ihm Erin näher. Ob ihre Stimme ebenfalls so melodisch war?

»Ich werde eine Weile nach Grasmere fahren«, sagte Erin in diesem Moment.

»Es sind …« ihre Stimme wurde leiser. »… Dinge vorgefallen.« Erins Stimme klang angespannt. »Die Show ist bald vorbei. Der Lake District ist meine Zuflucht für die Zeit nach den Vorstellungen.«

Lester riss die Augen auf. Rhys hatte es geschafft. Der Zweifel war gesät. Erin fühlte sich nicht mehr wohl in der Narrow Street. Sie entglitt ihm. Mit jeder Sekunde, jedem Tag, der verstrich, ging ein Stück mehr verloren.

»Ich muss die Show aus meinen Knochen und die Stadt aus der Lunge bekommen.« Erin lief in der Wohnung umher. »Die Show, der Umzug, Rhys …« Er konnte sie nicht mehr hören. Dann kam sie zurück. »Ich muss mir über einige Dinge klar werden. Rhys hat vorgeschlagen, ins Ausland zu gehen.«

Lester sprang auf. Der Hocker fiel mit einem Scheppern um. *Rhys hat vorgeschlagen, ins Ausland zu gehen?*

Das durfte nicht wahr sein! Das würde er auf keinen Fall zulassen. Sie war doch erst eingezogen. Sie hatte es selbst gesagt bei dem Streit. Hatte sie das vergessen?

Die Anspannung in ihrer Stimme wurde weniger. »Ich fahre allein. Aber Rhys wird für ein Wochenende nach Grasmere kommen. Er hat mich überredet. Dann lernst du ihn kennen. Er ist toll.«

Die Wut in seinem Bauch ließ sich kaum bändigen. *Er ist toll.*

Nie hätte er gedacht, dass Erin so leicht zu beeinflussen war.

Er kaute mit den Zähnen auf der Innenseite seiner Wange, bis er den metallischen Geschmack von Blut schmeckte. Er hielt ihr zugute, dass sie nicht Hals über Kopf reagierte. Eine andere Frau, die hysterischer veranlagt war als sie, hätte sofort die Flucht ergriffen und sich in die Arme des rettenden Prinzen gestürzt. Mit waidwundem Blick schauten solche Frauen ihren Retter an, und die Männer legten mit Stolz geschwellter Brust den Arm um die Frau.

Wenn Rhys Erin manipulieren konnte, konnte er es auch. Sie durfte in die Berge. Sie durfte zu Kate. Aber sie durfte nicht mit Rhys zusammen ins Ausland gehen. Das konnte er unter keinen Umständen zulassen. Damit verwandelte sich seine Fantasie vom Morgen in ein konkretes Ziel. Es gab keine andere Lösung.

*

ERIN

Sie schreckte aus dem Schlaf auf, spürte Schweißperlen auf ihrer Stirn. Die Haare klebten im Nacken. Warum war ihr so warm? Hatte sie einen Albtraum gehabt?

Wie so oft weckte ihr Körper sie in der Nacht, wenn etwas nicht stimmte. Eine Magenverstimmung, Migräne, der Fuß – Schmerzen holten sie zuverlässig aus dem Schlaf. Eine Schutzfunktion.

Ihr rechtes Bein war eingeschlafen. Es fühlte sich taub an. Für einen irrationalen Moment glaubte sie, dass sie es mit den Medikamenten übertrieben hatte. Hatte Seb Recht gehabt?

Sie drehte sich und verlagerte ihr Gewicht. Wärme breitete

sich in ihrem Oberschenkel aus. Das Gefühl kam zurück. Sie wusste, dass sie Raubbau an ihrem Körper betrieb. Ihre Knochen, Sehnen und Muskeln fühlten sich an, als sei sie dreißig Jahre älter. Dazu ihre mangelnde Ernährung. Die Schmerzmittel. Sie spielte Roulette.

Wie viele Stunden hatte ihr Körper noch, um sich zu regenerieren? Sie drehte den Kopf zur Seite, wollte auf ihren Wecker schauen.

Als sie die Augen zusammenkniff, sah sie ihn. Eine Gestalt stand neben dem Fenster. In der Ecke. Ein Mann. Kaum wahrnehmbar im Dunkeln, und doch bestand kein Zweifel. Lester Sharp? Ihr Herz begann zu rasen.

Er beobachtete sie. Seine Silhouette zeichnete sich gegen das Fenster ab. Jede Zelle ihres Körpers war nun in Alarmbereitschaft. Sie hatte ihn unterschätzt.

Adrenalin verteilte sich in ihren Adern. Sie war bereit aufzustehen, aufzuspringen. Rhys hatte Recht gehabt. Der Typ war außer Kontrolle.

Hatte er bemerkt, dass sie wach war? Dass sie ihn durch ihre halb geöffneten Augen anschaute? Die Tür zum Wohnzimmer war direkt neben ihr. Sie könnte jeden Moment rausrennen. *Und dann?*

Er rührte sich nicht. Starrte sie einfach nur an. Wie lange beobachtete er sie schon? Sie spürte Übelkeit in sich aufsteigen. Wut.

Vorsichtig bewegte sie ihren Arm unter dem Laken, Richtung Nachttischlampe. Zentimeter für Zentimeter. Es dauerte eine Ewigkeit. Sie durfte kein Geräusch machen.

Dann war ihre Hand endlich am Schalter der Lampe. Ihre Finger umgriffen den Knopf. Hatte er gesehen, was sie vorhatte? Das Überraschungsmoment musste auf ihrer Seite sein.

Sie schaltete das Licht an. Gleichzeitig sprang sie aus dem Bett. Ihr ganzer Körper schrie nach Angriff, bereit, sich zu verteidigen.

Licht durchflutete das Schlafzimmer. Niemand stand in der Ecke. Der Raum war leer.

Ihre Winterjacke hing an der Gardinenstange. Sie hatte sie vor dem Schlafen selbst dorthin gehängt. Die Jacke musste einen Schatten geworfen haben.

Sie drehte sich um. Konnte nicht glauben, dass ihr Gehirn ihr einen Streich gespielt hatte.

War es eine Warnung ihres Unterbewusstseins? Sie atmete schwer aus. Ein Stechen in ihrer Lunge ließ sie aufstöhnen. An Schlaf war nicht mehr zu denken.

26

LESTER

05. Oktober – 16:00 Uhr

Er kannte ihren Einsatzplan und die Termine der Vorstellungen auswendig. In der nächsten halben Stunde würde sie sich auf den Weg zur *Clerkenwell Dance Company* machen. Minutengenau hatte er in den letzten Tagen Protokoll über ihren Tagesablauf geführt. Diese Struktur hatte ihn zur Ruhe gebracht. Er war die ganze Woche nicht zur Arbeit gegangen. Seine Anwesenheit in der Wohnung hatte ihm erlaubt, einen konkreten Überblick über ihre Gewohnheiten zu bekommen. In seinem Kopf hatte sich ein Plan geformt.

Er war ihr kein einziges Mal direkt begegnet; durch den Spion hatte er sie allerdings jeden Tag beobachtet. Auch zum Theater und zum Supermarkt hatte er sich wie ein Schatten an ihre Fersen geheftet.

Im Haus hatte sie den Blick zu seiner Wohnungstür gemieden. Nur gestern hatte sie zu ihm geschaut, beinahe, als könnte sie mit einem Röntgenblick durch das Holz seiner Tür schauen. Sie hatte kurz gestoppt und ihre Augen zu schmalen Schlitzen zusammengekniffen. Er hatte beinahe sehen können, wie Rhys' Vorwürfe und Anschuldigungen durch ihren

Kopf wanderten, während sie seine Wohnungstür musterte. So hatten sie beide, Erin und er, nur wenige Meter voneinander entfernt, an Rhys White gedacht.

Er stand jetzt am Treppenabsatz im ersten Stock und wartete darauf, dass sie ihre Wohnung verließ. Das tat sie immer um diese Uhrzeit. *Wo bleibst du?* In seinen Händen hielt er eine Einkaufstüte. Er musste Erin sehen.

Er hatte sich ein weiteres Ticket für ihre Show gekauft. Für die letzte Vorstellung. Sogar ein Platz in der zweiten Reihe war noch frei gewesen. Er würde so nah an der Bühne sitzen, dass er jeden Schweißtropfen auf ihrer Haut würde sehen können. Die Show lief nur noch ein paar Tage. Ein paar Tage, die ihm blieben, bis sie »eine Weile« nach Grasmere fuhr.

Plötzlich wurden seine Hände nass. Er spürte Erins Präsenz, bevor er sie sah.

Stufe für Stufe kam sie die Treppe hinunter. Ihre Schritte waren langsam. Mit Bedacht. Sie eilte nicht. Nie. Sie durfte nicht stürzen. Es könnte das Ende ihrer Karriere bedeuten.

Schon begann er, sich für die Vorstellung einer Verletzung zu erwärmen, bis ihm einfiel, dass Rhys, ihr Retter in der Not, vermutlich vierundzwanzig Stunden am Tag nicht von ihrer Seite weichen würde. *Keine gute Idee.*

Wie würde sie auf das Zusammentreffen reagieren?

Schon stand sie vor ihm. Über ihrer Schulter hingen die Sporttasche und eine Handtasche. In der Hand hielt sie einige Zeitschriften. Ihre grünen Augen schauten ihn unter dem langen Pony an. »Hi«, sagte sie. Sie wich auf der Stufe aus und wollte vorbei.

»Ich …«, sagte er. Ein aufgesetztes Lächeln überzog ihr Gesicht. Sie riss sich zusammen. Das konnte er sehen. Vermutlich wegen der Lügen, die Rhys erzählt hatte. Trotzdem versöhnte ihn das Lächeln. Es war nicht ihre Schuld. Der Makler hatte sie manipuliert.

Eine Stufe über ihm stehend, wartete sie ab. Beinahe kam es ihm vor wie ein gegenseitiges Abschätzen und Taktieren. Sie gab ihm Zeit, seine Gedanken zu sortieren. Doch sein Gehirn konnte der Situation nicht folgen.

07. September – 10:32.

16. September – 13:10.

23. September – 22:17.

Daten tauchten in seinem Kopf auf. Situationen in denen er Erin gesehen oder Kontakt mit ihr gehabt hatte. Sein Leben, sein Leben mit *ihr*, rauschte im Angesicht des drohenden Endes an ihm vorbei. Erinnerungsfragmente. Er atmete tief ein. Sie stand vor ihm. Jetzt. Es drohte kein Ende. Er hatte einen Plan.

Mühsam schaffte er es, sich zu fokussieren. Er bemerkte, wie Erin die oberste Zeitschrift mit ihren Fingern zu verdecken versuchte. Er sollte nicht sehen, was sie in den Händen hielt.

Er legte den Kopf schief, gerade so, dass es nicht zu sehr auffiel. In Blockbuchstaben stand auf dem Cover der Zeitschrift das Wort »Helvellyn«. Ein Reisemagazin? Er erinnerte sich an den Bildband mit dem Lesezeichen. *Helvellyn.*

Unten fiel die Haustür ins Schloss. Das Echo schallte bis zu ihnen beiden in die erste Etage. Jemand kam das Treppenhaus hinauf. Er hörte die Schritte. Die Störung ärgerte ihn. Sollte er sich Erin erklären? Sein Verhalten an jenem Tag begründen? Nein. Es machte keinen Sinn. Die Lügen waren gesprochen. Er konnte nur hoffen, dass sie sich ihre eigene Meinung bilden würde.

»Nichts für ungut«, sagte er. Eine überflüssige Aussage. Er hatte sich nichts zuschulden kommen lassen. Seine Passivität ärgerte ihn.

Bevor Erin etwas erwidern konnte, kam Rhys die Treppe hinauf. Lester genoss seinen überraschten Gesichtsausdruck.

»Da habe ich dich ja gerade noch erwischt«, sagte Rhys, ohne Lester eines Blickes zu würdigen. Er nahm Erin die Sporttasche ab. »Ich fahre dich.« Er wollte nach den Zeitschriften in Erins Hand greifen.

»Schon gut«, sagte sie. Ihre Finger krallten sich daran fest, als gäben sie ihr Halt. Deutete sie mit Absicht auf den Titel? Wollte sie ihn darauf aufmerksam machen? Ein Hinweis, nur für ihn bestimmt? Ohne Rhys einzuweihen? *Sie müssen lernen, unverfängliche Gesten richtig zu interpretieren.*

Erin und Rhys gingen gemeinsam die Treppe hinunter. Er schaute ihnen nach. Er sah, wie Rhys Erin etwas ins Ohr flüsterte.

Erin lachte und schüttelte den Kopf. Das Gefühl von Eifersucht überlagerte für einen Moment jede andere Empfindung.

Hass breitete sich in seinen Adern aus, in einem Umfang, wie er ihn noch nie in seinem Leben gespürt hatte.

27

ERIN

Noch fünfundvierzig Sekunden, dann war die erste Hälfte der letzten Show geschafft. »No brain, no pain«, hatte ein Arzt einmal im Scherz zu ihr gesagt. Je weniger man nachdachte, je weniger Sorgen man sich machte, desto geringer der Schmerz. Doch ihr Gehirn war aktiv und ließ sich nicht länger hinters Licht führen.

Sie spürte die vertraute Mischung aus Melancholie und Erleichterung. Der Ablauf, die Choreographie – alles war Routine. Ihr Körper erledigte das Tanzen. Trotzdem war sie konzentriert. Sie durfte nicht nachlässig werden. Ein kurzer Gedanke, ein Blick in die falsche Richtung, und schon passierte ein Fehler.

Sie machte ein Glissade, dann ein Tendu. Schließlich einen Sprung. Fast fertig. Sie stand an der Seite der Bühne und wartete auf Pedro, der jeden Augenblick ihre Hüfte umfassen würde. Sie spürte seine Hände auf ihrem Körper.

Und genau in dem Augenblick, als sie ihren Kopf drehte, sie ihren Hals zur Seite dehnte, sie an Pedro vorbeischaute, ihre Muskeln sich bereit machten, genau in diesem Augenblick, zwanzig Sekunden vor Abschluss der ersten Hälfte, sah sie Lester Sharp in der zweiten Reihe im Publikum sitzen. Dieser kurze Moment hatte gereicht, um ihn zu erkennen.

Ihr Körper verkrampfte sich. Ein Reflex. Sie hatte keine Möglichkeit, dagegenzusteuern.

Was brachte einen Menschen dazu, in einem anderen Menschen etwas zu sehen, oder zu *glauben*, etwas zu sehen, was nicht da war? Waren es Äußerlichkeiten? War es die Sehnsucht nach einem Gefühl, nach Anerkennung, nach einer Reaktion, die man auf diese Person projizierte? Der Wunsch nach Liebe? Der Irrglaube, die richtige Person gefunden zu haben?

In den letzten Tagen hatte sie ständig das Gefühl gehabt, beobachtet zu werden. Augen hinter Mauern, die sie verfolgten. Im Bus, im Supermarkt – sie hatte die Blicke in ihrem Rücken gespürt. Doch sie hatte sich nicht umgedreht, hatte nicht wissen wollen, ob ihr Instinkt richtig war oder Paranoia von ihr Besitz ergriffen hatte. So fühlte es sich also an, einen Stalker zu haben. Am Ende war es auch der eigene Kopf, der einen in den Wahnsinn trieb.

Sie dachte an die Begegnung im Flur. Lester hatte ihr aufgelauert. Sie war sich sicher. Sein kläglicher Versuch, sie in ein Gespräch zu verwickeln, war peinlich gewesen. Er hatte schlecht ausgesehen. Seine Gesichtsfarbe war nicht blass, sondern grau gewesen. Als sei jegliches Leben aus ihm gewichen.

Das Ende der Musik riss sie aus ihren Gedanken. Der Vorhang fiel. Pedro schaute sie wütend an. »Was war das denn?«

Erst jetzt realisierte sie, dass sie die Drehung verpasst hatte. Die Hebung war misslungen. Sie stand mit der falschen Blickrichtung in der falschen Position auf der falschen Seite der

Bühne. Sie konnte von Glück reden, dass der Fehler direkt vor der Pause passiert war.

»Es tut mir leid!« Sie spürte, wie Blut in ihr Gesicht schoss. Hitze. »Ich bin rausgekommen.«

Pedro schüttelte den Kopf. »Reiß dich zusammen.«

Ohne ein weiteres Wort mit ihr zu wechseln, lief er hinter die Bühne. Sie blieb einen Moment zurück, unfähig, sich zu bewegen.

»Spinnst du?«, zischte Timm ihr zu, als sie schließlich an ihm vorbeiging. Sie reagierte nicht.

In ihrer Garderobe trank sie einen Schluck Wasser. Sie hatte den Luxus, einen Raum für sich alleine zu haben. Die Garderobe war winzig. Nur der Spiegel bewahrte jeden, der hier reinkam, davor, einen klaustrophobischen Schock zu erleiden. Sie starrte auf ihr Spiegelbild. Ihre Wangen waren glühend rot – Anstrengung und Scham. Einige Haare hatten sich gelöst. Eine Strähne hing zur Seite. Sie griff nach dem Puder und einem Pinsel. Langsam frischte sie ihr Make-up auf. Die Rötung und der Schweiß auf ihrer Stirn verschwanden unter der neuen Schicht Puder. Sie löste einige Haarnadeln und begann sorgfältig, sie erneut festzustecken. Ein Ritual. Es beruhigte die Nerven.

In den kommenden Tagen würde sie mit Kate letzte Details bezüglich des Aufenthalts in Grasmere besprechen. Vielleicht würde sie zusätzlich noch mit ihrer Mutter telefonieren.

Sie musste sich bei Laune halten. Die Gespräche mit ihrer Mutter und Kate waren zu einer Routine geworden, die ihr jedes Mal ein Lächeln auf das Gesicht zauberte.

Gerade als sie nach dem Haarspray griff, klopfte es an ihrer Tür.

Sie drehte sich um. Es war ungewöhnlich, dass man sie störte. Die Kollegen wussten, dass sie während einer Show keinen Kontakt wollte. Timm würde nicht anklopfen. Sein Tobsuchtsanfall würde sie später ereilen. Falls er überhaupt noch mit ihr sprechen würde. Pedro hatte seinen Unmut bereits zum Ausdruck gebracht. Wer konnte es sein? Die Ballettmeisterin? »Ja?«

Paulina, die hinter der Bühne für die Koordination zuständig war, steckte ihren Kopf zur Tür rein. »Entschuldigung.«

Erin konnte sehen, dass sie zögerte. »Du hast Besuch.«

Erin starrte ihre Kollegin an. Der Typ brachte es nicht nur fertig, sie zu Hause und aus dem Zuschauerraum heraus zu beobachten, nein, nun lungerte er vor ihrer Garderobe herum und wollte sie sprechen? »Auf keinen Fall.«

»Ich dachte, weil es dein Bruder ist und …«

»Was?« Hatte sie richtig gehört?

»Dein Bruder. Deswegen wollte ich sichergehen, ob du ihn sehen willst.« Paulina zuckte mit den Achseln. »Ist ja Familie.«

»Mein *Bruder* ist hier?« Sie hörte den ungläubigen Klang in ihrer Stimme.

Lester *und* ihr Bruder im Publikum. Das wurde ja immer besser.

Mit größter Willenskraft hatte sie die zweite Hälfte der Show hinter sich gebracht. Ohne Fehler. Ohne Verlust ihrer Konzentration. Ohne ins Publikum zu schauen. Wie ein Roboter mit dem Ziel, akribisch jenen Auftrag zu erfüllen, für den er geschaffen worden war, hatte sie eine perfekte Vorstellung hingelegt. Das hatte den Fauxpas aus der ersten Hälfte zwar nicht wettgemacht, aber zumindest hatte sie Timm und den Kollegen keine weitere Angriffsfläche geboten. Keinen Gedanken hatte sie während des Tanzens an Lester oder ihren Bruder verschwendet, der es fertigbrachte, nun in ihrer Garderobe zu stehen, mit einem Bier in der Hand und einem schiefen Lächeln im Gesicht.

War sein Zustand bei ihrem letzten Besuch in Earls Court eine erfreuliche Verbesserung gewesen, so war dies eine Steigerung, die sie nie für möglich gehalten hätte. Seb sah *normal* aus. Eine erstaunliche Entwicklung für jemanden, der seit Jahren Drogen konsumierte, keine regelmäßigen Mahlzeiten zu sich nahm und das Haus nur verließ, um sich Stoff für den nächsten Rausch zu besorgen oder um ihn an andere zu verticken. Sein Gesicht hatte eine gesunde Farbe. Noch immer war er zu dünn. Er schien auf einem Weg zu sein, von dem sie noch nicht sicher war, ob er ihn schaffen würde. Doch die Zeichen standen gut. Er konnte eine Zukunft haben.

Sie würde ihren Teil dazu beitragen. Sie hatte ihm vor Jahren das Versprechen gegeben, alles in ihrer Macht Stehende zu tun. Versprochen war versprochen. Er wusste das.

»Gratulation.« Er hob das Bier und prostete ihr zu. »Du kannst ja richtig tanzen.« Er machte eine Fußbewegung, mit der er die Positionen im Ballett imitierte.

»Was verschafft mir die Ehre?«

Sebastian kam nicht ohne Grund. Sie waren aus demselben Holz geschnitzt.

»Ist das eine Begrüßung für einen Bruder?«

»Für *meinen* Bruder ja.« Sie grinste.

»Es war die letzte Vorstellung«, sagte er.

»Ich kenne meinen Einsatzplan.«

»Ich wollte dich sehen.«

Sie musterte ihn. »Ist Beth dabei?«

»Beth ist kein Fan von Ballett.«

Vermutlich saß Beth nackt auf einem Küchentisch, um sich von einer Gruppe Kunststudenten zeichnen zu lassen.

Erin war beinahe gerührt von der Vorstellung, dass er sich allein vom Westen der Stadt auf den Weg gemacht hatte, um sie auf der Bühne zu sehen. Zum ersten Mal in seinem Leben schien er sich Gedanken um andere Menschen zu machen. Er hatte sich tatsächlich verändert.

»Ich kann Freikarten organisieren. Du brauchst nicht zu bezahlen, um mich zu sehen«, sagte sie.

»Tust du doch auch.« Er grinste. Bevor sie etwas erwidern konnte, sagte er: »Ich wollte wissen, wie es läuft.«

»Was meinst du?«

Er machte eine vage Handbewegung. »Das Zeug, was du gekauft hast … Ich mache mir Sorgen.«

»Meinem Fuß geht es gut.« Sie machte einen Knicks. »Den Beweis habe ich gerade auf der Bühne geliefert. Dein Verdienst.«

»Ich spreche von deinem Besuch davor, der mich …« Er brach ab. »Ich habe viel nachgedacht.«

»Ich weiß nicht, welche Version meines Bruders mir besser gefällt. Die drogenabhängige Version war …« Sie suchte nach einem Wort. »… unkomplizierter.« Sie lachte.

»Was wirst du nach der Show machen?« Er fixierte sie. »Was hast du geplant?« Er hielt ihrem Blick stand. Ein Gefühl, das sie nicht mochte. Genau wie beim letzten Aufeinandertreffen hatte sie den Eindruck, dass die Rollenverteilung zwischen ihnen falsch war. Das Machtgefüge zwischen ihrem

Bruder und ihr hatte sich verschoben. Sie setzte sich auf den Stuhl vor dem Schminktisch, knetete ihren Fuß. »Was meinst du?«, fragte sie.

»Ich mache mir Sorgen.« Seine Stimme war sanft. Und fordernd. Es gefiel ihr nicht.

»Das sagtest du.« Sie stand auf. »Das ist aber nicht nötig.« Sie nahm seine Hand. Sie war kalt. Seine Finger bestanden aus knubbeligen Gelenken und Knochen. Er erwiderte nichts. Genau wie beim letzten Mal gab er nach. Er war es nicht gewohnt, seine Passivität abzulegen. Seinen neuen Aktivismus konnte er nur in kurzen Dosierungen aufrechterhalten. Dennoch wusste sie seinen Besuch zu schätzen.

»Ich melde mich«, sagte sie und nahm ihn in den Arm. Für eine Sekunde drückte sie ihn fest an sich. Es war das Seltsamste, was sie seit langer Zeit gemacht hatte.

28

LESTER

15. Oktober – 20:03 Uhr

Erins Kühlschrank war leer. Kein Glas stand auf der Spüle. Mit seinen Augen scannte er die Einrichtung. Die Küche sah aus, als wäre Erin nie eingezogen, als hätte ihre Anwesenheit nur in seiner Fantasie stattgefunden.

Wieder und wieder tauchte die Situation im Treppenhaus in seinem Kopf auf. Wie Rhys White ihn ignoriert hatte. Wie Erin zwischen ihnen beiden gestanden hatte. Sobald Rhys im Treppenhaus aufgetaucht war, hatte sie gar nicht schnell genug flüchten können. Als befürchtete sie eine Konfrontation zwischen ihnen beiden. Sie hatte unsicher gewirkt. Nervös. Rhys nahm Erin ihre Würde, ihre Eleganz. Mit seiner Paranoia, seiner Manipulation, verwandelte er sie in eine verschreckte Maus.

Und doch hatte sie über ihn gelacht. Gemeinsam mit Rhys, ohne sich Mühe zu geben, es zu verstecken.

Sein zweiter Besuch im Theater war in keiner Weise vergleichbar mit der Premiere gewesen. Obwohl er Erin so nah gewesen war, sie vor ihm getanzt und er sie atmen gehört hatte, nur drei Armlängen entfernt – er hatte keine Freude empfunden. Die Gelegenheit, sie aus der schützenden Dunkelheit des Zuschauerraums zu beobachten, so nah, würde sich nie mehr bieten. Doch Erin hatte weniger Leidenschaft gezeigt, ihre Bewegungen waren weniger geschmeidig gewesen. Sie hatte die Show mechanisch abgeliefert. Die Freude am Tanz war ihr nicht mehr anzusehen gewesen. Im Gegensatz zu seinem ersten Besuch war er dieses Mal sofort nach Hause gefahren.

In der Nacht nach der Vorstellung hatte er nicht schlafen können. Nicht einmal der Streit von den Nachbarn aus der siebten Etage hatte seine Laune gebessert.

Nur ein weiteres Telefonat hatte er seither belauschen können. Darin hatte Erin ihrer Mutter von der geplanten Tour berichtet.

»Ich weiß nicht, wie lange ich im Norden bleibe.«

»Kate wird mit mir im Ferienhaus übernachten.«

»Raus aus den Ballettschuhen, rein in die Wanderstiefel«, hatte sie gelacht. »Grasmere.«

Sie hatte ihre Drohung in die Tat umgesetzt. Kaum war die Show vorbei gewesen, hatte sie sich auf den Weg gemacht. Sie war weg.

Ohne Erin war er der Erinnerung an Shannon schonungsloser denn je ausgeliefert. Er fühlte sich leer. Hatte keine Energie. *Ich weiß nicht, wie lange ich im Norden bleibe.*

Er ging in ihr Schlafzimmer. Seine Finger fuhren über das Holz ihres Nachttisches. Die Bücher und ihre Musikanlage standen da, wo sie bei seinem letzten Besuch gestanden hatten. Die Tagesdecke lag ordentlich ausgebreitet über dem Bett. Er setzte sich auf die Matratze. Es war erst einige Tage her, seit er hier gelegen hatte, doch es kam ihm vor wie Jahre.

Auf dem Nachttisch lag ihr Telefon. Er drückte auf die Taste mit der Wahlwiederholung. Nach der Begegnung im Treppenhaus hatte er im Internet recherchiert. Helvellyn war ein Berg im Lake District. Grasmere lag bei Ambleside und ganz in der Nähe des Berges. Es passte alles zusammen. Wenn er Glück hatte, fand er in ihrer Wohnung eine Adresse. Das Ferienhaus musste in der Region oder direkt in Grasmere sein.

Anhand der Vorwahl der gewählten Telefonnummern würde er sehen, wo Kate und ihre Mutter wohnten. Vorausgesetzt, sie hatte beide auf dem Festnetz angerufen. Doch sein Plan ging nicht auf. Verdutzt schaute er auf das Display. Die Anrufliste war leer. Erin musste vom Handy aus telefoniert haben. Oder hatte sie die Liste gelöscht? Wollte sie Spuren verwischen? Hatte Rhys sein Ziel erreicht? Der Typ spielte mit ihrer Angst. War sie paranoid geworden? Er warf das Telefon zur Seite.

In einer Wohnung, in der sich kaum persönliche Dinge fanden, wäre es ein Wunder, weitere Informationen zu entdecken.

Er ging ins Badezimmer. Allein das Wissen, dass Erin verreist war, ließ den Raum leer wirken, obwohl auch bei seinem letzten Besuch nicht viel zu sehen gewesen war. Das Duschgel war noch da. Der Geruch war vertraut und seltsam tröstlich.

Er öffnete den Spiegelschrank. Die Tampons waren weg. Die Kondome waren weg. Das Deo war weg. Erin hatte alles ausgeräumt. Der Wäschekorb war leer. Panik überkam ihn. Plante sie, nicht zurückzukommen in die Narrow Street?

Hatte er einen Fehler gemacht? Sie konnte doch nicht mit einem Mann, den sie gerade erst kennengelernt hatte, ins Ausland gehen. Er schluckte.

Wie hatte es so weit kommen können? Noch vor wenigen Wochen versprach sein Leben einen neuen Sinn zu bekommen. Es war kurz davor gewesen, sich zum Guten zu wenden. Jetzt war alles schlimmer als je zuvor.

Sein Blick fiel auf den Mülleimer unter ihrem Waschbecken. Er öffnete ihn. Er sah ein Taschentuch. Und … Irritiert stutzte er. Eine Spritze lag in dem Eimer. Vorsichtig nahm er sie raus. Was hatte Erin damit gemacht? Mit modernen medizinischen Utensilien kannte er sich nicht aus. Der Rest einer klaren Flüssigkeit, nicht mehr als ein Tropfen, war noch in dem durchsichtigen Körper der Spritze. Er ging alle Möglichkeiten durch, die ihm auf die Schnelle einfielen. Diabetes. Drogen. Eine Krankheit, von der er nichts wusste. Er berührte die Spitze. Sie war scharf. Ohne Probleme könnte er sie in seinen Arm stechen. Vorsichtig legte er sie zurück in den Mülleimer. Dann überlegte er es sich anders und holte die Spritze wieder raus. Er würde sie behalten.

Als er den Mülleimer schließen wollte, sah er unter dem Taschentuch einen zerknüllten Zettel. Vorsichtig griff er danach. Es war ein Kassenbon. Er glättete das Papier. Die Schrift war verblasst. Mit größter Anstrengung starrte er auf die Worte. Erin, oder wer auch immer den Bon entsorgt hatte, war für £ 29,45 einkaufen gewesen. Er hatte Mühe zu entziffern, was sie gekauft hatte. Die Schrift war verwischt, vermutlich von der Feuchtigkeit im Badezimmer oder weil eine Flüssigkeit darauf ausgelaufen war.

Eine Wanderkarte? Ein Buch? Helvellyn. Er konnte es nicht

ganz entziffern. Sein Blick hing an der Überschrift: *Trek & Hike – Wanderbedarf Grasmere.* In Grasmere hatte man eine Vorliebe für zusammengesetzte Namen. *Steam & Bean. Trek & Hike.*

Er schaute hoch. Sein Spiegelbild schaute mit einem Lächeln auf den Lippen zurück. Es war nicht die Adresse ihres Ferienhauses. Aber es war besser als nichts. Es war ein konkreter Anhaltspunkt. *Ich werde eine Weile nach Grasmere fahren.*

Es passte alles zusammen. Er kannte den Ort. Er kannte das Café. Er wusste, wo sie einkaufte. Es reichte. In weniger als 48 Stunden würde er in Grasmere sein.

29

LESTER

16. Oktober – 09:25 Uhr

Der Spielplatz lag auf der Ostseite des Kanals, der sich vom Limehouse Basin über Islington bis nach Camden schlängelte. Nicht weit von Moos Kanuverleih entfernt, standen die Geräte verwaist im Regen. Eine Windböe streifte das Gerüst und ließ die Glieder der Metallkette erzittern. Bedächtig, wie von Geisterhand, wehte die Schaukel vor und zurück, als hätte jemand ihr einen Stoß gegeben. Er ging zum Klettergerüst. Die Stange hatte ihm schon oft für seine Klimmzüge gedient. Er zog sich hoch.

Er hatte heute Spätschicht. Doch die Stille aus der Nachbarwohnung war ohrenbetäubend gewesen. Er hatte die Leere nicht aushalten können und war ins Freie geflüchtet.

Über ihm kreisten Möwen. Der Wind ließ sie einem Spielball ähnlich durch die Luft fliegen. Ihre Schreie wurden von dem Sturm in alle Richtungen getragen und drangen nur in Fetzen zu ihm runter. Er beobachtete eine verletzte Möwe, die neben der Schaukel auf dem Boden hockte. Der rechte Flügel hing zur Seite, er schien gebrochen zu sein. Der Schnabel und die Augen des Vogels waren weit aufgerissen.

Er begann mit den Klimmzügen. Die Stange war nass und rutschig. Nach dem siebten Klimmzug verkrampfte sich sein Bizeps. Seine Muskeln waren dem Kraftakt im Regen nicht gewachsen.

Er hatte eine Strategie und einen Plan. Er würde Erins Ausflug in den Lake District zu seinem Vorteil nutzen.

Er musste einiges für seine Reise in den Norden regeln. Doch spätestens morgen früh würde er auf der Autobahn sein.

All die Hinweise und Informationen, die er über Erin gesammelt hatte – das konnte kein Zufall sein. Sie wollte es so. Sie hatte ihm Signale gegeben. Er konnte das nicht ignorieren. *Sie haben unter einer Fehlwahrnehmung der Beziehungsbereitschaft dieser Frau gelitten. Sie müssen lernen, unverfängliche Gesten richtig zu interpretieren.*

Erin gab seinem Leben wieder einen Sinn. Seit siebzehn Jahren war sie die erste Frau, die es geschafft hatte, Shannon zu ersetzen. Niemand würde sie ihm wegnehmen.

Er konnte ohne sie nicht sein. Er brauchte sie. Erin war sein Juwel. Sie erweckte Shannon zum Leben und begrub sie zugleich. Seine Existenz war an Erins Nähe gebunden.

Er hatte damals alles verloren, und er hatte jetzt die Chance, etwas zurückzubekommen. Ein richtiges Leben. Er würde Annett in seiner Erinnerung endgültig zum Schweigen bringen.

Die Drohung, ins Ausland zu gehen, erforderte eine schnelle Reaktion von seiner Seite. Als Erin mit Kate telefoniert hatte, hatte sie keine konkrete Aussage getroffen, wann und wie lange Rhys kommen würde. Sie hatte von einem Wochenende gesprochen.

Der Makler würde im Lake District verschwinden. Nicht

nur aus Erins Leben, sondern von dieser Welt. Die Abgeschiedenheit der Berge würde ihm in die Hände spielen. Rhys war nicht der erste Wanderer, der bei einer Tour in den Bergen ums Leben kam. Er holte sich die Kontrolle zurück.

Die Lösung seines Problems war so eindeutig, dass es keinen Zweifel gab. Sie alle würden davon profitieren. Die Logik war bestechend. Erins Verlangen nach Rhys würde mit der Zeit verschwinden.

Er nahm einen zweiten Anlauf und schaffte fünf Klimmzüge. Dann ließ er sich von der Stange gleiten und ging einige Schritte Richtung Kanal. Über der verletzten Möwe flog mittlerweile eine Handvoll Artgenossen. Die Vögel beäugten das Tier mit zur Seite geneigten Köpfen, vereinzelt versuchte einer von ihnen einen Angriff. Möwen waren Kannibalen. Sobald eine verletzt war, sahen ihresgleichen sie als potentielle Futterquelle. Außer dem hektischen Versuch, zu Fuß die Flucht zu ergreifen, blieb dem verletzten Vogel keine Alternative. Eben Freunde, jetzt Feinde, dachte er. Man konnte Vögeln nicht trauen. In spätestens zwei Stunden würde die Möwe tot sein.

Mit hochgeschlagenem Kragen, die Hände in den Jackentaschen, machte er sich auf den Weg zurück in die Narrow Street. Den Blick zu Boden eilte er unter einer Brücke am Kanal entlang. Seine Schritte hallten auf dem Asphalt und erzeugten ein Echo in dem Tunnel. Von allen Seiten erklang das Geräusch seiner Schuhe. Kräftig. Entschlossen. Niemand würde ihn aufhalten können.

Als er auf der anderen Seite des Tunnels rauskam, versperrte ihm ein Mann den Weg. Überrascht schaute er auf. Für einen Augenblick glaubte er an eine Halluzination. Vor ihm stand Rhys White.

30

Er übt sich in Geduld. Mehrere Tage hat er sie schon in Ruhe gelassen. Es hat Begegnungen gegeben. Auf dem Gehweg. Vor dem Filmstudio. Sogar im Supermarkt hat er sie getroffen. Ihre Wege haben sich gekreuzt. Doch sie ist immer in Eile gewesen.

Er hat bei dem Filmstudio einen Antrag gestellt, offiziell, ob die *Rotherhithe Picture Library* ihm bei seiner Arbeit behilflich sein könne. Schließlich ist er an einer Universität tätig.

Auf diese Weise könnte er Zeit dort verbringen, recherchieren und Shannon als Quelle für seinen Aufsatz nennen. Die Bildbibliothek steht der Öffentlichkeit zur Verfügung.

Bisher hat er keine Antwort auf seinen Antrag bekommen.

Und in seinem Kopf hat sich eine weitere Idee manifestiert. Er wird Shannon küssen. Ein zweiter Versuch. Ihr Blick auf seinen Lippen, wenn er ihr begegnet, wenn auch nur kurz, lässt ihm keine Wahl. Sein Puls scheint sich in diesen Momenten in seinen Lippen zu konzentrieren. Die dünne Haut pocht dann so stark, dass er manchmal Probleme hat, die Worte herauszubringen. Nie hätte er gedacht, dass die Kommunikation mit einer Gehörlosen so sinnlich sein kann. Ihre Hände, schlank und gepflegt, stehen immer im Mittelpunkt. Ihre Mimik, die Art, wie sie ihre Augen nutzt, um Gefühle auszudrücken. Sie ist wie eine Droge. Er kann nicht genug bekommen. Er will mehr. Er will sie berühren.

Heute ist Samstag. Niemand sonst wird im Filmstudio sein. Er wird in Ruhe mit ihr reden können. Es geht um seine Zukunft. Er schaut sich um. Will sichergehen, dass es keine Störung geben wird. Er betritt die Picture Library. In der Hand hält er seinen letzten Trumpf.

Vielleicht hat sie es nicht so gemeint. Langsam geht er zurück auf die andere Straßenseite. Dort bleibt er stehen, an die Mauer der Kirche gelehnt. Sie könnte ihn sehen, von ihrem Platz am Tisch. Doch sie schaut nicht auf.

»Ich habe keine Zeit. Es tut mir leid.« Er hat ihre Schrift kaum entziffern können. »Geh.«

Ein letzter Versuch. »Bitte.« Er hat es gesagt. Aufgeschrieben. Mit seinen Händen gezeigt. Seine Fingerspitzen ans Kinn gelegt, dann die Hand nach vorne runtergeklappt, wie er es gelernt hat. Bitte. Bitte. Bitte.

Das viktorianische Ear Trumpet sollte eine Geste sein. Ein Angebot zur Versöhnung. Ein Geschenk der Güte. Shannon wusste sofort, um was es sich handelt, als er ihr die antike Hörhilfe entgegengestreckt hat. Ihre Finger waren über den schwarzen Seidenbezug geglitten. Das Ear Trumpet ist klein, nur zehn Zentimeter lang, mit einem Stiel, der an die Ohrmuschel gehalten wird, und einem runden Kopfteil, das den Schall überträgt. Die winzige Schleife aus Tüll ist noch immer perfekt geknotet. Nur Frauen der oberen Mittelschicht und darüber hatten sich eine solche Hörhilfe leisten können. Diese war speziell für die Zeit der Trauer gefertigt worden – eingeschlagen in schwarze Seide und Tüll. Königin Victoria hatte vorgemacht, wie man in Anmut und mit Stil trauerte, und die Gesellschaft war ihrem Beispiel damals gefolgt. Der Markt eigens für die Trauerzeit gefertigter Ear Trumpets war dennoch überschaubar geblieben. Dieses Exemplar ist ein Kunstwerk. Nur noch eine Handvoll dieser Raritäten befindet sich in privatem Besitz oder in Museen.

Shannon hat nach ihrem Notizbuch gegriffen. »Es ist außergewöhnlich.«

»Es ist ein Erbstück.« Sie sollte wissen, was es ihm bedeutet. Doch sie hielt ihm das Ear Trumpet entgegen. Schüttelte den Kopf.

Als er nicht danach griff, hat sie es vorsichtig auf den Tisch gelegt. Ihre Finger sind über das Papier geflogen, als sie schrieb: »Ich kann das nicht annehmen.«

»Es ist für dich.« Er zeigte auf das Ear Trumpet. »Gefertigt von F.C. Rein & Son.« Er hat die Begeisterung in seiner Stimme gehört, die Shannon nur an seinem Gesicht ablesen konnte. »Wir haben über diese Manufaktur gesprochen.«

Am Ende hat er einen Teilerfolg erzielt. Sie hat das Ear Trumpet auf dem Tisch liegen gelassen.

»Ich komme, wenn ich Zeit habe.« Sie hat den Zettel aus ihrem Block gerissen und ihm gegeben.

Er hält das Stück Papier fest. »Ich komme, wenn ich Zeit habe.« Der einzige Satz, der ihm bleibt. Wohin wird sie kommen? Zu ihm nach Hause? Oder nach draußen? Vorsichtshalber wartet er direkt vor dem Filmstudio auf sie. Auf diese Weise kann er sie nicht verpassen.

Aus dem Inneren des *The Mayflower* klingt Gelächter. Menschen treffen sich mit Freunden, trinken, essen, freuen sich über das Wochenende. Es ist stockdunkel. Die Kirchenglocke schlägt 20 Uhr. Wie lange ist er schon hier? Er hat Durst, und allmählich fragt er sich, ob Shannon ihr Versprechen halten wird. Gerade als er überlegt, was er tun soll, tritt sie plötzlich aus der Tür des Filmstudios. Sein Herz macht einen Sprung.

»Hallo.« Er winkt. Sie geht auf ihn zu. Sie trägt eine Jacke. Sie hat Zeit eingeplant. Das ist gut.

Je näher sie auf ihn zukommt, desto deutlicher wird, dass ihr Lächeln nur aufgesetzt ist. Ihre Mundwinkel sind mit Anstrengung nach oben gezogen. Ihre Augen schauen ihn ernst an. Die Wärme, die sie bei allen vorherigen Begegnungen ausgestrahlt hat, ist verschwunden. Mit einer Kopfbewegung zeigt sie Richtung Kirche und den Park, der sie umrundet. Ihre Locken wippen, so energisch setzt sie einen Fuß vor den anderen.

Er hat gehofft, dass sie an die Themse gehen würden, wie beim letzten Mal. Es könnte ihr Ritual werden. Die Tatsache, dass Shannon zwar von der Straße weg, aber nicht weiter als nötig gehen will, ärgert ihn. Doch er muss sie gewähren lassen.

»Gefällt dir das Ear Trumpet?« Er wertet es als Erfolg, dass sie es ihm nicht direkt in die Hand drückt. Sie hat es im Filmstudio gelassen. Shannon zögert. Dann schreibt sie: »Wir arbeiten an einem Film über die Jahrhundertwende. Wir könnten es für die Requisite gebrauchen. Du bekommst es zurück.«

»Es gehört dir.« Er spricht lauter als notwendig.

»Ich will es nicht. Wir werden es wie eine Leihgabe behandeln.«

Während sie über das Kopfsteinpflaster gehen, zieht sie einen Umschlag aus ihrer Tasche. Die Art, wie sie ihn anschaut, als sie ihm den Brief gibt, lässt ihn innerlich verkrampfen. Er will den Inhalt nicht kennen.

Sie umrunden die Kirche, gehen in den Innenhof. Hier ist man geschützt vor neugierigen Augen und Ohren. Sie wartet, dass er den Brief liest. Er muss jetzt einen Anfang machen. Sich erklären. Doch wie macht man einen Anfang, wenn es das Ende ist? Er steckt den Brief ein, ohne ihn zu lesen.

»Shannon …« Er kann es nicht akzeptieren. Es geht nicht. Sie ist es. Sie. Keine andere. Sie muss ihm eine Chance geben. »Wir gehören zusammen.«

Sie muss doch sehen, wie sehr sie füreinander geschaffen sind. Shannon und er haben mehr Gemeinsamkeiten als viele andere Paare.

Sie hebt eine Hand. Stopp. Mit einer Hand greift sie nach ihrem Notizblock. Täuscht er sich, oder zittert ihre Hand, als sie anfängt zu schreiben? Er wartet, was sie zu sagen hat.

»Ich kann dir nicht geben, was du dir wünschst.« Sie hält ihm das Notizbuch unter die Augen.

Er ringt nach Worten. Ihre Augen beobachten seine Lippen. Er öffnet den Mund. Ihre Augen auf seinem Mund …

Bevor er überlegen kann, geht er einen Schritt auf sie zu und presst seine Lippen auf ihre. Sie sind weich. In ihm explodiert etwas. Adrenalin schießt in seine Adern. Er drückt seinen Mund noch fester gegen ihren. Seine Arme umklammern sie, halten sie fest wie ein Schraubstock. Unnachgiebig. Ihre Brüste drücken gegen seinen Brustkorb. Sie windet sich. Er lässt nicht nach.

Erst nach einer Weile geben seine Arme sie frei. Das Nächste, was er spürt, ist eine Ohrfeige.

Seine Wange brennt. Er kann nicht glauben, was geschehen ist. Wut steht in ihren Augen. Wie zur Bestätigung dreht sie sich um. Sie will gehen. Sofort. Er greift nach ihrem Arm. Ein letzter Versuch. »Shannon.« Er hebt seine Stimme. »Bleib!« Er muss mit ihr reden. Sie soll es verstehen. Er liebt sie.

Shannon kann es nicht hören. Sie schaut ihn nicht an. Warum guckt sie nicht? Mit Wucht schlägt sie seinen Arm weg. Sie trifft ihn am Ellenbogen. Tränen schießen in seine Augen. Die Welt verschwimmt. Unkontrolliert holt er aus und schlägt zurück – mit aller Energie, die er aufbringen kann. Frustration, Enttäuschung, Schmerz. Er erwischt sie an der Schläfe. Er spürt ihre Haut, ihre Knochen. Sie reißt den Mund auf, doch es kommt kein Laut. Sie verliert das Gleichgewicht.

Der Reflex, ihr zu helfen, ist nicht da. Er sieht, wie sie stürzt. Ihr Kopf knallt gegen die Mauer, die das Grundstück der Kirche umsäumt. Das Geräusch, als ihre Schädeldecke auf die Backsteine trifft, verursacht eine Gänsehaut in seinem Nacken. Es macht keinen Sinn, dieses Geräusch. Es ist zu laut. Viel zu laut.

Eine Frau schlägt einen Mann.
Der Mann schlägt zurück.
Die Frau fällt.
Die Frau bleibt liegen.

Lester starrt auf Shannon. Ihre Augen sind geschlossen. Sie bewegt sich nicht. Warum bewegt sie sich nicht? Will sie ihm ein schlechtes Gewissen machen?

Er dreht sich um. Seine Schritte sind zügig. Er setzt einen Fuß vor den anderen. Es kostet ihn Mühe, nicht zu rennen.

Wenn er rennt, verstärkt er seine Gefühle. Rennen bedeutet, dass etwas passiert ist. Es wäre ein Eingeständnis, dass er etwas falsch gemacht hat. Er hat sich nichts vorzuwerfen. Sie ist gefallen.

Dann rennt er doch. Die Schaufensterpuppen beobachten ihn. Ihr Blick ist vorwurfsvoll. Diese Puppen, in ihren blöden Kleidern, mit ihren toten Glasaugen – es ist kein Wunder, dass man sich von ihnen belästigt fühlt. Er hält den Kopf gesenkt.

Als er seine Haustür hinter sich schließt, atmet er erleichtert auf. Er muss nachdenken.

Die Frau bleibt liegen. Die Frau bleibt liegen. Die Frau bleibt liegen.

31

RHYS

Rhys spürte, wie sein Herz gegen den Brustkorb schlug. Er fixierte Lester. Wollte jede Veränderung in seinem Gesicht sofort bemerken. Der Regen war stärker geworden. Lesters Haare hingen im Gesicht. Keiner sprach. Keiner wollte den ersten Schritt machen. Jede Bewegung konnte eine Gegenreaktion auslösen. Eine Kette von Ereignissen in Gang setzen.

Er hatte versucht, mit dem Besitzer des Kanuverleihs auf der anderen Seite des Hafenbeckens zu sprechen. Hatte seine Version der Vorkommnisse auf Liz Hughes' Terrasse hören wollen. Doch ein Aushang am Eingang hatte ihm mitgeteilt, dass der Verleih bis April geschlossen sein würde. Die Wintersaison war gestartet. Er hatte keine Ahnung, wo er den Besitzer jetzt finden sollte.

Er würde mit den Kollegen in der Hausverwaltung sprechen. Sie mussten ihm Zugang zu den anderen Akten geben. Er brauchte mehr Zeugen. Pippa war die nächste Mieterin auf seiner Liste. Er musste sie so schnell wie möglich finden.

Als er zurück zu seinem Auto gegangen war, hatte er in der Ferne eine Gestalt am Kanal ausgemacht. Die Haltung, die

Größe: Er hatte sofort gewusst, um wen es sich handelte. Langsam, Schritt für Schritt, war er auf Lester zugegangen.

Sie waren die einzigen Menschen am Kanal. Der Wind peitschte ihm Regen ins Gesicht. Tropfen liefen seinen Nacken hinunter, zwischen die Schulterblätter. Noch immer hatte keiner von beiden ein Wort gesagt. Plötzlich veränderte sich Lesters Blick. Trotz? Entschlossenheit? Er konnte es nicht interpretieren.

»Erin gehört mir.« Lesters Stimme war fest.

»Erin ist ein freier Mensch.« Rhys schüttelte den Kopf. »Sie gehört niemandem.«

»Sie ist geflüchtet. Vor dir.« Lester spuckte die Worte aus. Hass ließ seine Stimme heiser klingen.

»Das ist deine Wahrheit.«

Lester lachte ein kehliges Lachen. »Ich kenne ihre Geheimnisse. Du nicht.«

Das brachte ihn für einen Moment aus dem Konzept. Lester hatte einen wunden Punkt getroffen. Ihren Ausflug in den Lake District hatte sie erst auf Nachfrage erwähnt. Sie hatte allein fahren wollen. War es diese Abweisung, die ihm zu schaffen machte?

Kein Grund, sich seine Betroffenheit anmerken zu lassen. Er setzte einen betont gleichgültigen Gesichtsausdruck auf. »Es muss nicht jeder mit privaten Informationen hausieren gehen.«

»Das sagst du, weil dir nichts anderes übrig bleibt.«

»Ich weiß nicht, was mit dir nicht stimmt. Aber du gehörst eingesperrt.« Er fixierte Lester. »Lass Erin in Ruhe.«

»Nein!« Ohne Vorwarnung stürmte Lester auf ihn zu. Seine Hände griffen nach Rhys' Hals. Lester war stärker, als

Rhys gedacht hatte. Seine langen Finger drückten ihm die Luft ab.

Es gelang ihm, eine Hand von Lester zu umgreifen, zog sie mit aller ihm zur Verfügung stehenden Kraft von seinem Hals. Gleichzeitig drückte er Lester seinen Ellenbogen gegen den Brustkorb. Der Abstand reichte, und er rammte ihm ein Knie zwischen die Beine. Lester stöhnte auf.

Sie fielen zu Boden. Zumindest war sein Hals wieder frei. Rhys keuchte. Er schaute sich um, suchte nach einer Waffe. Doch da war nichts, was ihm behilflich sein konnte. Nicht einmal ein Stein oder Ast war in Sicht.

Lester rollte sich über ihn, schlug ihm eine Faust ins Gesicht. »Erin gehört mir.«

Für einen Moment wurde Rhys schwindelig. Der Schmerz breitete sich von seinem Kopf bis in jede Zelle seines Körpers aus. Doch er nutzte den Augenblick, den Lester abzuwarten schien, ob sein Schlag ihn außer Gefecht gesetzt hatte, und sprang auf. Er taumelte. Aber er stand nun über Lester. »Du bist krank.«

Lester griff nach seinem Bein, seine Finger krallten sich in seine Wade, doch Rhys trat mit aller Kraft zu und traf Lester am Kopf. Er konnte sich losreißen. Guckte auf den am Boden liegenden Mann. Blut lief aus Lesters Nase.

Die ganze Situation war schlimmer, als er sich in seinen kühnsten Träumen vorgestellt hatte. »Ich gehe jetzt zur Polizei.« Sein Kopf dröhnte, und er spürte, wie sein rechtes Auge zuschwoll.

Lester setzte sich auf. Mit einer Hand stützte er sich ab, wollte ebenfalls aufstehen.

Rhys lief los, Richtung Auto. Er versuchte, den dröhnenden

Schmerz in seinem Kopf zu ignorieren. Jeder Regentropfen auf seiner Stirn fühlte sich an wie ein Schlag mit dem Hammer.

Er war jetzt erleichtert, dass Erin nicht in London war. So war sie zumindest nicht in den Fängen dieses Verrückten. Er würde dafür sorgen, dass sie keinen Schritt mehr in die Wohnung in der Narrow Street setzte.

Wir mischen uns nicht in fremde Angelegenheiten ein. Das Ganze war zu einer verdammt persönlichen Angelegenheit geworden. Er würde dafür sorgen, dass der Mann eingesperrt wurde.

Er hörte Lester erst, als es schon zu spät war. Im letzten Moment drehte er sich um. Er sah die Faust auf sich zukommen. Seine Reaktionsfähigkeit war von dem ersten Treffer eingeschränkt. Er konnte nicht ausweichen. Die Wucht des Schlags überraschte ihn. »Ich bringe dich um!«, schrie Lester.

In seinem Kopf explodierte der Schmerz. Seine Knie gaben nach. Er versuchte, die Balance zu halten. Ruderte mit den Armen. Er wollte sich mit einer Hand abstützen und griff ins Leere.

Er fiel. Fiel tiefer als der Gehweg. Panik überkam ihn. Wieso fiel er so tief? Vergeblich suchte er nach Halt.

Er stürzte in den Kanal. Eisiges Wasser fing ihn auf. Es betäubte den Schmerz in seinem Kopf. Das Hämmern in seinen Schläfen stoppte. Dann war alles schwarz.

*

LESTER

16. Oktober – 15:34 Uhr

»Ich brauche das Auto mindestens eine Woche.« Er flüsterte in den Telefonhörer, aus Angst, Dave oder Deborah könnten ihn hören. Sein Körper war voller Adrenalin, und er schaffte es kaum, sich auf die Arbeit zu konzentrieren.

Rhys war eliminiert. Das Bild von dem Makler, wie er in den Kanal stürzte, hatte sich in seinem Kopf eingebrannt. Wie eine Puppe, unwirklich auf eine Art, hatte der regungslose Körper im Wasser getrieben, umgeben nur von den Wellen, die sein Aufschlag verursacht hatte.

Der menschliche Körper war verletzlicher, als die meisten Leute wahrhaben wollen. Knochen und Wirbel brachen, Organe und Adern rissen. Man musste sich nur vor Augen halten, was mit einem Menschen passierte, der aus einer oberen Etage eines Hochhauses fiel oder welchen Schaden dieser Sturz einem Gegenstand zufügte, einem Buch zum Beispiel, oder einem Stofftier. Von Hand oder durch Maschinen hergestellte, einfache, billige Gegenstände triumphierten über den komplexen Körper des Menschen. Nicht alle Objekte konnten das – natürlich nicht. Manche wurden beschädigt, zersprangen in tausend Einzelteile. Dennoch faszinierte ihn der Gedanke.

Der Sturz in den Kanal war nicht tief gewesen. Doch Wasser war für einen bewusstlosen Menschen genauso tödlich wie Höhe. Die Lunge füllte sich mit Wasser; die Atmung wurde verhindert, das Gehirn nicht mehr mit Sauerstoff versorgt. Exitus.

Erin gehörte wieder ihm. Es war einfacher und schneller

gegangen als gedacht. Ein Selbstläufer. Sein Vorhaben, Rhys im Lake District verschwinden zu lassen, war nicht mehr nötig. Er konnte sich jetzt ganz auf Erin konzentrieren. Er musste mit ihr sprechen, so schnell wie möglich. Erins Absicht, mit Rhys ins Ausland zu gehen, hatte keine Grundlage mehr. Sie wusste es bloß noch nicht.

Vor ihm lag eine Perücke, die auf die Registrierung wartete. Seine Finger strichen über die Locken aus Pferdehaar. Sie fühlten sich staubig an. Es war eine Perücke, wie sie Richter in England noch immer bei Strafverfahren trugen. Der Blick von Angeklagten, Anwälten, Opfern und der Öffentlichkeit hatte auf diesen räudigen Zöpfen geruht. *Persönliches Interesse: zwei.*

»Wir benötigen für eine Buchung konkrete Daten. Ich kann Ihnen das Auto sonst nur für die ganze Woche reservieren.« Die Frau am anderen Ende der Leitung hatte Mühe, ihre Freundlichkeit beizubehalten. Er hörte, wie sie auf der Tastatur ihres Computers tippte.

Mit einer Hand begann er, die Funddaten der Perücke in das System einzupflegen. »Ich brauche das Auto möglicherweise länger.«

»In dem Fall buche ich Ihnen zwei Wochen. Sie können es vorher zurückgeben. Bezahlen müssen Sie aber den vollen Betrag.« Es klang wie eine Frage. Bei einem Nein von seiner Seite wäre das Telefonat beendet.

»Ein Geländewagen?«, fragte er.

»Ein Geländewagen.«

»Gibt es ein Modell mit abgedunkelten Scheiben?«

Die Tastatur klapperte. »Wir haben einen Range Rover mit getönten Heckscheiben.«

Es war nicht, was er wollte, aber mehr, als die Website der Autovermietung in den Mietbedingungen anpries.

»Das Auto ist für Sie reserviert, Mr Sharp.« Ihre Stimme hatte die geschulte Freundlichkeit wiedergefunden. Er biss die Zähne zusammen. Er hatte zu Beginn des Anrufs seine Kreditkartennummer hinterlegen müssen. Auch seinen Führerschein würde er am Schalter vorzeigen müssen. Es hatte keine Möglichkeit gegeben, seinen Namen zu verheimlichen. Zumindest würde man nicht nachvollziehen können, wohin er mit dem Auto fahren würde. Er war darauf bedacht, seine Identität für den Trip nicht preiszugeben. Niemand sollte nachweisen können, dass er sich im Lake District aufhalten würde. Zur Sicherheit würde er die Nummernschilder an dem Mietwagen für die Fahrt austauschen.

Nachdem er das Telefonat beendet hatte, suchte er im Internet nach einer Pension in Grasmere. Die Verbindung war quälend langsam, und der Browser brauchte eine Ewigkeit, um die Suchergebnisse zu laden.

Die Auswahl war nicht groß. Er entschied sich für das *Sun Inn*. Es befand sich gegenüber dem Geschäft, in dem Erin die Wanderkarte gekauft hatte. Die Chancen standen gut, dass sie ein weiteres Mal in den Laden ging. Noch wusste er nicht, wie er sie in dem Ort finden sollte. Aber er war zuversichtlich, dass er sie früher oder später ausfindig machen würde. Grasmere war nicht groß – auch wenn es das touristische Zentrum des Lake District war.

Er hatte keine Kleidung für eine Exkursion in die Berge. Von einer Ausrüstung ganz zu schweigen. Er war noch nie im Lake District gewesen. Er mochte keine Berge. Warum ging ein Mensch freiwillig in die Höhe?

Mit der registrierten Perücke in der Hand stand er auf und lief an den Büros seiner Kollegen vorbei in die Katakomben, zu den Fundstücken. Zeit für seine »Einkaufstour«. Der einzige Grund, warum er zur Arbeit gefahren war.

Aus einer Schublade in einer der unzähligen Kommoden nahm er ein Schweizer Taschenmesser. Er lächelte, als seine Finger über die Klingen fuhren. Einundzwanzig Werkzeuge waren in dem Messer enthalten. Er steckte es in seine Hosentasche. Das Fundbüro war besser sortiert als jedes Geschäft. Messer wurden nur selten abgeholt. Wer wollte sich die Blöße geben, mit einer Waffe durch die Stadt zu laufen?

Welche Utensilien konnte er für den Ausflug noch gebrauchen? *Ausflug.* Seine Laune stieg. Er hatte sich immer gefragt, was den Reiz ausmachte, Unbekanntes zu erobern, wenn das Bekannte doch so viel interessanter war. Nur in einer vertrauten Umgebung konnte Veränderung bemerkt werden. Veränderung und die Fortentwicklung der bestehenden Dinge – das war immer sein Hauptinteresse gewesen.

Doch jetzt lag es in seiner Hand, Erin zurückzubekommen. Seine Chancen standen besser denn je. Rhys war weg. Konnte keinen Schaden mehr anrichten. Ohne diesen Störfaktor würde er Erin überzeugen können, zu ihm zurückzukommen. Zurück in die Narrow Street. Es würde alles wieder werden wie zu Beginn ihrer Nachbarschaft. Und mehr. Intensiver.

Sollte er ihr die gelbe Handtasche schenken? Nein. Geschenke musste sie sich verdienen.

Allein die Vorstellung, dass er tätig wurde, ein Auto gemietet hatte, in den Norden fuhr, zu Erin, war so viel besser als das Abwarten. Heute Nacht würde er losfahren. Ein Ausflug war tatsächlich etwas Positives. *Neue Aktivitäten helfen Ihnen, aus alten Mustern auszubrechen.*

Sein Blick fiel auf die Fächer mit Handschuhen, Schals und Mützen. Eine Baseballkappe wanderte mit einem Paar Handschuhen unter seinen Pullover. Er machte einen Rundgang durch die restlichen Räume des Fundbüros. Seine Beine vibrierten vor Energie. Nur seine Nase schmerzte.

Ein Seil und ein Kompass ergänzten seine Ausrüstung. Viel mehr wollte er nicht mitnehmen, aus Angst aufzufliegen. Nur ein paar Kleinigkeiten fehlten noch. Zunächst holte er die Nummernschilder. Sie lagerten neben dem Registrierungsraum. Vorsichtig schlüpfte er in das Nebenzimmer. Er hatte freie Auswahl.

Auf einer Autobahnraststätte, oder besser auf einem abgelegenen Parkplatz, würde er sie an dem Mietwagen austauschen.

Und er würde die Schimmelbuschmaske einpacken. Für Rhys war sie nicht mehr notwendig. Doch er wollte vorbereitet sein. In einer Apotheke würde er Chloroform kaufen. Er würde das Betäubungsmittel nicht in London besorgen, sondern auf der Strecke in den Norden. Er würde zu diesem Zweck von der Autobahn abfahren, in eine Großstadt, vielleicht Liverpool. Er wollte kein Misstrauen wecken, verhindern, dass man sich womöglich an ihn erinnerte.

32

LESTER

17. Oktober – 15:25 Uhr

»Sie sind zu früh für die Ski-Saison, Mr Irvine. Schnee fällt meist ab November.« Die Wirtin des *Sun Inn* konnte ihre Verwunderung über einen Gast nicht verbergen. Irvine. Bernards Nachname war der erste gewesen, der ihm in den Sinn gekommen war. »Oder zu spät für die Wandersaison. Ab Mitte Oktober ist es vorbei mit dem guten Wetter. Zu nass.« Sie zeigte auf das Brett mit den Zimmerschlüsseln, die in Reih und Glied hinter dem Tresen an der Wand hingen. Kein Schlüssel fehlte. Er war der einzige Gast. Es störte ihn nicht. Im Gegenteil. Jede Ablenkung, die ein Zimmernachbar mit sich brachte, war damit ausgeschlossen.

Die Augen der Pensionswirtin musterten ihn. Ihre Emotionen schwankten zwischen Neugier, was er zu dieser Jahreszeit hier zu suchen hatte, und Freude über einen zahlenden Kunden. »Wir hatten bisher keinen Schnee. Kann aber jederzeit so weit sein.« Sie deutete nach draußen. »Der Himmel sieht seit Tagen danach aus.«

»Ich bin wegen der Ruhe in die Berge gefahren.« Er hatte diesen Satz im Lift von einem Nachbarn gehört.

»Sind Sie aus London?«

Er schüttelte den Kopf. Sein Wohnort ging die Frau nichts an. »Ist es möglich, ein Zimmer mit Fenster zur Straße zu bekommen?«, fragte er. Er spürte, wie die Anspannung in ihm wuchs.

»Natürlich.« Molly, wie ein Schild auf dem Tresen ihm verriet, nickte.

»Ich zahle bei Abreise in bar. Ist das in Ordnung?«

Molly musterte ihn. »Kein Problem.«

Zehn Minuten später betrat er das Zimmer. Es war funktional, aber geräumiger, als er erwartet hatte. Das Bad befand sich auf dem Gang. Über dem Bett hing der ausgestopfte Kopf einer Ziege. Ihr Gesichtsausdruck mit nach oben gezogenen Augenbrauen wirkte, als sei sie von seiner Anwesenheit irritiert.

Hitze schlug ihm entgegen, als er durch den Raum lief. Die Heizung glühte. Die Luft war zum Schneiden. Er riss das Fenster auf. Er lehnte sich raus, wollte die Straße hinaufschauen. Doch bevor er sich orientieren konnte, zuckte er zurück. Sein Hemd war verrutscht. Er war mit der nackten Haut am Bauch gegen die Rippen der Heizung gestoßen. Er rieb über die Stelle unterhalb des Bauchnabels. Sein Fingernagel grub sich in die Haut, um einen Gegenschmerz zu erzeugen, und plötzlich konnte er nicht mehr aufhören.

Er war seit Jahren nicht außerhalb von London gewesen. Er hatte keine Erfahrung, wie das Leben jenseits der Stadtgrenze war.

Minutenlang kratzte er, so lange, bis aus der Stelle durchsichtige Lymphflüssigkeit austrat. Doch erst das Blut erlöste ihn. Ein Tropfen quoll aus der Wunde. Augenblicklich fiel die

Anspannung von ihm ab. Er atmete tief ein und zog sein Hemd herunter.

Er ging zu seiner Tasche. Vorsichtig griff er nach der Glasflasche mit dem Chloroform. Auf dem Etikett war ein Totenkopf abgebildet. Daneben stand das Wort »Poison«. Eine gutgemeinte Warnung. Die junge Angestellte in der Apotheke in Liverpool hatte mit einem desinteressierten Ausdruck im Gesicht ihr Handy zur Seite gelegt und ihm die Substanz verkauft. Keine Sekunde hatte sie den Eindruck vermittelt, seinen Kauf merkwürdig zu finden. Er hatte ihr ein gefälschtes Rezept und einen Ausweis vorgelegt, der ihn als medizinische Fachkraft auswies. Das Fundbüro machte alles möglich.

Er steckte die Flasche in seinen Rucksack. Sie musste vor neugierigen Blicken geschützt werden. Auf keinen Fall würde er riskieren, dass eine Putzfrau oder die Pensionswirtin das Betäubungsmittel entdeckte. Auch die Schimmelbuschmaske wanderte in den Rucksack. *Tiefer Schlaf kann ein Geschenk sein.*

Er war bereit für die Suche. Bereit für Erin. Er guckte erneut aus dem Fenster, erwartete beinahe, sie zu sehen.

Die Straßen waren leer. Grau war das Erste, was ihm auffiel, als er das Panorama des Ortes auf sich wirken ließ. Alles in Grasmere schien grau. Die Häuser, ihre Dächer, die Straßen, der Himmel, die Berge im Hintergrund. Die Welt draußen versank in Eintönigkeit.

Kein Wunder, dass die Berge den Kopf frei machten. Die Augen hatten keine Ablenkung.

Auf der anderen Straßenseite sah er das Wandergeschäft. *Trek & Hike*. Er warf einen Blick auf die Uhr. In einer Stunde würde die Dämmerung einsetzen. Aus der grauen Eintönigkeit würde eine schwarze Nacht werden. Heute würde er Erin nicht mehr finden. Dennoch wollte er mit dem Auto die Gegend erkunden, durch den Ort fahren, das *Steam & Bean* suchen. Auf diese Weise konnte er sich einen Überblick verschaffen. Als Erstes würde er einen Abstecher in das Geschäft machen. Der Laden war der Ausgangspunkt seiner Suche.

*

LESTER

17. Oktober – 16:16 Uhr

Der Gesichtsausdruck des Verkäufers erinnerte ihn an die Ziege in seinem Pensionszimmer. Der Mann guckte ihn mit einer hochgezogenen Augenbraue an. »Wie kann ich Ihnen helfen?«

»Ich suche nach einer Wanderkarte für die Region.« Die Auswahl an Kleidung, Wanderausrüstung, Karten und Dingen, von denen er nicht einmal ansatzweise wusste, wozu man sie brauchte, erschlug ihn. Obwohl die Verkaufsfläche in dem Geschäft nicht groß war, hatte man jeden Winkel genutzt. Bis unter die Decke zogen sich die Regale in die Höhe. Selbst die überfüllten Katakomben im *Lost Property Office* wirkten leer und geordnet dagegen.

»Helvellyn«, ergänzte Lester schnell. Er wollte sich nicht als Unwissender zu erkennen geben. Die Augenbraue senkte sich.

Der Mann kam hinter der Kasse hervor und führte ihn zu einem Regal mit Büchern und Karten. »Diese Wegekarte ist ziemlich gut.« Er griff nach einer gefalteten Karte. »Um ehrlich zu sein, ist das die Einzige, die wir im Moment zum Helvellyn haben.« Er zog eine Grimasse. »Die Wandersaison ist fast vorbei.«

Lester betrachtete das Cover. Lake District. In gelben Buchstaben stand darunter *Helvellyn – Routen für Anfänger und Fortgeschrittene.*

Er befand sich tatsächlich an Erins Ort der Wahl, wenn sie Ruhe und Abstand brauchte. *Was würde ich für ein Frühstück mit Kate im* Steam & Bean *geben.*

Er hatte es geschafft. Erst langsam sickerte die Erkenntnis in seinen Kopf. Sieben Stunden Autofahrt, einige Pausen und ein Zwischenstopp in Liverpool hatten ihn zu Erin gebracht. Er konnte ihre Anwesenheit spüren. Sie war in seiner Nähe.

»Wollen Sie über den Striding Edge rauf?«, fragte der Verkäufer. »Davon muss ich Ihnen zur Zeit abraten. Nur mit einer guten Ausrüstung und Erfahrung würde ich …«

»Ich nehme die Karte.« Lester nahm sie ihm aus der Hand.

»Waren Sie schon einmal oben?«, fragte der Verkäufer. »Der Helvellyn ist einer der höchsten Berge in England.«

»Ich …« Lester brach ab, als er das zweifelnde Gesicht seines Gegenübers sah. »950 Meter.« Der Bildband in Erins Wohnung fiel ihm ein.

Der Verkäufer war nicht überzeugt von seinen Kenntnissen.

»Verstehen Sie mich nicht falsch. Der Weg ist fantastisch. Es gibt verschiedene Wanderrouten für jeden Schwierigkeitsgrad. Der Striding Edge verbindet Helvellyn und Birkhouse Moor. Das Ganze ist durchaus für unerfahrene Wanderer machbar. Eine Seilsicherung ist nicht notwendig. Nur ein bisschen klettern muss man.« Der Mann geriet ins Schwärmen. »Scrambling. Klettern im niedrigsten Schwierigkeitsgrad.« Dann wurde sein Ausdruck wieder ernst. »Aber nicht zu dieser Jahreszeit.« Er schüttelte vehement den Kopf. »Das sollten nur Profis.«

Müsste der Verkäufer nicht froh sein, dass ein Kunde außerhalb der Saison in seinen Laden kam?

»Ich arbeite für ein Magazin. Es wird ein Fotoprojekt über die Berge im Norden Englands.« Er hörte selbst, wie lahm es klang. Mit einem jovialen Tonfall, der ihm einige Mühe kostete, sagte er: »Welche Kleidung oder Utensilien würden Sie mit Ihrer Erfahrung empfehlen?« Nun hatte er einen Grund präsentiert.

Tatsächlich schien der Verkäufer interessiert. »Ein Magazin?« Er zwinkerte ihm zu. »Nichts für ungut. Wir haben viele Unfälle mit Touristen, die ihre Fähigkeiten überschätzen.«

Kurz darauf legte Lester neben der Wanderkarte auch ein neues Paar Schuhe, eine wetterfeste Hose und Jacke sowie ein Sicherungsseil an die Kasse. Letzteres würde er nicht benötigen, er wusste nicht einmal, wie man damit umging. Er hatte es mitgenommen, damit der Verkäufer Ruhe gab.

»Gehen Sie nur bei gutem Wetter hoch. Wenn Sie Wolken sehen, lassen Sie den Aufstieg. Starten Sie früh am Tag. Die Dunkelheit hat schon so manchen Wanderer überrascht.«

In seinen Händen hielt er den Kassenbon. Er sah genauso aus wie der verblasste Zettel, den er bei Erin im Mülleimer gefunden hatte. Ob sie von demselben Verkäufer bedient worden war?

»Viel Erfolg.« Der Mann reichte ihm die Tüte. »Schicken Sie mir eine Kopie des Artikels.«

Für einen Moment wusste Lester nicht, wovon der Mann sprach. »Sicher.«

Er ging zu seinem Auto und schmiss seinen Einkauf in den Kofferraum. Unschlüssig schaute er sich um. Was nun? Sollte er am *Steam & Bean* vorbeifahren?

Er startete den Wagen. Das Lenkrad war kalt, und er genoss den Luxus, die Sitzheizung anschalten zu können.

Dämmerung lag jetzt über Grasmere, und erst als er die College Street hinauffuhr und in eine Nebenstraße abbog, fiel ihm auf, dass er keine Ahnung hatte, wo er nach dem Café suchen sollte. Er hatte sich die Adresse nicht notiert. Eine Nachlässigkeit, die er im Hotel nachholen würde. Doch der Ort war klein. Er würde sein Glück versuchen. *Wo bist du?*

Wie ferngesteuert fuhr er durch Grasmere. Straße um Straße. Er war peinlich genau darauf bedacht, die Geschwindigkeitsbegrenzung einzuhalten. Er wollte keine Aufmerksamkeit auf sich ziehen.

Es waren kaum Menschen auf den Gehwegen unterwegs und wenn, waren ihre Gesichter schwer zu erkennen unter ihren Jacken und Mützen, gebeugt, um Wind und Kälte auszuweichen. Vollkommene Dunkelheit umgab sie jetzt alle. Die Nacht war so schwarz, wie er es aus London nicht kannte. Es fing an zu regnen. Tropfen liefen die Windschutzscheibe hinunter. Die Scheibenwischer schlugen von links nach rechts. Es war das einzige Geräusch im Innenraum. Der rechte Scheibenwischer war langsamer. Er klang wie das Echo des anderen. »Erin«, flüsterte er. »Wo bist du?«

*

ERIN

Die Luft roch nach Bergen. Sie konnte den Geruch nicht definieren. Es duftete nach Erde und Gestein. Kalt. Und gleichzeitig warm. Das Wissen, dass ein Ort von Bergen und Hügeln umgeben war, ließ sie Wohlbehagen spüren. Wie eine Decke umhüllten die Berge die Menschen im Tal, hielten Wind und Wetter ab. Ein Schutzmantel, der so lange währte, wie man ihn nicht zu besteigen versuchte. Oben, auf dem Gipfel, war man den Gewalten der Natur schonungslos ausgesetzt.

Vier Aufstiege auf den Helvellyn hatte sie hinter sich. Mindestens ein weiterer würde folgen. Sie hatte das Gefühl, jeden Stein zu kennen, wusste, auf welchen Pfaden sie laufen musste, an welchen Stellen ein Absturz möglich war, wie man sich orientierte, wenn die Sicht schlecht war. Sie war zu einem Helvellyn-Insider geworden, kannte den Berg besser als mancher Einheimische. Zumindest auf dem Teilstück, das sie sich zu eigen gemacht hatte.

Sie hatte Wochen und Monate hart gearbeitet, das Ziel im Blick gehabt, sich konzentriert und ihre Gefühle so gut es ging zurückgestellt – alles, um am Ende in der Abgeschiedenheit des Lake District zu landen. Der Berg war ihre Erlösung. Sie musste nur noch ihre Unruhe in den Griff bekommen.

Trotz der Kälte hatte sie das Fenster im Schlafzimmer des Ferienhauses einen Spalt geöffnet.

Erleichterung begann sich in ihr auszubreiten. *Ich habe es geschafft.*

Sie war froh, der Wohnung in der Narrow Street entkommen zu sein. Die letzten Tage hatten an ihr gezehrt. Zu schwierig war die Situation geworden.

Frische Luft strömte in das Zimmer. Sie saugte sie auf, ihre Lungen weiteten sich, und ihre Adern verteilten den Sauerstoff in ihrem Körper. Der Mond war nur eine Sichel. Die Weite des Universums und die Schwärze der Nacht strahlten eine Ruhe aus, wie sie es lange nicht erlebt hatte.

Obwohl die Temperaturen niedrig waren, musste sie an die unbeschwerten Sommerabende ihrer Kindheit denken. Die Leichtigkeit, mit der man in den Tag hineingelebt hatte, Sorgen nicht kannte, den Abend genoss, weil man lange aufbleiben durfte. Die Leichtigkeit der Kindheit, die, einmal verschwunden, nie wieder zurückkehrte. Vermutlich war jeder Erwachsene auf der Suche nach dieser Unbeschwertheit. Viele versuchten es mit Alkohol, für ein zeitweiliges Gefühl des Verdrängens. Sport. Computerspiele. Rhys hatte sein Skateboard. Und er wollte kündigen und reisen, um das Gefühl der allumfassenden Freiheit zu finden. Hatte er Recht? War es so einfach? Nein. Eine Flucht auf Zeit gab die Leichtigkeit nicht zurück. Ein Jahr Auszeit, zwei Jahre Auszeit. Es machte keinen Unterschied. Irgendwann holte einen die Erkenntnis ein, dass es so nicht weitergehen konnte. Die Realität klopfte an, akzeptierte keine Ignoranz.

Es gab kaum eine Möglichkeit, die Unbeschwertheit zurückzubekommen. Für jeden Menschen gab es andere Ursachen, sie zu verlieren. Und andere Gründe, sie zurückhaben zu wollen. Sie alle vereinte der Wunsch nach jener süßen Sorglosigkeit.

Sie begann ihren Fuß zu massieren, konnte spüren, wie der Knochen aufatmete, seitdem das Engagement am Theater beendet war. Sie war stolz auf sich. Auf ihren Geist, der die Schwächen des Körpers besiegt hatte. Jetzt brauchte sie eine

Pause. Die Tatsache, keinen Vertrag für eine neue Show in der Tasche zu haben, fühlte sich weniger seltsam an, als sie gedacht hatte.

Ihre Augen blieben an einem Auto hängen, das die Straße im Schritttempo entlangfuhr. Sie kniff die Augen zusammen. Doch es war zu dunkel, um jemanden hinter dem Steuer zu erkennen. Als der Wagen um die Ecke bog, versank der Lake View Drive wieder in der Dunkelheit.

Sie lehnte sich gegen den Fensterrahmen und starrte in die Nacht. Diese Abgeschiedenheit fehlte ihr in London. Sie erlaubte ihr, die Dinge klarer zu sehen. Aus einem Naturmenschen wurde kein Großstadtmensch. Das Leben zwischen Hügeln und Wiesen steckte in ihren Adern. Auch wenn sie nicht lange außerhalb der Großstadt gelebt hatte.

Sie lachte laut auf. *Ich habe es wirklich geschafft.*

Hier auf dem Fensterbrett sitzend, die Berge in Reichweite, war sie tatsächlich kurz davor, ihre Leichtigkeit wiederzufinden.

33

LESTER

18. Oktober – 09:23 Uhr

Die getönten Heckscheiben des Autos waren nicht hilfreich. Jeder, der an dem Range Rover vorbeilief, konnte durch die Frontscheibe erkennen, wer auf dem Fahrersitz Platz genommen hatte. Er fühlte sich den Blicken der Einwohner ausgesetzt, die zwar an Touristen gewohnt waren, doch zu dieser Jahreszeit jeden neugierig beäugten, der ihnen nicht bekannt war. Die Wirtin hatte Recht gehabt. Die Wandersaison war vorbei. Die Skisaison noch nicht eröffnet. In so einem Kaff fiel jeder auf.

Er trommelte mit den Fingern auf dem Lenkrad. Die ersten beiden Stunden hatte er seine Sonnenbrille getragen. Mittlerweile war ihm egal, ob er jemandem auffiel. Nur schwer konnte er seine Ungeduld in Zaum halten.

Er hatte in den letzten Nächten nicht mehr schlafen können. Nachts verfolgte ihn Shannon. Wie eine Melodie aus der Vergangenheit schlich sie sich in seine Gefühlswelt, nahm von ihm Besitz, ließ keine Ablenkung zu. Tagsüber trieben ihn die Gedanken an Erin um. In seinem Kopf war kein Platz mehr für andere Dinge. Die Suche nach Erin war allumfassend. Eine Qual, die sich nur durch ihr Auftauchen durchbrechen ließe. Erin würde ihn von seiner Pein erlösen.

Eine Frau mit einem Hund ging an seinem Auto vorbei. Sie guckte ihn an, hob eine Hand zum Gruß und lächelte. Irritiert schaute er zurück, bis er im Rückspiegel bemerkte, dass sie nicht ihn, sondern eine Joggerin meinte, die hinter seinem Auto den Gehweg entlanggelaufen kam.

Seit sieben Uhr in der Früh stand er auf dem Parkplatz gegenüber dem *Steam & Bean*. Aus Angst, Erin zu verpassen. War sie heute zu einem Ausflug aufgebrochen? Wartete er vor dem falschen Café? War es das richtige, aber Erin frühstückte dort heute nicht? Sie würde nicht jeden Tag dort einkehren. Aber irgendwo musste er seine Suche starten.

Was, wenn sie abgereist war? War sie überhaupt hier? Sein Magen zog sich zusammen bei dem Gedanken, dass er sie verpasst haben könnte. Erst jetzt kamen ihm Zweifel an seinem Vorhaben.

Er setzte sich auf. Eine junge Frau kam um die Ecke. Sie trug einen roten Mantel. Mit schnellen Schritten eilte sie Richtung Café. Es war die erste jüngere Frau, die er heute Morgen sah. Kate? Sie hatte dunkle Haare. Erins Alter. Mehr konnte er aus der Entfernung nicht erkennen. Sie verschwand im *Steam & Bean*. Es war fast halb zehn. Eine gute Uhrzeit für ein Frühstück mit einer Freundin.

Er stellte sich vor, wie Kate und Erin zusammen aufgestanden waren. Kate hatte sich der alten Zeiten willen mit Erin in dem Ferienhaus einquartiert, obwohl sie ganz in der Nähe lebte. *Ich beneide dich. Du wohnst jetzt dort.*

Wie damals, als sie Kinder waren. Wie auf dem Foto.

In der Früh hatte sich Kate auf den Weg gemacht, weil sie

Besorgungen machen wollte. Erin kam später nach. Gemeinsam würden sie jetzt ein Frühstück genießen, bevor sie in den Tag starteten. Nicht ahnend, dass vor dem Café ein Auto parkte, mit einem Insassen, der auf sie wartete.

Oder frühstückten sie zu Hause? In dem Ferienhaus? Langsam wurde ihm klar, dass seine Suche nach Erin kein leichtes Unterfangen werden würde.

Er schaute aus dem Fenster. Der Himmel war blau. In der Ferne sah er Wolken. Sie hingen in den Bergen. Die Nachrichten im Radio kündigten ab dem Mittag schlechtes Wetter an.

Weitere fünfzehn Minuten lang passierte nichts. Er schnallte sich ab. War die Frau mit dem roten Mantel ein Gast oder eine Angestellte? Was, wenn sie wirklich Kate war? Er stieg aus. Mit langsamen Schritten ging er auf die andere Straßenseite.

Das Café war leer bis auf zwei Männer, die gerade bezahlten. Sie hatten Wanderstöcke und Rucksäcke dabei. Ihrer Kleidung nach zu urteilen, zweckmäßige Outdoor-Jacken und Regenhosen, hatten die beiden einen Ausflug vor. Er war doch nicht der einzige Tourist in Grasmere. Vielleicht hatte er sich die neugierigen Blicke der Leute nur eingebildet.

Er schaute sich um. Die Einrichtung war überraschend modern. An den Wänden hingen Kunstdrucke. Die Wände waren aus Backstein. Jeder Tisch schien aus einem anderen Holz gefertigt zu sein, die Farbnuancen unterschieden sich, und auch die Holzmaserung und Struktur variierten. Eine riesige Palme in der Mitte des Cafés war Blickfang und Zentrum zugleich.

Die Frau mit dem Mantel war nicht zu sehen. Hinter der

Theke stand eine Verkäuferin, die mit einer Zange Croissants von einem Blech in die Auslage sortierte. Unschlüssig blieb er vor einem Regal mit Marmeladengläsern stehen.

»Kann ich helfen?« Aus einer Seitentür kam die Frau mit dem roten Mantel – nur, dass sie keinen Mantel mehr trug. Sie war größer, als er sie vom Auto aus eingeschätzt hatte. Sie überragte ihn um einige Zentimeter. Lächelnd schaute sie ihn an. Mit einer Hand band sie sich eine Schürze um. »Sie möchten Marmelade kaufen?« Sie hatte eine rauchige Stimme. Er hatte sich Kates Stimme anders vorgestellt.

»Wie bitte?« Sein Blick klebte auf ihrem Arm. Sie trug ein Kleid mit langen Ärmeln. *Hat sie ein Feuermal?* Er suchte nach einem Namensschild. Vergeblich. Hatte Erin jemals erwähnt, dass Kate in dem Café arbeitete? Er konnte sich nicht erinnern, ob Kates Beruf in einem Telefonat zur Sprache gekommen war. Wohnte Kate direkt in Grasmere? Frustration überkam ihn. Er wusste zu wenig.

Er schüttelte den Kopf. »Kaffee. Schwarz«, sagte er knapp.

Er konnte genauso gut von hier drinnen beobachten, wer draußen vorbeilief oder das Café betrat. Solange nicht klar war, ob es sich bei der Frau um Kate handelte, würde er nicht wieder gehen. Außerdem schmerzte sein Kreuz von der Haltung im Auto. »Zum ersten Mal in Grasmere?« Die Kellnerin lächelte ihn an.

Er zeigte auf einen Tisch neben dem Fenster. »Darf ich?«

»Sie haben freie Auswahl.« Sie zwinkerte ihm zu. »Ich bringe den Kaffee.« Sie verschwand hinter der Theke, noch immer mit einer Hand an ihrer Schürze nestelnd.

Er ging zu dem Tisch. Von diesem Platz aus hatte er alles gut im Blick. Er lehnte sich zurück. Das Koffein würde ihm die nötige Kraft geben, durchzuhalten und seine Energiereserven aufzufüllen.

Die Kellnerin kam mit einem Tablett, auf dem ein dampfender Becher stand. Während er wartete, dass sie seinen Tisch eindeckte und den Kaffee vor ihm abstellte, fiel sein Blick aus dem Fenster. Er riss die Augen auf.

Da war sie.

Sein Atem stockte. Einen Schal um den Hals gewickelt, eine Mütze auf dem Kopf gegen den Wind, kam sie auf das Café zu. Erin.

*

ERIN

Wie jeden Morgen, seitdem sie in Grasmere angekommen war, betrat sie das *Steam & Bean* zwischen halb zehn und zehn. Der Gang war zu einer Routine geworden. Sie würde sich einen Milchkaffee kaufen, einen Plausch mit den Kellnerinnen halten, vielleicht kurz durch die Zeitung blättern, den aktuellen Wetterbericht nachlesen und dann vor dem Café die Morgensonne genießen. Sie liebte die frische Luft und saß trotz der kühlen Temperaturen gern auf der Holzbank, die neben der Eingangstür stand. Die Sonne schien direkt auf das Haus, in dem sich das Café befand. Während sie den Kaffee genoss, überlegte sie, was der Tag bringen würde. Beobachtete die Passanten.

Die Tage waren bisher eine eintönige Abfolge der immer gleichen Ereignisse gewesen. Abgesehen von den Aufstiegen auf den Helvellyn.

Sie zog sich die Mütze vom Kopf. Die Wärme im Café ließ ihr Gesicht glühen. Oder hatte die Hitze einen anderen Grund? Ihre Haut prickelte.

»Einen Flat White. Kein Zucker. Entrahmte Milch.« Sie holte ihr Portemonnaie aus der Handtasche und zählte den Betrag ab. Sollte sie ein Croissant kaufen? Seit dem Ende der Show gönnte sie sich kleine Sünden. Die Backware in der Auslage sah gut aus. Dann dachte sie an die Kalorien und ihren Fuß. Sie beließ es bei dem Kaffee.

Die Kellnerin goss den Milchkaffee in einen Pappbecher. Sie kannte Erins Angewohnheit, den Flat White draußen zu trinken.

Wo war die andere Kellnerin? Sie schaute sich um. Nein. Es ging hier nicht um die Kellnerin. Ihr Unterbewusstsein hatte sich bemerkbar gemacht. *Ich werde beobachtet.* Intuition. *Dreh dich um.*

Ihr Blick blieb an der hinteren Ecke des Cafés hängen, dort, wo ein Sprossenfenster neben dem anderen war und die begehrten Tische mit Blick nach draußen.

Nur ein Gast saß allein am Fenster. Ein Adrenalinstoß durchfuhr sie. Fettige Haare. Gebeugte Haltung. Kein Zweifel.

Ihr Herz begann zu rasen.

Lester hatte sie ebenfalls erkannt. Er wartete, wie sie auf seine Anwesenheit reagierte. Sein Gesicht strahlte Genugtuung aus. Triumph war ein subjektives Gefühl. Sie gönnte ihm keine Sekunde dieser Empfindung.

Sie musste hier raus. Hoch auf den Berg. Jetzt.

»Ist alles in Ordnung?« Aus dem Augenwinkel sah sie, wie die Frau hinter der Theke ihr den Kaffee entgegenstreckte.

Sie griff nach dem Becher. Langsam ging sie zur Tür. Setzte einen Schritt vor den anderen. Sie schaute nach unten. Dann noch einmal zu ihm. Er starrte sie an. Sie kniff ihre Lippen aufeinander. Streckte das Kinn vor. Sie überlegte, ein Lächeln vorzutäuschen. Welche Reaktion war die richtige? Ihre Finger umkrallten den Autoschlüssel in ihrer Jackentasche. *Los!*

*

LESTER

18. Oktober – 09:43 Uhr

Sie hatte ihn erkannt. In einer Geschwindigkeit, als hätte sie Bedenken, dass eine zu hektische Bewegung einen Angriff provozierte, ging sie zur Tür des Cafés. Ihr Verhalten erinnerte ihn an jemanden, der in freier Wildbahn auf ein Raubtier gestoßen war.

Sie schaute nach unten, und schon glaubte er, dass sie seinem Blick ausweichen wollte, da guckte sie ihn an. Er konnte ihren Gesichtsausdruck nicht deuten. War es Furcht? Überraschung? Nein, sie schaffte es, ihre Emotion zu verbergen.

Ging sie so langsam, weil sie wartete, vielleicht sogar wollte, dass er sie ansprach? Hatte er den Hauch eines Lächelns gesehen? *Sie müssen lernen, unverfängliche Gesten richtig zu interpretieren.*

Als sie nach der Klinke griff und die Tür öffnete, sprang er auf. Erst jetzt realisierte er, dass sie dabei war, ihm zu entwischen.

Er stürmte hinter ihr her aus dem Café, ohne sich um die Bezahlung zu kümmern, und sah gerade noch rechtzeitig, wie

Erin in einen Vauxhall sprang, der an der Ecke parkte. Sobald sie aus der Tür getreten war, musste sie gerannt sein, so schnell hatte sie das Auto erreicht. Ihren Pappbecher hatte sie achtlos auf die Straße geworfen.

Er lief zum Parkplatz. »Erin!« Sie reagierte nicht. Warum flüchtete sie? Er wollte doch nur mit ihr reden.

Noch während er rannte, drückte er auf den Funkschlüssel seines Autos. Die Lichter des Range Rovers blinkten auf, und er musste nur noch hineinspringen und den Motor starten. Schon hatte er den Gang eingelegt.

Erin bog an der Kreuzung ab. Ohne auf den Verkehr zu achten, trat er auf das Gaspedal und folgte ihr. Wo fuhr sie hin? Warum reagierte sie so heftig? Als er über einen Zebrastreifen schoss, überfuhr er beinahe einen Mann. In letzter Sekunde hechtete der Fußgänger zur Seite. Im Rückspiegel sah er, dass der Mann Ähnlichkeit mit Rhys hatte. Konnte das sein? Nein. Er sah Gespenster.

Er schaffte es, zu Erin aufzuschließen. Sie konnte ihm nicht entkommen. Ohne zu blinken bog sie ab und verschwand hinter einer Kurve.

Während er Erin verfolgte, versuchte er zu verstehen, was vor sich ging. Wollte sie ihn abschütteln? Das würde ihr nicht gelingen. Der Ort war zu klein, um einfach abzuhauen.

Dann gab Erin plötzlich Gas. Dieses Biest!

Sie fuhr bei Gelb über eine Ampel und raste über die Landstraße ortsauswärts. Die Ampel sprang auf Rot und zwang ihn anzuhalten.

»Scheiße!« Er schlug auf das Lenkrad. Es kamen keine Autos von der anderen Seite. Er lehnte sich vor. Wenn er ganz langsam … Nein. Hinter ihm wartete ein Auto. Es war zu spät. Er konnte nicht bei Rot fahren, ohne zu riskieren aufzufallen. Die Sekunden verstrichen quälend langsam.

Als die Ampel wieder auf Grün sprang, gab er Gas und schoss über die Kreuzung. Er erhöhte die Geschwindigkeit und raste die A591 Richtung Wythburn Church.

Wo war Erin? Wo wollte sie hin? Die Straße führte geradeaus, Bäume säumten die Böschung zu seiner Linken. In dem alten Vauxhall konnte sie nicht so schnell fahren wie er. Wie viel Zeit hatte er verloren? Dreißig Sekunden? Fünfzig?

Die Straße führte in die Berge. Kein Auto war weit und breit zu sehen. Lester biss die Zähne zusammen.

Jetzt, wo sie wusste, dass er in Grasmere war, würde sie noch auf die Straße gehen? Oder sofort abreisen? Er musste mit ihr reden. Es war womöglich seine letzte Chance. Die Frage, warum sie so reagierte, beschäftigte ihn. Es gab nur eine Erklärung. Es mussten die Lügen sein, die Rhys ihr in den Kopf gesetzt hatte.

Er beschleunigte, als würde das erhöhte Tempo seinen Ärger eliminieren können. Das Gegenteil passierte. Je schneller er die Straße entlangraste, desto größer wurde seine Wut. Warum ließ sie ihm nicht die Chance auf ein Gespräch?

Er näherte sich dem Helvellyn. Kein Auto war zu sehen. Es war ein Wochentag, das Wetter nicht optimal. Der Berg lockte keine Wanderer an.

Plötzlich glaubte er, in einiger Entfernung ein Schild zu sehen, das nach rechts in eine Abbiegung zeigte. War sie dort von der Straße abgefahren? Zu seiner Linken befand sich laut eines Straßenschilds der Thirlmere. Ein riesiger See. Die Abbiegung war die einzige Möglichkeit, die Landstraße zu verlassen. Er trat das Gaspedal durch. Es war die richtige Entscheidung gewesen, einen Geländewagen zu wählen. Er raste auf das Schild zu. Ein weißes P auf blauem Grund. Abrupt bremste er ab.

Der Parkplatz war leer. Erins Auto war nicht zu sehen.

Als er gerade wieder Gas geben wollte, bemerkte er hinter einem Baum ein weiteres Schild. Er schlug das Lenkrad ein und preschte mit quietschenden Reifen über den Platz. Schottersteine flogen gegen die Windschutzscheibe. Überrascht trat er auf die Bremse.

Hinter einer Hecke befanden sich weitere Parkplätze. Und dort stand unübersehbar der alte Vauxhall. Er hatte Erin gefunden. Ein Grinsen überkam ihn.

Er fuhr langsam an das Auto heran, blieb mit laufendem Motor dahinter stehen, wollte ihr den Weg abschneiden. Doch hinter dem Steuer saß niemand. Erin war nicht zu sehen. *Verdammt.*

Kurzentschlossen legte er den Rückwärtsgang ein. Er wollte nicht, dass sein Auto sofort entdeckt wurde. Er fuhr auf den Hauptparkplatz und ließ den Wagen eine Böschung hinunterrollen. Hinter einem Baum stellte er den Range Rover ab. Der Geländewagen wirkte nun wie das Auto eines Anliegers, der auf seinen Ländereien unterwegs war, und nicht wie das Auto eines Touristen, der zu einer Wanderung aufgebrochen war. Nichts sollte darauf hindeuten, dass die beiden Autos in Verbindung zueinander standen.

Wo konnte sie sein? Er sah einen Pfad, der sich vom Parkplatz aus über einen Hügel in Richtung Helvellyn schlängelte. Er sprang aus dem Auto und lief los. Nach ein paar Metern stoppte er. Sollte er seine Karte aus dem Auto holen? Alle Utensilien, die er in dem Wanderbedarf erworben hatte, befanden sich im Kofferraum. Auch sein Rucksack mit dem Chloroform und der Schimmelbuschmaske war im Auto. Wie sollte er Erin alles in Ruhe erklären, wenn sie vor ihm davonrannte? *Sie leiden unter einer Extremreaktion auf Kritik und Ablehnung.*

Er lief zurück zum Auto, öffnete die Beifahrertür und zog seinen Rucksack heraus.

Für die restliche Wanderausrüstung im Kofferraum hatte er keine Zeit. Er durfte Erin nicht zu viel Vorsprung geben.

Schon war er wieder auf dem Weg.

Bei jedem Schritt spürte er die Glasflasche mit dem Chloroform gegen seine Nieren schlagen. War das überhaupt der Helvellyn, der sich vor ihm auftürmte? Er hatte keine Ahnung.

Er stoppte erst, als er nach Luft schnappen musste. Sein schweres Atmen war das einzige Geräusch, ansonsten Stille.

Ein Holzschild in einiger Entfernung erregte seine Aufmerksamkeit. Er lief den Pfad hinauf, direkt darauf zu. Erin musste irgendwo sein. Das Schild war ein Wegweiser. Eine Landkarte der Umgebung. Ein roter Punkt im unteren Drittel der Karte verriet seinen Standort.

Eine schwarze Linie zeigte eine Wanderroute hoch auf den Berg. Es war tatsächlich der Helvellyn. Der Striding Edge war mit einem Ausrufezeichen versehen. Eine Legende an der Seite des Schildes erklärte, dass ein Ausrufezeichen ein Gebiet bezeichnete, das nur von erfahrenen Wanderern erklommen werden sollte.

Er fuhr sich durch die Haare. War Erin zu einer Wanderung aufgebrochen? Oder versuchte sie, ihm auf diese Weise zu entkommen? Versteckte sie sich? Was hatte sie für Kleidung getragen? Bergtaugliche Ausrüstung? Sein Erinnerungsvermögen ließ ihn im Stich. Wann hatte sein Gedächtnis aufgehört zu funktionieren? Wann hatte er seinen Emotionen erlaubt, seine Sinne zu verblenden?

Aus Mangel an Alternativen lief er den Pfad weiter. Es war die einzige Richtung, die Sinn machte. Und von der Anhöhe aus hätte er einen besseren Überblick.

Sein Brustkorb verengte sich bei jedem Schritt. Er musste nach Luft schnappen. Es konnte nicht an seiner Fitness liegen. Er trainierte doch jeden Tag.

Plötzlich wurde ihm schwarz vor Augen. Er blieb stehen. Sein Herz schlug so heftig, als würde es zwischen den Rippen herausbrechen wollen. In seinen Ohren rauschte es. Er ging in die Knie, hielt den Kopf nach unten. Er spürte, wie das Blut zurückfloss. Der Schwindel hörte auf. Er blieb so lange in der Position, bis sich sein Atem beruhigte. Als er sich schließlich aufrichtete, stand Erin weniger als zweihundert Meter von ihm entfernt. Sie starrte ihn an.

34

Das Verhörzimmer ist alt. Alles in dem Raum schreit nach Reinigung. Die Wände mit der fleckigen, porösen Tapete und der Tisch mit den klebrigen Staubfasern.

Der Detective sitzt mit breiten Beinen vor ihm auf einem Plastikstuhl. Die Haare des Mannes sind dünn und grau, sein Gesicht faltig. Er hat sich ihm als Detective Chief Inspector Flanagan vorgestellt.

»Sie haben Ihre Universitätslaufbahn hingeschmissen?« Flanagan blättert in einer Akte. Seine Finger fahren über das Papier. Er strahlt Selbstsicherheit aus.

Lester zieht seine Schultern hoch. Die Arme verschränkt er vor der Brust. Er will so wenig Angriffsfläche wie möglich bieten. Seit Shannons Tod ist nichts mehr, wie es war, und das Letzte, was er brauchen kann, ist ein erneutes Verhör.

Seit Tagen fallen ihm Dinge ein, die er Shannon noch hätte sagen wollen. Es ist, als würde sein Kopf ihn bestrafen wollen, ihm nachträglich zeigen, was er falsch gemacht hat.

Er ist in den Fokus der Ermittlungen geraten, nachdem Shannons lebloser Körper hinter der Kirche aufgefunden worden war.

Nachbarn, ihre Kinder, sogar eine Kollegin aus dem Filmstudio haben den Beamten Lügen erzählt.

»Ich habe nichts zu sagen.« Der Gedanke an das Gespräch mit dem Direktor des Instituts lässt ihn schaudern. Die Universität hat Wind von der Sache bekommen. Man hat ihn zu den polizeilichen Ermittlungen befragt. Man legte ihm nahe, seine Einschreibung und Beschäftigung als studentische Hilfskraft an der Universität zu überdenken. Es interessiert ihn nicht.

Ohne Shannon macht nichts mehr Sinn. Seine Konzentration ist weg. Seine Leidenschaft ist weg. Der Sinn seiner Existenz ist weg. Seine wissenschaftliche Karriere ist beendet, bevor sie begonnen hat. Er wird nie wieder einen Schritt in das Institut setzen.

»Sie wissen, warum wir Sie heute noch einmal vorgeladen haben?«

»Es geht um Shannon Lynch?«

»Wir haben noch ein paar Fragen. Sie haben angegeben, dass Sie sich am Abend ihres Todes mit Ms Lynch getroffen haben.«

»Ja.«

»Shannon war gehörlos. Beherrschen Sie Gebärdensprache?«

»Nur vereinzelte Gesten und Zeichen.«

»Wie haben Sie mit ihr kommuniziert?« Der Detective lehnt sich nach vorne. Er scheint ehrlich interessiert. Seine Augen ruhen auf ihm, warten auf eine Antwort.

»Sie konnte von den Lippen lesen. Und …« Er bricht ab. Er erinnert sich an ihren Blick auf seinen Lippen.

»Und?«

»Sie hatte ein Notizbuch, in dem sie Dinge notiert hat, um mit anderen Menschen in Kontakt zu treten.«

»Richtig.« Flanagan sieht zufrieden aus. Er öffnet die Akte und zieht einen Zettel hervor. »Kommt Ihnen das bekannt vor?«

Lester hält den Atem an. *»Ich kann dir nicht geben, was du dir wünschst.«* Es ist Shannons Schrift. Er schluckt. »Nein.«

»Das Notizbuch wurde in Shannons Jackentasche gefunden. Dies ist die Kopie einer Seite. Haben Sie eine Idee, wem diese Zeilen gegolten haben könnten?«

»Nein.«

Flanagan schüttelt den Kopf. Lester kann seine Wut sehen. »Worüber haben Sie mit Ms Lynch gesprochen, an jenem Abend?«

»Ich kann mich nicht erinnern.«

»Sie können sich nicht erinnern?« Der Polizist lacht auf. »Sie sind von der Frau besessen. Sie treffen sich mit ihr. Sie gibt Ihnen eine Abfuhr. Und eine halbe Stunde später ist die Frau tot. Ihr Leben geht den Bach runter.« Er schlägt mit der Hand auf den Tisch. »Sie wollen mir erzählen, dass Sie sich nicht an den Inhalt Ihres Gesprächs erinnern können?«

»Das stimmt.«

»Mr Sharp …«, der Polizist lehnt sich vor. »War es nicht so, dass Sie Shannon aufgelauert haben? Sie vor der Tür des Filmstudios gewartet haben, stundenlang, wie ein Besessener? Bis sie schließlich aus Mitleid zu Ihnen gegangen ist?«

»Wer behauptet das?« Seine Hände ballen sich zu Fäusten.

»Wir haben eine Zeugenaussage.«

Er richtet sich auf. »Haben Harper, Fergus und Fred Lügenmärchen erzählt?« Er lacht verächtlich auf. »Das kann man nicht ernst nehmen.«

»Wer?« Für einen Moment sieht der Polizist ihn verdutzt an.

»Machen Sie Ihre Hausaufgaben. Die Bälger.«

Der Polizist lässt sich nicht provozieren. »Nehmen wir einmal an, dass sich der Abend so abgespielt hat«, sagt er, ohne sich aus dem Konzept bringen zu lassen. »Sie sind mit Shannon ein paar Meter spazieren gegangen. Haben sich von dem Filmstudio entfernt. Wohin sind Sie gegangen?«

»Wir waren an der Themse.«

»Können Sie mir erklären, was Shannon dann nur wenige Minuten später auf dem Innenhof der St. Mary's Church zu suchen hatte? Dem Ort, an dem sie tot gefunden wurde?«

»Hören Sie auf, ihren Namen zu sagen«, entfährt es ihm. Seine Finger krallen sich an der Tischplatte fest. Er richtet sich auf. »Haben Sie keine Zeugenaussage für diesen Teil Ihrer Story?«

Innerlich atmet er auf. Er hat mehr Glück als Verstand, dass ihn tatsächlich niemand an der Kirche gesehen hat. Ansonsten würde die Polizei andere Geschütze auffahren.

»Was haben Sie zu Shannon gesagt, als Sie sich von ihr verabschiedet haben?« Der Polizist scheint es jetzt zu genießen, Shannons Namen auszusprechen.

Er muss sich zusammenreißen. Darf sich keine Schwäche leisten. »Wie meinen Sie das?«

»Sie behaupten in Ihrer Aussage, Sie hätten sich nach dem Spaziergang einvernehmlich verabschiedet und seien allein nach Hause gegangen.«

»Ich kann mich an den Wortlaut meiner Verabschiedung nicht erinnern. Was man halt so sagt zum Abschied. Zu einer Gehörlosen. Nicht viel.«

»Welchen Eindruck machte Shannon auf Sie zu diesem Zeitpunkt?«

»Sie war wie immer.«

Flanagan schüttelt den Kopf. Er blättert wieder in der Akte. »Wie haben Sie Shannon überhaupt kennengelernt? Es ist sicher nicht leicht, mit einer gehörlosen Frau in Kontakt zu kommen.«

»Wir waren Nachbarn.« Er schaut den Detective an. »Nachbarn kommen in Kontakt.«

Der Polizist zieht weitere Kopien aus einem Umschlag, breitet sie vor ihm auf dem Tisch aus. »Ich helfe Ihrem Gedächtnis auf die Sprünge.«

Lester schaut auf die Zettel. Vor ihm liegen die Zeugnisse seiner Kommunikation mit Shannon. Seine Augen kleben auf den Seiten des Notizbuches.

»Wir haben Ihre Mülltonne. Sie haben unsere.« Shannons Schrift.

»Ich heiße Lester.« Seine Schrift. *»Freut mich sehr.«*

»Wir haben ausreichend viele Dokumente, die zeigen, wie häufig Sie mit Ms Lynch persönlich in Kontakt standen. Mehr, als es unter Nachbarn üblich ist.« Flanagan schiebt eine Handvoll weiterer Kopien in seine Richtung. »War Shannon an diesen Tagen auch wie immer?« Seine Stimme hat einen gehässigen Tonfall angenommen.

»Lester, ich habe keine Zeit.«

»Ich habe keine Zeit. Es tut mir leid.«

»Keine Zeit.«

»Ich möchte zurück.«

»Ich kann das nicht annehmen.«

»Geh.«

Der Detective steht auf. »Klingt nicht nach einer Frau, die Interesse daran hat, sich mit einem Mann zu treffen.« Er tippt auf die Kopien. »Sie haben Shannon Lynch belagert.«

Lester schweigt.

»Wissen Sie, was das Frustrierende an meinem Beruf ist?« Ohne auf eine Antwort zu warten, fährt Flanagan fort: »Man wird belogen. Jeden Tag. Ich weiß, dass Sie nicht die Wahrheit sagen. Und Sie wissen, dass ich es weiß. Und doch …« Er bricht ab und starrt ihn an. Lester hält dem Blick stand. Der Polizist zuckt mit den Schultern. »Ich werde es beweisen.«

»Kann ich jetzt gehen?«, fragt Lester. Er hält es keine Sekunde länger in diesem Zimmer aus.

»Halten Sie sich zu unserer Verfügung.«

Lester springt auf.

»Mr Sharp?«

»Ja?«

»Ihr Anwalt hat uns nach dem letzten Gespräch signalisiert, dass Sie mit dem Gedanken spielen, einen Therapeuten aufzusuchen. Ich weiß nicht, ob das der Wahrheit entspricht. Ob es ein Versuch ist, uns milde zu stimmen. Was auch immer Ihre Beweggründe sind. Ich halte es für eine gute Idee.«

35

LESTER

18. Oktober – 10:27 Uhr

Er hielt den Atem an. Erin stand auf einer kleinen Anhöhe und schaute auf ihn herunter. Sie trug Handschuhe. Wanderstiefel. Einen Rucksack. Sie wollte wirklich auf den Berg. Langsam machte er einen Schritt in ihre Richtung.

Jetzt, wo er sie gefunden hatte, löste sich die Verkrampfung in seinem Brustkorb. Die Atemprobleme waren weg. Der Sauerstoff erreichte wieder seine Lunge. Neue Energie durchströmte seinen Körper. Den Blick auf Erin gerichtet, ging er auf sie zu. Mit jedem Schritt verringerte sich der Abstand zwischen ihnen.

Doch sein Näherkommen löste Erin aus ihrer Starre. Sie drehte sich um und lief den Hügel hinauf. Sie wollte nicht mit ihm reden. Sie gab ihm einfach keine Chance.

Selbst aus der Entfernung konnte er sehen, dass sie für einen sicheren Aufstieg zu schnell ging. Diese Geschwindigkeit würde sie nicht durchhalten.

War sie tatsächlich hier rausgefahren in der Hoffnung, ihn abzuschütteln? Er musste beinahe lachen.

Hatte sie noch immer nicht verstanden, dass sie ihn nicht

loswerden konnte? Es spielte keine Rolle, wo sie sich aufhielt. *Ich finde dich überall.*

»Erin.« Seine Worte blieben ohne Reaktion. »Ich will mit dir reden.«

Sie hatte ihn nicht gehört. Oder sie ignorierte ihn. Mit nach oben gezogenen Schultern lief sie den Berg hinauf. Ihren Blick starr nach vorn gerichtet.

*

ERIN

Sie musste das Tempo drosseln, auch wenn ihr Instinkt etwas anderes wollte. Sie durfte nicht zu schnell werden. Der Helvellyn gab das Tempo vor. Selbst auf den gut befestigten Pfaden war Vorsicht das oberste Gebot. Ein falscher Schritt, eine unbedachte Bewegung – das Risiko zu stürzen, war hoch. Ihr Mund war trocken, und für einen Moment blieb sie stehen, um eine Flasche Wasser aus ihrer Tasche zu holen.

Die Strecke über den Striding Edge hoch zum Helvellyn war anspruchsvoll. Nach einem zunächst komfortablen Teil, auf dem der Pfad deutlich zu erkennen war, änderte sich das Bild oberhalb des Nethermost Cove. Der Weg wurde am höchsten Punkt so schmal, dass er ohne einen erkennbaren Pfad über den Grat führte. Bei Fellwalkern und Scramblern war der Zugang über das *Hole-in-the-Wall* beliebt, ein mit provisorischen Brettern verkleideter Durchbruch in einer Steinmauer. Mehrere Wege führten auf diesen Punkt; danach ging es steil bergauf.

Erin hatte sich dagegen für den Aufstieg vom südlichen

Ende des Thirlmere entschieden. Sie kam hier schneller voran. Doch sie musste sich auf jeden Schritt konzentrieren. Nicht umsonst standen in immer kürzeren Abständen Warnschilder am Wegrand, die Wanderer auf die Gefahren der Höhe aufmerksam machten. Die steil abfallenden Hänge musste sie ebenfalls im Blick behalten.

Bereits jetzt, noch am Fuß des Helvellyn, hatte man eine gute Aussicht über die Landschaft. Die Weite erstreckte sich vor ihr, der Horizont ging in den Himmel über. Von Westen zogen dichte Wolken auf. Sie hingen tief über dem Norden Englands. Es war kein ideales Wetter, um später auf dem Striding Edge zu balancieren. Doch ihr war diese Wetterlage nur recht. Je mehr Wolken, umso besser. Sie schränkten die Sicht ein, und sie kannte sich besser aus als ihr Verfolger.

Unbeirrt ging sie weiter bis zur nächsten Anhöhe. Von hier hatte sie den besten Überblick. Sie schaute den Berg hinunter. Ihre Augen suchten den Weg ab.

Da. Sie zog Luft ein. Lester war ihr auf den Fersen. Luftlinie trennten sie beide nur wenige hundert Meter. Ein Adrenalinstoß durchfuhr sie. Dann schaute sie den Helvellyn hinauf. Die Masse des Berges strahlte Schutz aus. Sie musste da hoch. Nicht ohne Grund kannte sie den Berg wie ihre Westentasche, so häufig war sie in der letzten Zeit dort oben gewesen. Mit energischen Schritten eilte sie weiter.

Sein Blick ließ die Haare in ihrem Nacken aufstellen. Sie drehte sich ein letztes Mal um. Er war da. Er hatte die Verfolgung aufgenommen.

*

LESTER

18. Oktober – 12:19 Uhr

Wie ein gehetztes Tier lief sie vor ihm her. Von Zeit zu Zeit schaute sie sich um. Doch sie würde ihn nicht abhängen können. Mit einem Grinsen auf den Lippen ließ er sie vor sich herlaufen. Er musste sich nicht einmal sonderlich beeilen. Sie ging noch immer zügig, hatte ihr Tempo jedoch verringert. Er hatte keine Mühe, ihr zu folgen.

Irgendwann würde sie eine Pause machen müssen. Außerdem würde sie früher oder später zu ihrem Auto zurückkehren. Er würde sie verfolgen, so lange, bis sie ihm die Chance gab, mit ihm zu reden.

Plötzlich verschwand Erin hinter einer Kurve. Zum ersten Mal, seit sie beide auf dem Berg waren, konnte er sie nicht mehr sehen.

Die Steigung nahm jetzt stetig zu, und er spürte seine Muskeln in den Waden. Als er die Abbiegung erreichte, gab ihm ein Schild die Information, dass er sich dem Striding Edge näherte.

Er entdeckte Erin in der Ferne. Ihre Tanzausbildung kam ihr zugute. Das konnte er sehen. Ohne offensichtliche Balanceschwierigkeiten lief sie den Pfad entlang. Rechts und links fiel der Berg scharf ab. Sie hatte sich ein ganzes Stück entfernt. Die zähe Verbissenheit, mit der sie ihren Weg suchte, zeigte ihm, dass Profitänzerinnen nur optisch zarte Wesen waren.

Er hatte keine Wahl. Die einzige Alternative wäre, den Rückzug anzutreten. In dem Fall riskierte er, Erin nie wiederzusehen. Mit Sicherheit würde sie sofort aus Grasmere abreisen und nie wieder einen Fuß in ihre Wohnung in der Narrow Street setzen. Er hatte einen Punkt erreicht, an dem es kein Zurück mehr gab.

Vorsichtig setzte er seinen Weg fort, Erin vor Augen, die sich mühelos entfernte. War das ihr Ziel? Hatte sie gewusst, dass er ihr auf diesem Abschnitt des Weges nicht so schnell folgen konnte? Hoffte sie, dass er in die Tiefe stürzte? Ihr Problem von der Bildfläche verschwand?

Der erste Teil des Kamms war gut zu besteigen. Der Pfad war glatt und ebenerdig. Seine Füße hatten ausreichend Kontakt zum Boden, und er kam schnell voran. Doch kurz darauf wurde der Weg beschwerlicher, und er musste sich konzentrieren, keinen falschen Schritt zu machen. *Wir haben viele Unfälle mit Touristen, die ihre Fähigkeiten überschätzen.*

Er wurde wütend, welchen Gefahren sie ihn durch ihre unbedachte Flucht aussetzte. Leicht gebeugt und auf jede Unebenheit achtend, folgte er ihr Meter um Meter. Das Wetter am Himmel sah nicht vielversprechend aus. Um ihn herum war alles eintönig grau. Wie schon Grasmere am Vortag bot auch die Natur kaum Farbe. Die Sonne war verschwunden, die Wolken tauchten den Berg in ein düsteres Licht. Die Wiesen waren ausgetrocknet und von Erde durchbrochen. Auf dem Pfad rundeten Schottersteine das Bild der Trostlosigkeit ab.

Er kniff die Augen zusammen und erkannte, dass Erin auf einem kleinen Podest eine Pause machte. Gab sie ihm die Chance aufzuschließen?

Steil fielen rechts und links die Hänge in die Tiefe. Er blieb stehen. Er traute sich nicht, gleichzeitig zu gehen und in die Ferne zu schauen.

Soweit er erkennen konnte, zog Erin einige Gegenstände aus dem Rucksack. Eine Wasserflasche. Mehr konnte er aus der Entfernung nicht identifizieren.

Die Schimmelbuschmaske und das Chloroform auf seinem Rücken fielen ihm ein. Windböen peitschten von der Seite gegen seinen Rucksack. Mehr als einmal hatte er das Gefühl, das Gleichgewicht zu verlieren. Noch war die Sicht klar. Doch die Wolken kamen näher. Er wollte sich nicht ausmalen, was Sturm oder Nebel hier oben für Auswirkungen hatten.

Sollte er doch umkehren? Er biss die Zähne zusammen. Auf keinen Fall.

Schon ging Erin weiter, hatte sich nicht viel Zeit für ihre Erholungspause gegönnt.

Er brauchte nicht mehr lange, um an die Stelle zu gelangen, an der sie Halt gemacht hatte. Erin war nicht weit entfernt, schien ihr Tempo drastisch reduziert zu haben. Der Wind pfiff ihm um die Ohren.

Auf dem Felsvorsprung, auf dem sie ihren Rucksack abgestellt hatte, sah er einen Gegenstand liegen. Hatte sie etwas vergessen? Ihre Handschuhe?

Als er nur noch wenige Meter davon entfernt war, sah er, dass der Gegenstand eine längliche Form hatte. Eine Pfeife? Gleichzeitig stieß er mit dem linken Fuß gegen einen Stein. Er stolperte und musste einen Schritt zur Seite machen, um nicht auszurutschen. *Verdammt.*

Sein Blick klebte auf dem Gegenstand.

Noch drei Schritte. Es sah aus, wie … Noch zwei Schritte. Es war keine Pfeife. Er stand jetzt direkt davor.

Doch erst, als seine Hände wie von selbst danach griffen, konnte er die Wahrheit nicht länger verdrängen.

Es machte keinen Sinn. Und doch schien sich alles mit einem Schlag zusammenzufügen. Seine Kehle verengte sich.

Er wollte aufschauen. Wo war Erin? Doch die einzige Bewegung, zu der sein Körper fähig war, war das unkontrollierte Zittern seiner Finger. Sein Zeigefinger strich über die schwarze Seide. Er starrte auf die Schleife aus Tüll, die den Stiel verzierte. Er schnappte nach Luft.

Es war siebzehn Jahre her, seit er dieses viktorianische Ear Trumpet zuletzt in seiner Hand gehalten hatte.

36

ERIN

Sie beobachtete ihn. Langsam ging sie zurück. Direkt auf Lester zu. An seinem Gesichtsausdruck konnte sie sehen, dass sein Gehirn damit beschäftigt war, die Puzzleteile zusammenzufügen. Noch machte es keinen Sinn für ihn. Noch versuchte er, eine logische Erklärung zu finden. In Sekundenschnelle durchlief er verschiedene Phasen: Schock, Leugnen, Zorn, Akzeptanz.

Die letzte Phase war am schwierigsten, da sie einen dauerhaften Zustand darstellte. Der Realität ins Auge zu sehen war schwierig. Das wusste sie besser als jeder andere.

Sie ließ ihm Zeit. Jetzt würde sich zeigen, wie schnell sein Verstand arbeitete. Wie lange würde er brauchen, bis die Erkenntnis ihn überwältigte? Logik ließ nur eine Erklärung zu. Würde er draufkommen?

Ihr Plan hatte funktioniert. Die Leichtigkeit, die sie seit siebzehn Jahren suchte, war jetzt zum Greifen nah.

Sie schaute sich um. Außer ihnen beiden hatte sich bei dieser Wetterprognose kein Wanderer auf den Striding Edge gewagt. Auch das Gipfelplateau in einiger Entfernung war menschenleer. Die Voraussetzungen waren perfekt.

Seit ihrer Ankunft vor einer Woche hatte sie das Geschäft für Wanderbedarf jeden Abend im Blick behalten. Im Schein der gelben Leuchtschrift über der Eingangstür hatte sie ihr Auto ein Stück entfernt an der Straße geparkt und gewartet. Erste Zweifel hatten an ihr genagt, ob er kommen würde. Hatte sie ihn richtig eingeschätzt? Würde er ihr folgen? Hatte er mitbekommen, dass sie in Grasmere sein würde, die Hinweise, Quittungen, Zeitschriften gefunden? Die Telefonate gehört? Nervosität hatte von ihr Besitz ergriffen. Würde alles klappen? Hatte er sich manipulieren lassen?

Als er gestern Abend nach dem Besuch des Ladens in sein Auto gestiegen war, hatte sie zunächst gedacht, er habe sie bemerkt. Er war direkt an ihrem Vauxhall vorbei zu seinem Range Rover gegangen. Doch er hatte nur seine eigene Jagd vor Augen gehabt. Geblendet von seinem Ziel, sie zu finden, war er geradewegs an ihr vorbeigelaufen. Ihre Erleichterung über sein Auftauchen war das beste Gefühl seit langer Zeit gewesen.

Wie jeden Morgen hatte sie dann das *Steam & Bean* gewählt, um auf ihn zu warten. Sie hatte sich ihre Wanderkleidung angezogen und alle notwendigen Vorkehrungen getroffen. Sie wollte vorbereitet sein. Es hatte jederzeit losgehen können, nachdem sie von Lesters Anwesenheit in Grasmere wusste.

Es war eine Frage der Zeit gewesen. Sie hatte nur in das Café spazieren müssen, um ihn einzusammeln. Sie war sich sicher gewesen, dass sein erster Weg ihn dorthin führen würde. Wo sonst hätte er seine Suche nach ihr starten sollen? Sie hatte den Namen des Cafés oft genug erwähnt.

Eigentlich hatte sie dort auf ihn warten wollen. Doch er war sogar schon da gewesen.

Jetzt stand sie vor ihm. Lester hielt das Ear Trumpet ihrer Mutter in seiner Hand. Das Ear Trumpet, das er Shannon an jenem Abend geschenkt hatte.

Schließlich schaute er auf. »Harper?« Aus seinem Gesicht war jede Farbe gewichen. Sein Verstand war schnell; er knüpfte die richtigen Verbindungen.

»Harper.« Sie verschränkte die Arme vor der Brust. »Die Fantasie blüht auf, wenn man in einem Filmstudio aufwächst.« Mit verstellter Stimme sprach sie wie ein Kind. Sie wählte die Worte, die sie vor siebzehn Jahren zu ihm gesagt hatte. »Es ist mein Lieblingsname. Kennst du das Buch *Harper and the Magpies?*«

Sie genoss seinen schockierten Gesichtsausdruck. »Du heißt überhaupt nicht Harper.« Es war eine Feststellung.

»Nein. Es war bloß mein Lieblingsname.« Sie grinste ihn an. »Erin.« Sie zögerte. »Lynch.« Die Wirkung war frappierend. Sein Gesicht wurde so blass, dass die Falten um seine Augen noch mehr hervortraten. Zum ersten Mal fiel ihr an seinem linken Auge der obere Wimpernkranz auf. Er war zur Hälfte weiß. Das Auge mit den weißen Wimpern zuckte. »Ich war mir nicht sicher, ob meine Mutter dir gegenüber je meinen Namen verwendet hat«, sagte sie.

»Nein.« Er flüsterte.

»Ich habe das Notizbuch meiner Mutter gelesen. Aus den Wochen, in denen du sie belästigt hast. Ich kenne es auswendig. Mein richtiger Name taucht in den ›Gesprächen‹ mit dir nicht auf.« Sie machte eine Pause. »Ich bin das Risiko eingegangen.«

»Hunt? Woher kommt der Nachname? Entspringt der auch deiner Fantasie?«

»Meinen Nachnamen habe ich dir zu verdanken. Im doppelten Sinne.« Sie konnte ein bitteres Lachen nicht unterdrücken. »Es ist der Name meiner Pflegefamilie. Passend, nicht wahr? Mein ganzes Leben, seit dem Tod meiner Mutter, war ich auf der Jagd.« Sie schüttelte den Kopf. »Mit achtzehn hat man mir die Wahl gelassen, wie ich heißen möchte. Ich dachte, Hunt könnte mir gute Dienste erweisen.« Sie musterte ihn. »Ich wollte den Namen meiner Kindheit nicht beschmutzen. Wenn alles vorbei ist, heiße ich wieder Lynch.«

»Wenn alles vorbei ist?«

Sie sah, wie er an ihren Lippen hing. Seine langen Finger umkrallten das Ear Trumpet, als würde er sich daran festhalten.

»Meine Arbeit im Theater war der kleinere Teil einer seit langer Zeit geplanten Performance.« Sie fixierte ihn. »Hat dir die Vorstellung gefallen? Du warst der einzige Zuschauer. Exklusiv. Oder sollte ich besser Zuhörer sagen? Du warst in der ersten Reihe.«

Er schüttelte den Kopf. Dennoch starrte er sie wie gebannt an. »Aber …« Sein Kopfschütteln wurde intensiver. »Du hast telefoniert. Mit deiner Mutter. Ich habe es gehört. Die Wände in meinem Badezimmer sind dünn. Zu dünn. Ich konnte jedes Wort verstehen, das in deiner Wohnung gesprochen wurde. Shannon ist tot.« Er stockte. »Shannon war *taub*.«

»Meine Mutter ist tot. Das ist richtig. Meine Mutter war gehörlos. Auch das stimmt.«

»Mit wem hast du telefoniert? Deiner Pflegemutter?«

»Ich habe mit niemandem telefoniert. Es gibt keine Mutter. Es gibt keine Kate. Meine Telefonate dienten nur einem einzigen Zweck: dir Informationen über mich zukommen zu lassen. Einige Dinge, die du gehört hast, entsprachen der Wahrheit. Andere nicht.« Sie ließ diese Aussage auf ihn wirken. »Du solltest nicht auf die Idee kommen, wer ich wirklich bin. Ich hatte Bedenken, dass du meinen richtigen Vornamen kennst. Ich wollte sichergehen, dass du keinen Verdacht schöpfst. Mit einer toten und gehörlosen Mutter kann man nicht telefonieren. Eine gehörlose Mutter kann keine Geschichten vorlesen.«

»Du hast die Telefonate vorgetäuscht?« Er starrte sie fassungslos an. »Es gibt keine Kate?«

»Kate existiert nicht.« Sie zeigte auf ihren Kopf. Dann deutete sie auf ihn. »Nur in meiner und deiner Vorstellung.«

»Wer ist das Kind auf dem Foto, das Lesezeichen in dem Buch?«

»Das Bild ist aus dem Filmstudio. Zwei Mädchen aus einem Episodenfilm. Es freut mich, dass du es gefunden hast.«

»Deswegen sieht dir das Mädchen nicht ähnlich.« Seine Stimme überschlug sich. »Du warst gar nicht dick.« Dann sagte er noch einmal, als würde er es nur langsam begreifen: »*Du* bist Harper.«

»Das Foto war ein Ablenkungsmanöver. Falls ich dich an die kleine Harper aus Rotherhithe erinnern sollte.«

»Kate hat kein Feuermal. Kate gibt es nicht.« Er sprach zu sich selbst.

»Du hast keine Ahnung, wie ich es genossen habe. Zuerst war ich schockiert, wie dünn die Wände sind. Dann hab ich aus der Not eine Tugend gemacht und die Chance ergriffen.« Sie konnte sehen, wie er schluckte.

»Ist das Zufall? Die Wohnung?«, fragte er. »Direkt neben meiner?«

Sie zog eine Augenbraue hoch. »Glaubst du an Zufälle? Es hat Jahre gedauert, bis ich dich gefunden habe. Ich habe recherchiert und alle Hebel in Bewegung gesetzt. London ist groß. Neun Millionen Einwohner. Es ist nicht einfach, *einen* von ihnen zu finden. Ich habe jedes einzelne Wählerverzeichnis Londons nach dir durchsucht. Stadtteil für Stadtteil. Irgendwann hatte ich Glück: Du bist in Tower Hamlets für die Wahlen registriert. Bist im öffentlichen Electoral Register eingetragen. So kam ich an deine Adresse.«

»Und dann hast du gewartet, bis Bernard …« Er brach ab, erkannte den Fehler. Der Schock stand ihm ins Gesicht geschrieben. »Du hast …«

»Ich brauchte die Wohnung. Sie war perfekt. Ich musste sichergehen, dass du es wirklich bist. Wollte dich ausspionieren. Das konnte ich nur in deiner unmittelbaren Nähe.«

»Du hast Bernard umgebracht?«

»Bernard war überfällig.« Sie zuckte mit den Schultern. »Ein Kollateralschaden. Er hätte ohnehin nicht mehr lange gehabt. Ich habe der Natur vorgegriffen. Ein Jahr oder zwei. Ich habe Nachforschungen bei seinem Hausarzt angestellt.«

»Du bist verrückt.«

»Der Auftritt als Call Girl hat Spaß gemacht. Eine blonde Perücke verändert einen Menschen. Genau wie ein Push-up-BH. Hast du mich gesehen?« Sie grinste. »Bernard hat an jenem Abend nicht das bekommen, wofür er bezahlt hat.« Sie lachte. »Mein Bruder versorgte mich mit der notwendigen Chemie. Drei, vier Tropfen. Was immer das für ein Zeug war – es war effektiv. Ich hatte allerdings unterschätzt, wie lange es dauern würde, bis die Wohnung verfügbar ist. Monate musste ich warten. Am Ende fiel mein Einzug fast zeitgleich auf die Premiere. Das war nicht ideal.«

Lester schüttelte den Kopf. »Das mit Bernard warst du?« Er konnte nicht glauben, was er hörte. Dann: »Dein Bruder?«

»Sebastian und ich hatten eine ernste Auseinandersetzung. Er hat geahnt, wozu ich den Giftcocktail brauchte. Allerdings dachte er, die Mischung sei für dich.« Sie hielt inne. »In seiner unnachahmlichen Art betäubte er sich daraufhin mit einer Überdosis. Seb hat es gerade so geschafft. Der Notarzt musste ihn reanimieren. Seither ist er auf dem Weg der Besserung.« Sie lächelte zufrieden. »Ein Toter für einen Lebenden. Der Schock hat ihn geheilt.«

Lester starrte sie noch immer an, ohne einen Ton zu sagen. Sie schlug sich gespielt gegen den Kopf. »Fast hätte ich es vergessen. Darf ich vorstellen? Meine Brüder: Sebastian und Connor. Nicht Fred und Fergus. Das waren zwei Frettchen aus meinem Lieblingsbuch.« Sie lachte. »Du hättest es lesen sollen. Falls es dich tröstet, mein Bruder hatte Gewissensbisse. Er wollte mir hinterher nicht einmal mehr die Medikamente geben, die ich zum Tanzen brauchte.« Wieder zuckte sie mit den Schultern. »Seb war übrigens auch bei meiner letzten Vorstellung im Theater. Du hast nur wenige Meter von ihm entfernt gesessen. Er wollte wissen, was ich plane. Ob schon etwas passiert ist. Er ahnte, dass ich mein Vorhaben gestartet habe. Und hat sich doch nicht getraut zu fragen. Er ist nicht stark genug.«

Sie musterte ihn. Etwas in Lesters Blick stimmte nicht. Es war die Art, wie seine Pupillen reagierten. Er hatte innerlich abgeschaltet. »Du bist gar nicht einsam«, sagte er schließlich.

»Ich wollte, dass du dich zu mir hingezogen fühlst. Die

arme Neue, und dann auch noch allein.« Sie fröstelte. Die Sonne war komplett hinter den Wolken verschwunden. Der Sturm wurde stärker. »Ich wusste, du kannst nicht widerstehen.« Es wurde Zeit, ihn in weitere Details einzuweihen. »Sobald ich Bernards Wohnung hatte und eingezogen war, realisierte ich, dass du jedes Wort hören kannst. Das hat meinen Plan in Fahrt gebracht.« Bei dem Gedanken an die vorgetäuschten Telefonate zuckten ihre Mundwinkel kurz nach oben. »Erst habe ich mein Handy genutzt. Dann habe ich mir ein Telefon gekauft. Eine Requisite. Habe es zwischen Ohr und Schulter eingeklemmt und losgeredet. Das Telefon schuf mir die Authentizität, das Gespräch so gut wie möglich zu spielen. Wie findest du meine Schauspielkünste? Sie sind weniger ausgereift als meine Tanzfähigkeiten. Aber für dich hat es gereicht. Schließlich bin ich in einem Filmstudio groß geworden.« Sie fixierte ihn. »Gib's zu, ich war gut. Kate und meine Mutter wurden selbst für mich immer realer. Ich habe es genossen. Am Ende habe ich hier sogar ein Ferienhaus gemietet. Ich hatte es so oft erwähnt. Ich konnte nicht anders. Dabei mochte ich die Berge nie. Natur, ja. Hügel. Wiesen. Berge – nein.«

In den letzten Tagen hatte sie ihre Meinung allerdings geändert. »Ich wollte dich herlocken. Die Reiseführer in meiner Wohnung sollten dir einen Hinweis geben. Mir dienten sie als Recherche. Sie waren der Ausgangspunkt. Für mich. Und für dich.« Sie grinste ihn an. »Ich habe nach den höchsten Bergen in UK gesucht. Nach geeigneten Routen. Der Lake District war auch für mich unbekanntes Territorium. Grasmere wurde schnell mein Favorit.«

Er starrte sie an. »Du hast deine Sommer in der Kindheit

überhaupt nicht im Lake District verbracht.« Dann: »Deine Stimme. Sie war so klar.« Die einzige Bewegung, die sein Körper noch schaffte, war das ungläubige Schütteln seines Kopfes. »Woher wusstest du, dass ich dir zuhöre?«

»Ich wusste es nicht. Das war ein Problem. Manchmal habe ich dich gehört. Das Schloss deiner Badezimmertür. Ein Räuspern. Das Rauschen der Wasserleitung. Manchmal war ich mit Absicht laut, habe Musik angemacht, damit du hörst, dass ich zu Hause bin. Bin auf Absätzen durch die Wohnung gestöckelt. Einige Telefonate habe ich mehrfach gespielt. Falls du sie nicht gehört hast. Doch ich musste aufpassen, mich nicht zu wiederholen. Du durftest nicht misstrauisch werden. Daher brauchte ich zwei Gesprächspartner. Mum und Kate.«

»Aber …«

»Ist es so schwer zu verstehen?« Sie ging einen Schritt auf ihn zu. Er sollte sehen, dass sie keine Angst vor ihm hatte. »Vierundzwanzig Stunden am Tag, sieben Tage die Woche habe ich eine Geschichte erzählt.« Sie lachte bitter auf. »Mit Herz, wie mein Choreograph zu sagen pflegte.«

Lester starrte sie an.

»Es war eine Show. Nur für dich. Ich habe alles geplant. Vom ersten Moment an. Du solltest Interesse an mir haben. Wenn ich länger brauchte, um meine Tür abzuschließen, dann habe ich das gemacht, damit du mich durch deinen Spion dabei beobachten kannst. Wenn du mich telefonieren gehört hast, dann, weil ich wollte, dass du mir zuhörst. Mein Kleid am ersten Tag, bei der Übergabe der Wohnung, war so kurz, um dich anzumachen. Ich wollte dich abhängig machen. Ich kenne dich. Ich weiß, wie du tickst. Schon als Elfjährige habe ich dich beobachtet, wie du meine Mutter angestarrt hast. Meist habe ich unter dem Tisch gehockt, wenn du ins Filmstudio gekommen bist. Meinen Augen entgeht nichts.« Sie lachte, als sie sein Gesicht sah. »Ich weiß, was dich antörnt.«

Er sackte in sich zusammen bei der Erinnerung an ihre Mutter. Seine Lippen waren so weiß, dass sie Bedenken hatte, er würde ohnmächtig werden.

»Du bist für ihren Tod verantwortlich. Hast du wirklich gedacht, du kommst damit durch?« Sie schüttelte den Kopf.

»Ich hätte es wissen müssen«, seine Stimme versagte. »Du hast mich an sie erinnert. So stark, wie es vorher niemand getan hat, seit …«

»Seit du sie umgebracht hast?« Sie sah, wie erschüttert er war.

»Deswegen hast du am Telefon nie die Premiere erwähnt. Das Tanzen.« Er hielt sich eine Hand vor den Mund. »Das war das Einzige an deinem Leben, das echt war.«

»Ich habe mich gewundert, als du plötzlich im Theater gestanden hast. Ich hatte beim Applaus den Verdacht, dich im Publikum gesehen zu haben. Erst dachte ich, ich hätte mich getäuscht. Aber als ich dich später im Foyer gesehen habe, hatte ich Gewissheit.«

»Gewissheit?«

»Alles, was ich will, ist Rache. Jedes Wort, das du von mir gehört hast, jede Handlung, die du gesehen hast, verfolgte nur diesen einen Zweck. Als du bei der Premiere aufgetaucht bist, wusste ich, dass du angebissen hattest. Doch selbst wenn ich übertrieben hätte, zu auffällig in meinen Bemühungen, du hättest es nicht bemerkt. Du hast alles, was ich dir gegenüber sagte und tat, zu deinen Gunsten interpretiert. Richtig? Und du hattest Recht: Es *war* alles für dich gedacht. Es war so einfach. Du hast dich nicht verändert. Abschaum bleibt Abschaum.« Sie spuckte ihm vor die Füße. »Wie gefällt dir der Striding Edge?«

Lester machte einen Schritt zurück, um ihrer Spucke auszuweichen.

»Ich habe mir tatsächlich nichts eingebildet.« Die Erkenntnis beschäftigte ihn. »Du hast mir Zeichen gegeben.« Er starrte sie an. Wiederholte ihre Worte. »Ich hatte Recht.«

»Vorsicht.« Sie zeigte an die Gesteinskante. »Wir sind noch nicht fertig.« Sie beobachtete ihn. Jahre hatte sie auf diesen Moment gewartet. »Du warst so geblendet. Du hast meine Spielchen nicht bemerkt.«

»Spielchen?« Ein Flüstern.

»Die Unterwäsche, die ich für dich gekauft habe. Hat es dich angetörnt? Spitze.« Sie schüttelte den Kopf. »Ist nicht mein Stil. Ich wusste nicht, wie ich sie zielführend einsetzen sollte. Aber du hattest sie schon gesehen, bevor ich überhaupt starten konnte. Bist in meine Wohnung spaziert, als sei es dein Recht. Du hast es mir leicht gemacht. Und der Brief in meinem Briefkasten. Hast du wirklich an Zufall geglaubt? Bei zig Parteien im Haus ist die Wahrscheinlichkeit nicht sehr hoch, dass dein Brief ausgerechnet in meinem Kasten landet.« Sie lachte.

»Das warst du?«

»Es war gar nicht so einfach, die Post aus deinem Kasten zu angeln. Ständig war jemand im Foyer. Bill hat den ganzen Bereich im Blick. Doch ich konnte es nicht lassen. Ich wollte mit dir in Kontakt kommen. Es war eine Hommage. Ein billiger Trick. Ich wollte vor deiner Tür stehen.«

»Du wolltest vor meiner Tür stehen«, wiederholte er wieder ihre Worte. »Ich wusste es.« Dann wurden seine Augen groß. »Hommage?«

»Der Brief war genauso wenig aus Versehen vertauscht wie unsere Mülltonne damals.« Sie ließ ihre Worte wirken. »Erinnerst du dich an die Schaufensterpuppen bei uns im Filmstudio? Ich bin oft in der Nacht durch das Haus gegeistert. Habe den Schaufensterpuppen Gesellschaft geleistet. Mit ihnen zusammen die Straße beobachtet.«

»Du hast mich gesehen? Warum hast du mich nicht verraten?«

»Ich habe es als Spiel abgetan. Ein Spiel, das Erwachsene spielen. Du hattest einen Bademantel an. Ich habe es nicht ernst genommen.«

Mehr als einmal hatte sie sich in den Jahren nach dem Tod ihrer Mutter diese Frage gestellt. Hätte sie das Schlimmste verhindern können? Hätte sie ihrer Mutter davon erzählen müssen? Das Ergebnis dieses Versäumnisses war, dass sie heute auf dem Striding Edge stand. Sie bekam ihre Mutter nicht zurück. Aber sie konnte Vergeltung üben. Sie würde es wiedergutmachen.

»Ich habe der Polizei erzählt, dass du an dem Tag, als meine Mutter starb, vor unserer Tür gewartet hast. Ich habe ihnen erzählt, dass ich gesehen habe, wie ihr beide zu der Kirche gegangen seid. Vermutlich wollte meine Mutter sichergehen, dass wir Kinder euren Streit nicht mitbekommen. Ich habe beobachtet, wie du später an unserem Haus vorbeigerannt bist. Jeder wusste, dass du es warst. Sie ist nicht unglücklich gefallen. Du hast sie gestoßen. Du hast sie umgebracht.« Sie konnte den Hass in ihrer Stimme nicht unterdrücken.

»Nein, ich war das nicht! Ich bin nicht schuld an ihrem Tod. Hast du nicht …«

»Blödsinn«, unterbrach sie ihn. »Ich habe es gesehen. Du hast meine Familie zerstört. Seb betäubt seinen Verstand mit Alkohol und Drogen, seit er vierzehn ist. Ob er die Kurve kriegt, bleibt abzuwarten. Zu meinem großen Bruder, Connor, hatte ich zuletzt Kontakt, als er achtzehn war. Dann hat er sich für einen Einsatz in Afghanistan gemeldet. Ich habe meine Kindheit erst in einem Heim und dann in der Pflegefamilie verbracht. Meine Kindheit wurde zu etwas, was ich aushalten musste. Aber ich habe es überstanden. Und weißt du, was mich hat weitermachen lassen?«

Lester starrte sie an.

»Das Tanzen. Und ein Versprechen.«

»Ein Versprechen?« Sie konnte seine Stimme im Wind kaum hören.

»Ein Versprechen, das ich mir und meinem kleinen Bruder gegeben habe, als ich elf war. All die Jahre habe ich das Ear Trumpet behalten. Es lagerte in einem Schließfach. Ich wusste, ich würde es dir irgendwann zurückgeben. Der Schlüssel zu dem Safe hat mich jeden Tag daran erinnert, dich zu suchen.« Sie starrte auf die Hörhilfe in seiner Hand. »Leidenschaft bringt Energie hervor. Meine Leidenschaft ist Rache. Ich wusste, ich würde dich finden. Und wenn es mein ganzes Leben gedauert hätte. Ich hätte niemals aufgegeben. Nie. Aus dem Grund wollte ich dich nicht einfach aus dem Weg räumen. Ich wollte mit dir spielen, dich manipulieren, wie du es mit meiner Mutter getan hast.« Sie funkelte ihn an. »Dich zu erschießen oder zu vergiften wäre nicht angemessen. Es würde meiner Mutter nicht gerecht werden. Es wäre nur eine Notlösung gewesen.«

»Du bist krank.« Lester schüttelte den Kopf.

»Ich habe die Informationen für dich bewusst gestreut und mit der Zeit immer mehr Details preisgegeben. Die Reiseführer. Die Telefonate, in denen ich vom Lake District gesprochen habe. Das *Steam & Bean*. Das Foto mit Kate. Die Zeitschrift mit dem Helvellyn auf dem Cover. Der Kassenbon von *Trek & Hike*. Hast du den gefunden, im Badezimmer? Ich habe Grasmere nur ein paar Mal in den Telefonaten erwähnt. Es sollte nicht zu plump sein, gleichzeitig wollte ich, dass du die Verfolgung aufnimmst. Es war ein Spagat. Ich hatte viele Hinweise geplant, bevor ich wusste, dass du jedes Wort verstehen kannst. Ich hätte noch mehr Ideen gehabt, aber ich brauchte sie nicht.«

»Du wusstest, dass ich in deiner Wohnung war?«, fragte Lester. Seine Stimme war heiser, als würden seine Stimmbänder ihm nicht gehorchen. Das Sprechen bereitete ihm scheinbar Probleme.

»Ich war mir am Anfang nicht sicher. Dann habe ich erste Anzeichen entdeckt. Mit der Unterwäsche ging es los. Ein Slip hing verkehrt. Ich glaubte, ein Unterhemd sei verschwunden. Da hatte ich einen Verdacht. Als dann Wein aus der Flasche fehlte, war mir klar, dass du in der Wohnung gewesen sein musst. Ich trinke keinen Alkohol während der Laufzeit einer Show. Alles, was dir etwas verraten, einen Hinweis auf meine Identität geben könnte, lagerte zusammen mit dem Ear Trumpet in dem Schließfach.« Sie lachte. »Sogar meine Ballettausrüstung habe ich anfangs in der Dance Company gelassen.«

»Was ist mit dem Makler? Hast du den auch verarscht?« Etwas Triumphierendes schwang in Lesters Stimme mit.

»Rhys ist echt. Ich musste aufpassen, dass er meinen Plan nicht durcheinanderbringt. Er hätte mich am liebsten so schnell wie möglich aus der Wohnung geholt. Dabei war ich noch gar nicht fertig mit dir. Ich musste mich beeilen. Das Gute war, dass du sofort angebissen hast. Die Situation eskalierte schneller als gedacht. Ich dachte, wir würden erst im November hier oben stehen. Du hast mir den Schnee erspart. Das Timing ist perfekt.«

»Rhys hat dich manipuliert!« Lesters Stimme überschlug sich. »Er war ein Lügner. Nichts von dem, was er dir erzählt hat, ist wahr. Aber …«

Sie unterbrach ihn. »Ich habe aus der Not eine Tugend gemacht. Habe in einem der Telefonate erwähnt, dass wir ins Ausland gehen wollen. Ich wusste, dass diese Aussage dich unter Druck setzen würde. Ich wollte, dass du mir folgst. Du musstest handeln. Die Zeit lief dir davon.« Sie ließ ihm einen Augenblick Zeit, ihre Gedankengänge nachzuvollziehen. »Ich habe mir gedacht, dass du kein großer Fan von Rhys bist. Aus diesem Grund musste ich ihn schützen.« Sie grinste. »Er wird nicht kommen. Es war eine Lüge, dass er für ein Wochenende nach Grasmere kommt. Ich wollte dich mit dieser Ankündigung zusätzlich motivieren.«

Es hatte sie Überzeugungskraft gekostet, Rhys klarzumachen, dass sie ein paar Tage alleine sein musste. Als er sie bei ihrem Zusammentreffen mit Lester im Treppenhaus abgeholt hatte, war es ihr gerade noch rechtzeitig gelungen, die Zeitschrift mit dem Hinweis für Lester auf ihren Zielort in der Handtasche verschwinden zu lassen.

Das hatte sie jedenfalls gedacht. »Du fährst nach Grasmere?«, hatte Rhys sie vor dem Schlafengehen gefragt. Ihren

Ärger hatte sie nur schlecht überspielen können. »Die Show ist anstrengend. Ich brauche Zeit – alleine«, hatte sie hinzugefügt, um keinen Zweifel an ihrer Intention aufkommen zu lassen. »Nur ich und der Berg.«

Zum ersten Mal tauchte ein verschlagenes Lachen auf Lesters Gesicht auf. »Er wird tatsächlich nicht kommen.« Er schüttelte den Kopf. »Damit liegst du richtig.«

»Was meinst du?« Sie starrte ihn an. Lester genoss den Moment. Sie konnte es sehen. »Was meinst du?«, wiederholte sie ihre Frage und war nicht sicher, ob sie die Antwort hören wollte. Als Lester nicht sofort antwortete und sein Schweigen noch einen kurzen Augenblick auskostete, bekam sie Angst.

»Das letzte Mal, als ich ihn gesehen habe, lag er mit dem Kopf nach unten im Kanal. Bewusstlos.«

Ihr wurde kalt. »Du lügst.« Sie durfte sich jetzt nicht ablenken lassen. Er spielte ein Spiel mit ihr. Versuchte, die Oberhand zu gewinnen. Ein guter Schachzug. Doch das würde sie nicht zulassen. Sie durfte keine Schwäche zeigen.

»Es wird einen neuen Rhys geben.« Sie war geübt im Lügen. Dennoch zitterte ihre Stimme.

Es wurde Zeit, dass sie dem Ganzen ein Ende setzte. Sie atmete tief ein. Fokussierte ihre Gedanken. »Lester.« Sie wollte ihn zwingen, sie anzuschauen. Er sollte ihr in die Augen sehen. Sollte verstehen, was gleich passieren würde. Ihr ganzer Körper war jetzt unter Hochspannung.

»Jeden Tag habe ich als Kind gehofft, dass meine Mutter wieder zur Tür reinkommt. Jeden Tag habe ich vergeblich gewartet.« Sie räusperte sich. »Später habe ich gehofft, dass man dich zur Rechenschaft zieht. Selbst darauf habe ich vergeblich gewartet. Die Ermittlungen sind im Sande verlaufen. Die

Beobachtungen einer Elfjährigen zählten nicht.« Sie machte einen letzten Schritt auf ihn zu. »Du hast meine Mutter getötet. Ich weiß es. Ich habe es gesehen.« Ein bitterer Laut kroch aus ihrer Kehle.

Sie streckte ihre Arme aus. Er stand an der richtigen Stelle. So hatte sie es geplant. Die abfallende Neigung des Pfades würde ihn das Gleichgewicht verlieren lassen. Er stand nur Millimeter vom Abgrund entfernt. Er bewegte sich nicht. Seine Arme hingen nach unten. Plan B in ihrer Tasche fiel ihr ein. Für den Fall, dass etwas schieflief. Doch daran durfte sie jetzt nicht denken. *Es wird nichts schiefgehen.*

Seine Finger umkrallten noch immer das Ear Trumpet. Er hielt sich daran fest wie ein Kind an einem Spielzeug. Sein Blick war leer. Es hatte ihm die Sprache verschlagen. Würde er sich wehren? Hatte sie genug Kraft? Es gab nur einen Weg, das herauszufinden. Jetzt. Bevor er sich gesammelt hatte.

Mit einer blitzschnellen Bewegung gab sie ihm einen Stoß. Ihr ganzer Körper hatte nur ein Ziel: diesen Stoß mit so viel Effizienz und Balance wie möglich auszuführen.

»Ich habe es gesehen!«, wiederholte sie.

37

ERIN

Rückwärts stürzte sein Körper den steilen Abhang hinunter. Es brauchte nur eine Sekunde, und schon war er aus ihrem Blickfeld verschwunden.

Er war weg.

Ihr Herz raste so schnell, dass sie Angst hatte, es könnte ihr aus dem Brustkorb springen. Sie hatte so viel Kraft in den Stoß gelegt, dass sie beinahe selbst das Gleichgewicht verloren hätte. Das war das größte Risiko gewesen. Und die Gefahr, dass Lester sich an ihr festhalten könnte, sie mit in den Abgrund riss. Sie hatte das Risiko einkalkuliert. Alles oder nichts.

Doch Lester hatte sich aufgegeben. Das war ihr Vorteil gewesen. Sein Schock hatte ihr in die Hände gespielt.

Sie schaute nicht hinterher. Das war nicht notwendig. Sie hatte sorgfältig recherchiert, wie tief der Fall an dieser Stelle sein würde. Die Felswand war steil genug. Es war ein Sturz ins Bodenlose.

Sie konnte den Zeitungsartikel bereits vor sich sehen. Wieder ein Wanderer, der bei nicht optimalen Witterungsbedingungen und aufziehendem Sturm auf den Helvellyn gewandert war. Ein falscher Schritt genügte.

Falls Lester überhaupt gefunden wurde. Sie hatte die Position für ihren Angriff so gewählt, dass er irgendwo am Ufer des Bergsees Red Tarn aufschlagen würde. Aufgeschlagen *war*. Es war vorbei.

Das Gelände rund um den See war unwegsam. Wenn sie Glück hatte, wurde er wochen-, vielleicht sogar monatelang nicht gefunden. In den nächsten Tagen sollte der erste Schnee fallen. Das würde das Entdecken der Leiche weiter verzögern. Plan B, die Waffe, die sie hinter dem Fleischgroßmarkt in London in einer Gasse von einem Bekannten ihres Bruders gekauft hatte, hatte nicht zum Einsatz kommen müssen. In dem Fall hätte das Auffinden der Leiche Ermittlungen nach sich gezogen.

Erleichterung breitete sich in ihr aus. Sie hatte es geschafft. Siebzehn Jahre hatte es gedauert. Jahre voller Verzweiflung. Entbehrung. Wut. Rachepläne. Es stimmte, was sie zu Lester gesagt hatte: Leidenschaft rief Energie hervor. Rache war ihre Leidenschaft gewesen. Ihr Geist, ihre Seele, ihr Körper konnten nun zur Ruhe kommen. Sie würde sofort abreisen. In gut zwei Stunden würde sie auf der Autobahn sein. Es durfte keinerlei Verbindung zwischen ihr und dem Toten am Striding Edge geben.

Sie ließ ihren Blick ein letztes Mal über den Gipfel des Helvellyn gleiten. Als sie den Rückweg antrat, fiel ihr auf, wie tief die Wolken bereits hingen. Sie glichen dichtem Nebel. Mit jeder Sekunde zog der Himmel weiter zu. Sie musste sich beeilen.

Mit großen Schritten war sie den Berg runtergelaufen, die Mütze tief ins Gesicht gezogen. Die Sorge um Rhys war in den Vordergrund getreten. Hatte Lester die Wahrheit gesagt? Sie nur provozieren wollen? Was war am Kanal passiert?

Als sie schließlich Richtung Parkplatz abbog, blieb sie überrascht stehen. Sie konnte ihren Vauxhall in der Ferne nur erahnen. Der Nebel wurde immer dichter. Weiße Wolken, Watte – sie war von allen Seiten umgeben von einer Wand undurchsichtiger Luft.

Sie stoppte auf der Anhöhe, von der aus sie Lester bei seinem Anstieg beobachtet hatte. Stand unten auf dem Parkplatz noch ein weiteres Auto? Sie kniff die Augen zusammen.

Sie musste schlucken. Sollte sie umkehren? Einen Umweg nehmen, der von der anderen Seite auf den Parkplatz traf? Sie konnte nicht riskieren, gesehen zu werden. Dann fiel ihr ein, dass Lester seinen Wagen ebenfalls auf dem Parkplatz abgestellt haben musste. Umso wichtiger, dass sie schnell verschwand. Sie begann zu joggen. Jede Sekunde zählte.

»Halt.« Zwei Männer in Uniform tauchten plötzlich aus dem Nebel vor ihr auf. Sie standen so unvermittelt auf dem Pfad, dass sie einen Moment lang glaubte, eine Vision zu haben. Gerade noch rechtzeitig konnte sie anhalten, ohne in die beiden Polizisten hineinzulaufen.

Einer der zwei zeigte Richtung Striding Edge. »Kommen Sie von oben?«

Polizei? Es machte keinen Sinn, zu leugnen. Niemand außer ihr und Lester war oben gewesen. Niemand konnte sie beobachtet haben. »Ja.« *Bleib ruhig.*

»Haben Sie auf dem Helvellyn jemanden gesehen?«

»Nein.« Sie schüttelte den Kopf. »Die Sicht ist extrem schlecht. Es ist kein guter Tag für einen Aufstieg.« Sie bemühte sich um einen lockeren Tonfall. »Ich habe weit unten schon aufgegeben.« Sie zeigte auf die Anhöhe. »Der Nebel ist die Hölle.«

Der jüngere Polizist schaute zu seinem Kollegen und schüttelte den Kopf. »Ich habe es dir gesagt. Der Typ hat überreagiert.«

»Was ist denn passiert?«

»Es gab eine Meldung, dass ein Mann einer jungen Frau gefolgt sein soll.« Der Polizist griff zu seinem Funkgerät. »Ist das ungewöhnlich?« Erin lachte auf, auch wenn ihr nicht danach zumute war. In ihrem Magen bildete sich ein Knoten. *Der Typ hat überreagiert.*

»Wir wissen nicht, ob an der Sache etwas dran ist.« Der Jüngere der beiden hob die Schultern. Es war offensichtlich, dass er lieber bei einer Tasse Tee in der Polizeidienststelle sitzen wollte, als im Nebel am Fuße des Helvellyn zu stehen.

»Wir rufen die Bergrettung.« Sein Kollege ging einige Schritte von ihnen weg. Sein Funkgerät hielt er dicht vor den Mund, während er seine Befehle gab.

»Der Mann am Telefon klang aufgebracht. Wir gehen kein Risiko ein«, erklärte der junge Polizist.

»Verstehe …«, sagte sie unsicher. Sie schluckte.

»Der Anrufer wollte seine Freundin warnen. Ist die ganze Nacht von London durchgefahren. Als er in ein Hotel einchecken wollte, glaubte er, den Nachbarn der Frau aus London auf der Straße gesehen zu haben.« Er machte eine eindeutige Handbewegung, die den Geisteszustand des Anrufers verdeutlichen sollte. »Er hat sich Sorgen gemacht, weil es in der Vergangenheit Probleme mit dem Mann gab. Er selbst sei auch attackiert worden. Und ehe er sichs versah, beobachtete er kurz darauf, wie besagter Nachbar zu seinem Auto rennt.

Er konnte gerade noch rechtzeitig den Grund der Eile erkennen.« An dieser Stelle machte er eine Pause.

»Den Grund?«, fragte Erin. *Rhys lebt!*

»Der Mann verfolgte die Freundin des Anrufers, die just in dem Moment aus einem Café in Grasmere gekommen war. Bevor der Anrufer sich bemerkbar machen konnte, waren beide davongefahren, Richtung Helvellyn.«

Plötzlich löste sich die Erleichterung über Rhys' Unversehrtheit in Luft auf. Ihr Plan, Lester in den Lake District zu locken, Ermittlungen zu vermeiden, die Leiche unauffindbar zu machen, fiel vor ihren Augen zusammen wie ein Kartenhaus.

Kurz überlegte sie, alles zuzugeben. Dass sie verfolgt worden war. Dass sie sich hatte wehren müssen. Notwehr. Niemand wäre in der Lage, das Gegenteil zu beweisen. Rhys' Aussage würde ihre untermauern. Konnte das funktionieren? War es glaubhaft? Sie entschied sich dagegen. Hatte nicht genug Zeit, die Konsequenzen zu überdenken. Es würde Ermittlungen geben, ihre Vergangenheit untersucht werden, eine Verbindung zwischen ihr und Lester auftauchen.

»Die Straße führt nach Keswick«, sagte sie.

Der Polizist lachte auf. »Das ist das Problem. Sie können überall sein. Ich persönlich glaube eher an eine Eifersuchtssache. Der Anrufer klang sehr aufgeregt. Aber in den letzten Monaten gab es zahlreiche Unfälle hier oben. Wir können uns keinen weiteren Vorfall auf dem Berg leisten. Die Touristen bleiben aus.«

Sie starrte ihn an. Sein Blick ging Richtung Helvellyn. Er kratzte sich am Kopf.

»Da oben ist keine Menschenseele«, sagte sie.

Rhys ist in Grasmere. Hatte er gesehen, in was für ein Auto sie gestiegen war? Hatte er sie beschrieben?

Sie riskierte es. Sie konnte sich auf ihre Menschenkenntnis verlassen. Die Stimme des Polizisten klang nicht nur arglos. Er *war* arglos. Es gab keinen Anlass für ihn zu glauben, die gesuchte Person vor sich stehen zu haben.

»Der schwarze Vauxhall da drüben ist meiner.« Sie hielt den Atem an.

»Ach.« Der Polizist guckte sie überrascht an.

Erin lächelte erleichtert auf. Die Polizei war im Tal der Ahnungslosen. Rhys hatte nicht gemeldet, oder nicht gesehen, vermutlich in der Eile und Panik, in was für ein Auto sie gesprungen war.

»Steve«, rief der Mann zu seinem Kollegen. »Der Vauxhall gehört nicht zu den beiden. Ist ihrer.« Er zeigte auf Erin.

Doch sie hatte sich zu früh gefreut. »Wir suchen trotzdem.« Der ältere Polizist kam zurück. Er musterte Erin kurz. Dann sagte er zu seinem Kollegen: »Ich habe die Bergrettung angefordert. Sie bringen zwei Hunde mit.« Zu Erin gewandt sagte er: »Nach dem letzten Unfall am Berg sind alle nervös.«

Erin verzog ihr Gesicht. Sie ging an den beiden vorbei, bevor sie noch auf die Idee kamen, nach ihrem Namen zu fragen. »Viel Erfolg. Passen Sie gut auf. Die Sicht ist wirklich miserabel.«

Mit langsamen Schritten ging sie zu ihrem Auto. Erst als sie die Fahrertür aufschloss und hinter dem Lenkrad Platz nahm, beruhigte sich ihr Puls. Sie startete den Motor.

Selbst wenn Lester gefunden wurde – der Sturz war tief genug gewesen. Er war tot. Sie hatte Handschuhe getragen. Die Polizei würde keine Spuren an ihm finden. Der Sturz sah aus wie ein Unfall. Das war ihr Ziel gewesen, von Anfang an. Die Lokalpresse im Lake District würde sich darauf stürzen. In London würde das Ganze keine Meldung wert sein.

Mit einem Ruck legte sie den Gang ein. Im Schritttempo fuhr sie vom Parkplatz. Die beiden Polizisten waren in dem Nebel nicht mehr zu sehen.

Rhys war also tatsächlich von Lester angegriffen worden. Es war keine Lüge gewesen. Wäre Rhys gestorben oder stark verletzt worden, hätte sie ihn auf dem Gewissen gehabt. Es wäre ihre Schuld gewesen.

Allerdings hatte er durch seine Einmischung beinahe ihren Plan zerstört. Hätte er Lester in den Kanal gestoßen und nicht umgekehrt, hätte es das Aus für ihr Vorhaben bedeutet. Es wäre alles umsonst gewesen. Daran durfte sie gar nicht denken.

Als sie auf die Schnellstraße bog und Richtung Grasmere fuhr, gab sie Gas. In den letzten Wochen hatte sie Rhys auf Abstand gehalten. Sie hatte keine Wahl gehabt. Das Timing war schlecht gewesen. Er kannte nur eine Version von ihr. Erin, die Kleider trug. Erin, die kinnlange Haare hatte. Erin, die in der Narrow Street wohnte. *Erin, die Geheimnisse hatte.*

Aber zeigte nicht jeder Mensch stets nur eine Version des eigenen Ichs? Ihre Finger hielten das Lenkrad fest. Die nächsten Wochen würden zeigen, wie es mit ihnen weiterging. Sie freute sich auf das Wiedersehen mit Rhys.

38

In seinen Ohren rauscht das Blut. Ein untrügliches Zeichen dafür, dass sein Blutdruck in die Höhe schießt. »Das darf nicht wahr sein.« Detective Chief Inspector Flanagan stöhnt auf. Entsetzen breitet sich in ihm aus. Seit langer Zeit hat er keinen so frustrierenden Fall gehabt. Wasserdicht und doch ohne Beweis. Und jetzt auch noch das.

Er steht kurz vor der Pensionierung. Er hat immer darüber gelacht, wenn ehemalige Kollegen von ihren letzten Fällen berichteten. Sie haben ihn gewarnt. »Der letzte Fall hat immer Nachwirkungen.«

Sie behaupteten, es gäbe drei Kategorien von letzten Fällen.

Fälle, die so langweilig sind, dass man sich fragt, womit zum Teufel man seine berufliche Laufbahn verschwendet hat und ob ein Job in einer gemeinnützigen Nichtregierungsorganisation dem Leben nicht einen Sinn gegeben hätte.

Fälle, die aufgrund der Schwere oder Ekelhaftigkeit der Tat so fürchterlich sind, dass man froh ist, in Zukunft von morgens bis abends auf dem Golfplatz Bälle einzulochen.

Und Fälle, die glasklar sind, bei denen es aber aus Mangel an Beweisen oder Fehlern in der Ermittlung zu keiner Verurteilung kommt. Das sei die schlimmste Kategorie. Erst der eigene Tod würde einen von der Erinnerung erlösen.

Sergeant Theodora Beck stellt die beiden Becher mit schwarzem Kaffee, die sie gerade im Coffeeshop auf der anderen Straßenseite geholt hat, auf dem Besprechungstisch ab. »Schlechte Nachrichten?«, fragt sie.

»Kommen Sie her.« Er winkt Beck an seinen Schreibtisch, nicht sicher, wie er mit dem Gutachten der Pathologie umgehen soll. Am liebsten würde er es zerreißen, entsorgen und den Pathologen anweisen, mit der Obduktion von vorne anzufangen.

Seit einer Woche hat sich sein Team die Nächte um die Ohren geschlagen, um diesem Widerling, Lester Sharp, den Mord an Shannon Lynch nachzuweisen. Oder zumindest Totschlag.

Der Mann ist schuldig. Sie wissen es alle. Er ist mit dem Opfer gesehen worden, an jenem Abend. Es gibt die Zeilen in dem Notizbuch der Frau. Es gibt blaue Flecken an ihren Armen. Es gibt die Aussage der Tochter. Die Kleine hatte vom Fenster aus beobachtet, wie Lester Sharp ihre Mutter gestoßen hatte. Das war die entscheidende Aussage gewesen. Ohne die Aussage der Tochter hätten sie gar nichts in der Hand gehabt. Doch die Aussage eines Kindes, einer Elfjährigen, durfte vor Gericht nicht der einzige Beweis bleiben. Zu leicht könnte ein Anwalt die Aussage in Frage stellen und den Tatvorgang anzweifeln. Es war dunkel gewesen zur Tatzeit, Bäume standen im Weg. Selbst er hat sich gefragt, wie das Kind den Stoß hatte sehen können. Doch sie hat Stein und Bein geschworen, dass sie von ihrem Beobachtungsposten neben den Schaufensterpuppen die Tat beobachtet hat. Die Tatsache, dass sie sofort ihren großen Bruder alarmiert hat, stützt die Aussage, und Teile der Autopsie decken sich mit diesem Tatvorgang.

Er guckt auf das Papier in seiner Hand. Leider ist das nicht die ganze Wahrheit.

Beck steht abwartend vor ihm.

Das Verfahren wird eingestellt werden. Er muss das Ganze nicht jetzt schon an die große Glocke hängen. »Schon gut.« Er legt das Gutachten unauffällig zur Seite und guckt Sergeant Beck an. »Machen Sie Feierabend.«

Das Rauschen in seinen Ohren wird stärker. Ein Besuch bei seinem Hausarzt ist unaufschiebbar – sobald er die Zeit dafür hat. Beck guckt ihn fragend an.

»Sie sollen Feierabend machen. Und danke für den Kaffee … Der wird ja ganz kalt da drüben.« Er zeigt auf den Becher am anderen Ende des Zimmers.

»Alles in Ordnung, Sir?« Verwunderung zeichnet sich auf Becks Gesicht ab. Er ist nicht für Gefühlsausbrüche und Stimmungsschwankungen bekannt. Sie bringt ihm den Kaffee.

»Die drohende Rente macht mir zu schaffen.« Er zuckt mit den Schultern. »Abschied vom Job. Keine Verantwortung mehr.« Sein Ton duldet keine Rückfrage.

Mit einer hochgezogenen Augenbraue geht Beck zur Tür. »Die Anzeige im *Evening Standard* ist geschaltet. Ich hoffe, es melden sich noch Zeugen, die etwas gesehen haben.«

Die Anzeige wird nicht helfen. Er nimmt einen Schluck von dem Kaffee. Dann fällt ihm ein, dass er gelesen hat, dass Koffein den Bluthochdruck verstärken kann. Er schiebt den Becher zur Seite. Die Ärzte verderben einem jeden Genuss.

Er wartet, bis Beck aus dem Zimmer ist. Sein Blick wandert zum Gutachten.

Wenn er in seinem Berufsleben eines gelernt hat, dann,

dass Angehörige einen Schuldigen brauchen. Sie brauchen eine Person, auf die sie ihr Leid projizieren können. Eine Erklärung.

Ein Mensch, das Böse, hat ihnen das Liebste genommen. Die Wut findet auf diese Weise einen Kanal. Trauer und Gerechtigkeitsempfinden verlangen nach einer Antwort. Eine Bestrafung des Täters gewährt zumindest zum Teil eine Befriedigung.

Dieses Gefühl wird den Kindern verwehrt bleiben. Der Inhalt des Obduktionsberichts wird auch beim zweiten Lesen nicht besser. Das Ergebnis ist eindeutig.

Shannon Lynch hat kein Schädel-Hirn-Trauma erlitten, infolgedessen der Tod eintrat. Shannon Lynch ist auch nicht an einem Schock gestorben. Shannon Lynch hat sich nicht das Genick gebrochen oder einen Schädelbasisbruch erlitten. Shannon Lynch ist auch nicht zur falschen Zeit am falschen Ort gewesen. Manchmal kann er nicht verhindern, dass ihm diese Worte in den Sinn kommen. Er hasst diesen Ausdruck. Man gibt damit dem Opfer die Schuld.

Nein. Shannon Lynch hat ein Aneurysma im Gehirn gehabt, das an jenem Abend geplatzt ist. Ob das Reißen der Gefäßwand mit dem Sturz in Zusammenhang steht, kann nicht bestätigt werden. Der Tod, oder zumindest ein saftiger Schlaganfall, hätte sie jederzeit treffen können. Der Verdacht, dass der heftige Stoß gegen ihre Schädeldecke das Platzen des Aneurysmas ausgelöst oder begünstigt haben könnte, liegt nah. Ein Trauma kann die arteriellen Gefäße im Schädel verletzen, umso mehr, wenn diese durch ein Aneurysma geschwächt sind. Das wird aber vor Gericht keiner Mordanklage standhalten können. Die Subarachnoidalblutung durch das Aneurysma führte zu Shannon Lynchs Tod. Es steht schwarz auf weiß auf dem Papier. Lester Sharps Schuld kann nicht bewiesen werden. Im Zweifel für den Angeklagten. Der Widerling ist ein freier Mann. Es wird voraussichtlich nicht einmal zu einer Anklage kommen. Totschlag oder selbst unterlassene Hilfeleistung sind bei dieser verheerenden Diagnose keine Alternativen. Er schüttelt den Kopf. Es darf einfach nicht wahr sein.

Der Anwalt von Lester Sharp hat ihn zudem informiert, dass dieser mittlerweile die Hilfe einer Psychologin in Anspruch nimmt. Ein Anruf bei Dr. Sebright, die ihm keine Details nennen durfte, hat jedoch gezeigt, dass der Mann bisher keine Einsicht über sein Fehlverhalten zeigt. »Ziel der Therapie ist es, eine kontrollierte Verhaltensänderung zu erzielen. Es kommt eine Menge Arbeit auf ihn zu.«

Flanagan legt das Gutachten in die Schublade seines Schreibtisches. Solange er den Obduktionsbericht nicht sehen kann, muss er sich damit nicht beschäftigen.

Leider wird er das Dokument nicht verschwinden lassen können. Gern würde er den Kindern die Wahrheit ersparen. Vor allem der Tochter. Das Mädchen wird diese Ironie des Schicksals nicht akzeptieren – hat sie doch mit eigenen Augen gesehen, dass ihre Mutter gestoßen wurde. Ihre Wut wird früher oder später einen Ausweg suchen. Drogen. Alkohol. Schiefe Bahn. Es gibt Optionen.

Resigniert schließt er die Schublade. Es gibt eine vierte Kategorie der letzten Fälle: Ein Täter trägt offiziell keine Schuld, trotzdem möchte man ihn verurteilt sehen. In der Haut dieser Kinder möchte er nicht stecken.

DANKSAGUNG

Ein Roman ist immer ein Gemeinschaftswerk. Viele Menschen haben dazu beigetragen, dieses Buch entstehen zu lassen. Jede Kleinigkeit, ein Satz oder ein Zufall können den Inhalt und das Schicksal eines Buches maßgeblich beeinflussen.

Ganz besonderer Dank gilt folgenden Personen:

Meiner Agentin Antje Hartmann, für den Glauben an das Projekt und die Unterstützung. Deine Anregungen und Geduld sind von unschätzbarem Wert. Herzlicher Dank geht auch an das Team der Literarischen Agentur Kossack.

Meiner Lektorin Maren Bellon, für die Zusammenarbeit, Geduld und die guten Ideen. Dir ist kein Weg zu weit und kein Telefonat zu spät. Danke, dass du an das Manuskript geglaubt hast. Bedanken möchte ich mich auch bei dem ganzen Team von btb.

Meinen Tutoren der Birkbeck, University of London, insbesondere Jeremy Sheldon und Russell Celyn Jones im Department of English, Theatre and Creative Writing.

Michaela Dälken, für Kritik und Ideen. Jeder Plot wird mit deiner Hilfe rund.

Dr. Stefan Söllner für medizinisches Fachwissen. Alle Fehler sind meine.

Ich habe die besten Freunde der Welt – ihr wisst, wer ihr seid. Jede(r) Einzelne von euch hat mich in den letzten Jahren unterstützt. Mehr noch: Ihr habt von Anfang an meinen Enthusiasmus geteilt. (Oder mir dies zumindest überzeugend versichert – was bei der Ankündigung »Ich schreibe jetzt übrigens ein Buch« nicht selbstverständlich ist.)

Meiner Familie für die Unterstützung, Ermutigung und das Vertrauen.

Zu guter Letzt geht mein Dank an alle Leser und Menschen, die Bücher wertschätzen. Ich bin der festen Überzeugung, dass wir Geschichten brauchen, um unsere Fantasie zu trainieren, und auf diese Weise lernen, kreativer, aufmerksamer und offener durch das Leben zu gehen.